Les
bonnes
SŒURS

Catalogage avant publication de Bibliothèque et Archives nationales
du Québec et Bibliothèque et Archives Canada
Bergeron, Mario, 1955-
Les bonnes sœurs : l'amour entre parenthèses
ISBN 978-2-89585-405-0
I. Titre.
PS8553.E678B66 2013   C843'.54   C2013-940182-2
PS9553.E678B66 2013

Les Éditeurs réunis bénéficient du soutien financier de la SODEC
et du Programme de crédits d'impôt du gouvernement du Québec.

Nous remercions le Conseil des Arts du Canada
de l'aide accordée à notre programme de publication.

Nous reconnaissons l'aide financière du gouvernement du Canada
par l'entremise du Fonds du livre du Canada pour nos activités d'édition.

Édition :
LES ÉDITEURS RÉUNIS
www.lesediteursreunis.com

Distribution au Canada :   *Distribution en Europe :*
PROLOGUE   DNM
www.prologue.ca   www.librairieduquebec.fr

 Suivez Les Éditeurs réunis sur Facebook.

Imprimé au Canada

Dépôt légal : 2013
Bibliothèque et Archives nationales du Québec
Bibliothèque nationale du Canada
Bibliothèque nationale de France

MARIO BERGERON

Les bonnes SŒURS

(L'amour entre parenthèses)

LES ÉDITEURS RÉUNIS

CHAPITRE 1

1936-1938

«Mais c'est une balle de baseball! Regardez, ma sœur: une balle de baseball!» La religieuse, à bout de souffle, enlève sa main droite reposant sur son cœur, la joint à la gauche pour offrir tout de suite au Seigneur une prière pour le remercier de ne pas avoir reçu ce projectile dans le visage. Il lui a soufflé sous le nez et jamais elle n'avait vécu une telle émotion.

«Je me demande qui a bien pu lancer cette balle.

— Des voyous, sœur Marie-Aimée-de-Jésus! Des voyous!

— Voilà une accusation qui ne vous honore point, sœur Thérèse-de-la-Providence. Les enfants peuvent s'amuser sans pour autant être serviteurs de Lucifer. La distance me semble tout de même appréciable entre notre jardin et la rue… Regardez! Voilà la réponse qui approche de la clôture. Voyou? C'est un religieux. Attendez… Je vais lui offrir une surprise, à notre athlète en soutane.

— Sœur Marie-Aimée-de-Jésus, vous n'allez tout de même pas vous abaisser à lancer ce jouet…»

La frêle jeune religieuse lève légèrement la jambe droite pour mieux donner de la force à son bras. La balle franchit la clôture avec facilité, atterrissant à quelques pas du religieux. Il lève la tête aussitôt, fronçant les sourcils, se disant qu'il est impossible qu'une des sœurs ait pu lancer avec une telle force. Sœur Marie-Aimée-de-Jésus approche à pas saccadés, sous les protestations de sa compagne. Les voilà près du grillage sévère de la clôture. Le jeune prêtre, au physique imposant, fait bondir la balle d'une main à l'autre, alors qu'une grappe d'enfants réclame l'objet en miaulant.

«Je m'excuse, mes sœurs, mais je ne connais pas ma force. Je ne croyais pas pouvoir frapper cette balle si loin. Laquelle d'entre vous a pu me la retourner avec une si ferme dextérité?

— C'est moi.

— Vous avez raté votre vocation. Civile, vous seriez devenue la première femme à se joindre à la légendaire équipe des Yankees de New York.

— J'avais cinq frères, monsieur le curé, jouant tous à la balle. Je lançais souvent en leur compagnie. Puis, je pouvais très bien frapper. Cependant, à treize ans, Dieu m'a indiqué une autre voie plus édifiante. Je vous appelle monsieur le curé, mais vous êtes sans doute vicaire, considérant votre jeune âge.

— Mon apostolat se déroule au séminaire, où j'enseigne notre religion, tout en travaillant comme directeur de conscience.

— Directeur de conscience? À votre âge?

— J'accepte les tâches que mes supérieurs ont la sagesse de me confier et je suis reconnaissant envers notre évêque, qui a insisté auprès des autorités du séminaire pour que j'œuvre à éclairer les âmes de nos élèves. Cela ne m'empêche pas de m'amuser avec les enfants de nos braves ouvriers, avant leur retour sur les bancs d'école. J'ai d'ailleurs agi comme aumônier de notre première Organisation des Terrains de

Jeux, au cours de l'été et… Tenez, les garçons ! Voici la balle et continuez la partie sans moi. »

Les enfants ne se font pas prier et s'envolent aussitôt, telle une nuée de moineaux criards, regardés avec affection par le jeune prêtre. Il sort de sa poche une pipe et une blague à tabac, puis se présente aux deux sœurs : Charles Gervais, fils d'un travailleur du textile de Fall River. Il précise qu'ayant grandi dans la communauté canadienne-française de Nouvelle-Angleterre, il a pu se familiariser avec le baseball, un sport qu'il considère avec beaucoup d'égards.

« Laissez-moi allumer votre pipe. Je l'ai fait si souvent pour mon père et j'adorais ce geste.

— À travers la clôture ?

— Quelle clôture ? Il ne peut y en avoir pour des serviteurs de Dieu. Voyez-vous une clôture, sœur Thérèse-de-la-Providence ?

— Sœur Marie-Aimée-de-Jésus… Partons. Il sera bientôt trois heures.

— Qu'est-ce qui nous presse tant ? Donnez-moi ces allumettes, monsieur le curé. »

Ne désirant pas que sa camarade, quelque peu commère, ne lui cause des soucis, sœur Marie-Aimée-de-Jésus résume la conversation à quelques minutes. Les salutations sont courtoises et les sourires radieux.

« Quel homme aimable !

— Sœur Marie-Aimée-de-Jésus, je ne voudrais pas faire votre prochaine confession…

— Qu'allez-vous penser là ? Il n'y a rien de plus noble aux yeux de Dieu qu'une bonne sœur, mais je ne suis pas certaine que le Divin apprécie les bonnes sœurs bigotes.

— Sœur Marie-Aimée-de-Jésus !

— Je savais que vous alliez vous exclamer ainsi. »

La jeune religieuse offre une prière pour ce prêtre, se disant qu'il est sans doute très pieux pour tenir le poste de directeur de conscience à un si jeune âge. Au fait, quel âge peut-il avoir ? Sûrement la mi-vingtaine, comme elle. Le lendemain, elle ne peut s'empêcher de relater cette rencontre à sœur Véronique-du-Crucifix, l'espiègle du couvent, qui s'est souvent demandé si Dieu portait la moustache, car il s'agit là d'un attribut masculin très honorable. Elles se rendent jusqu'à la clôture, au cas où… Personne ! Pas même les garçons, sûrement désireux de ne pas perdre leur balle dans la cour du couvent des Sœurs de l'Adoration-du-Sacré-Cœur.

La foi étant ce qu'elle est, sœur Marie-Aimée-de-Jésus confesse au vieux chapelain qu'elle a eu une pensée aimable pour un homme, spécifiant qu'il est prêtre. Le confesseur désire connaître des détails. « Je l'ai trouvé fort bel homme. Voilà mon péché. » Le vieillard soupire… Tout ce qu'il a pu entendre depuis tant d'années…

« Il avait encore mangé de l'ail.

— Je n'ai jamais vu un péché mignon aussi peu mignon. Je préférerais le péché de gourmandise pour le chocolat. Ça sent moins fort.

— Comme vous êtes amusante, sœur Véronique-du-Crucifix.

— Le rire, c'est ma raison de vivre. Bon! Notre mission va se poursuivre demain. Vous avez hâte, n'est-ce pas?

— Comment pourrais-je m'en cacher? J'aime tant l'enseignement et les enfants. »

À chaque début de septembre, depuis deux années, la jeune femme plonge dans son beau rêve d'enfance. Dès son premier jour d'école, la fillette avait confié à sa mère qu'elle désirait devenir enseignante. La brave femme avait pensé que toutes les petites filles émettent le même désir, mais celui de Françoise Desrosiers n'avait rien d'une pensée volatile. Au cours de ces années, elle présentait à ses parents les bulletins scolaires les plus étincelants que l'on puisse imaginer.

À douze ans, Françoise avait rencontré une lointaine cousine, maîtresse d'une école de rang agricole. Elle avait vu le local exigu, son pauvre coin pour le sommeil et prêté l'oreille à ses plaintes chuchotées sur les abus dont elle était sans cesse victime, comme ce salaire microscopique et des conditions de travail misérables. Les sœurs de l'école du quartier Saint-Philippe semblaient à des milles de cette situation : parfaitement logées et nourries, respectées par tout le monde, ayant à leur disposition des classes vastes et propres, des livres et du matériel adéquat. Peu après, il y eut les années de pensionnat, la poursuite de ses notes parfaites et une foi, en fin de compte, peu différente de celle des autres jeunes filles de la province de Québec. Les Sœurs de l'Adoration-du-Sacré-Cœur pouvaient lui apporter une vie exaltante, dans un milieu où elle s'épanouirait comme enseignante. Existence sévère, cependant! Austère? Non. Cent fois plus agréable que celle de l'épouse d'un ouvrier. De bons repas équilibrés, la sérénité du lieu, une discipline qui agrandit le cœur. La voie de Françoise était tracée et chaque jour devenait une étape vers cet instant extraordinaire où elle deviendrait servante de Dieu.

* * *

Les écolières sont de retour, portant leurs uniformes sévères. Après les mois d'été, retrouver le col et les manches longues doit paraître pénible pour certaines. Les petites ne se mêlent pas aux grandes, pas plus qu'à celles de l'école normale. Les vacances sont terminées et le pensionnat va purifier les âmes souillées par le contact avec la société. C'est du moins le discours habituel de la révérende mère à ses ouailles à chaque début d'année scolaire, tandis que le vieux chapelain répétera ses sermons terrifiants sur le diable et ses tentations. Sœur Marie-Aimée-de-Jésus garde les mains jointes, ce qui l'empêche de penser à tous ces propos alarmants. Elle se dit que la vie est remplie de jolis moments, même au cœur de cette société jugée si dangereuse. Quelle belle enfance que la sienne, malgré une situation sociale difficile : pauvre logement, salaires de crève-la-faim et sacrifices constants de sa mère. Pourtant, elle ne se souvient pas avoir pleuré souvent.

La jeune religieuse se tient devant sa classe avec son plancher ciré, cent fois astiqué par les sœurs converses. Monsieur Léo Vaillancourt, l'homme à tout faire des lieux, a repeint le plafond. La petite bibliothèque se dresse près du tableau noir. Tout au fond, l'immense carte géographique aidera les élèves à comprendre d'où venaient ces lointains ancêtres qui ont fait du Canada un grand pays. La jeune religieuse affiche un visage de cire en nommant les élèves une à la fois. Elles ont tant entendu parler de « Sœur Parenthèse », qui est, de prétendre les aînées, très à la mode. Pourtant, elle a l'air aussi sévère que les autres, malgré les jeunes traits de son visage doux. Les élèves maintenant identifiées, sœur Marie-Aimée-de-Jésus garde un lourd silence et, progressivement, un sourire se dessine sur ses lèvres, provoquant ceux des fillettes, jusqu'à l'éclat de rire de la religieuse. La voilà au cœur d'une volte-face, alors qu'elle frappe le bois de son bureau avec sa grande règle aux extrémités métalliques. «De quoi riez-vous? Répondez! Lucienne Noël, de quoi vous amusez-vous tant?» Les élèves relèvent le sourcil: c'est impossible qu'elle connaisse leurs noms après si peu de temps! Lucienne se lève, bégaie qu'elle ne sait pas.

«Il faut une raison pour rire.

— Je l'ignore, ma sœur.

— Votre ange gardien vous chatouille les pieds?

— Je ne crois pas, ma sœur.

— Assise, Lucienne. Irène Bruneau! Levez-vous, mademoiselle Bruneau, et dites-moi pourquoi vous avez ri.

— Parce que, ma sœur, vous nous avez fait rire.

— Vous ne l'avez pas cherchée très longtemps, cette réponse, mademoiselle Bruneau. Sur votre siège, s'il vous plaît. Je vais vous le dire, moi, pourquoi vous avez ri.»

Sœur Marie-Aimée-de-Jésus marche à grands pas, légèrement courbée, tendant ses mains aux doigts raidis, arrondissant les yeux. Soudain, elle s'ancre au sol et, les bras aux cieux, claironne d'une voix convaincue: «Vous avez ri parce que la vie est belle!» Que de plaisirs en perspective! Les fillettes ont entendu souvent que toutes les élèves de la Sœur Parenthèse deviennent des premières de classe, fiertés de leurs parents et promesses de récompenses en juin prochain. À la récréation, une consœur se presse de rejoindre la jeune religieuse et de lui demander:

« Ça a encore bien fonctionné, votre truc, ma sœur ?

— Certes.

— Je n'oserais pas le faire… Il n'y a que vous pour y arriver.

— Il s'agit d'adapter des stratégies de mise en confiance selon les élèves. Vous savez, Dieu me guide encore pour toujours renouveler mes pensées et mes réflexions sur la pédagogie. Soyez cependant aimable de ne pas appeler mes initiatives des trucs. »

L'histoire est une matière mineure au programme du primaire. Cela sert surtout à activer la mémoire, à faire un peu plus de lecture et à développer des notions de compréhension. Les savoirs eux-mêmes deviennent fort peu utiles dans la vie d'une épouse. Cependant, comme les élèves du pensionnat sont sélectionnées parmi les belles familles de la ville et de la région, sans doute que ces connaissances servent à former des femmes cultivées et de qualité. Elles se feront remarquer par des jeunes hommes, eux-mêmes empreints de culture gréco-latine, d'histoire, de géographie, de philosophie. La révérende mère aimerait que sœur Marie-Aimée-de-Jésus enseigne des matières plus importantes, mais la femme sait que ces classes d'histoire représentent des laboratoires de développement de réflexions pédagogiques qui feront honneur à la congrégation quand elles seront diffusées partout dans la province de Québec. Sœur Marie consigne tout depuis longtemps et ne s'est jamais cachée pour dire qu'elle espère faire publier un livre. En revanche, la classe de pédagogie de l'école normale, dont la jeune religieuse a la responsabilité, donne des résultats plus utiles. Les futures maîtresses d'école laïques ne peuvent que profiter de la science de sœur Marie-Aimée-de-Jésus. L'amour de son métier guide son intelligence prodigieuse et c'est pourquoi les plus hautes autorités du couvent lui laissent le caprice de cette classe d'histoire.

* * *

« Des anges ? Je vais regarder, sœur Marie-Aimée-de-Jésus. Il m'en reste sûrement et… Non ! Il n'y en a plus. Suis-je étourdie ! À l'approche de Noël, pourtant, je devrais en avoir en réserve.

— Puis-je aller en chercher avec vous, chez Fortin ?

— Ne me demandez pas ça. C'est à notre supérieure de décider du choix de l'accompagnatrice.

— Me permettrez-vous de vous accompagner ?

— Si vous le désirez. Vous avez besoin de combien d'anges ?

— Vingt.

— Ne me dites pas que toutes vos élèves méritent une récompense.

— Toutes ont atteint 80 % et plus.

— Vous coûtez cher d'anges à la communauté.

— C'est la plus belle des dépenses : celle de la réussite. »

Les sœurs de l'Adoration-du-Sacré-Cœur ne sont pas des cloîtrées, mais la décence commande de ne pas sortir sans raison précise, dont le plaisir ne fait pas partie. Aucune n'a le droit de partir seule. Pour obtenir l'autorisation, elles doivent subir un feu de questions et sortir du bureau avec des ordres précis à suivre. À l'extérieur, les sœurs sont priées de regarder devant elles et de ne s'adresser à personne, à moins qu'on ne leur pose des questions.

« Ne pourrions-nous pas acheter des boîtes d'étoiles ?

— J'ai ai encore beaucoup.

— Elles ne sont pas tellement à la mode, vos étoiles, ma sœur.

— Pouvez-vous m'expliquer comment une étoile collée dans un cahier peut être à la mode ?

— Oh ! Regardez le chapeau de cette femme !

— Sœur Marie-Aimée-de-Jésus ! Nous ne sommes pas là pour porter des jugements sur les vêtements des civils, mais pour acheter des anges. La révérende mère nous permet vingt-cinq minutes.

— Il me semble qu'une demi-heure aurait été plus simple.

— Si vous passez votre temps à bavarder, nous ne serons pas de retour à temps au couvent. »

Que tout semble vain, chez Fortin. On y trouve l'essentiel pour la vie quotidienne, mais il y a tant de clinquant et de superficiel sur les étagères. Ces décorations de Noël fabriquées en usine sont d'une laideur ! Tant de catholiques oublient le vrai sens de cette fête à cause de ce tintamarre de lumières. Voilà les pensées de la religieuse responsable de la procure, regardant droit devant elle, ce qui l'empêche de surveiller sa compagne et sa tête de girouette.

Marie a prié pour que le hasard la fasse rencontrer le prêtre Charles Gervais. Elle n'a pas oublié leur brève conversation près de la clôture, l'été dernier, ni la chaleur de sa voix, encore moins son sourire serein. Soudain, l'enseignante voit un peu plus loin un prêtre de la même stature et son cœur bat à toute vitesse. Mais… Fausse alerte !

« Voilà nos anges. Retournons au couvent.

— Nous avons encore du temps.

— Pour regarder les vêtements des femmes ? Ma sœur, je vous trouve rafraîchissante, mais je ne voudrais pas rencontrer des problèmes à cause de vous. »

La révérende mère, écoutant le récit de cette sortie, sait que « Sœur Procure » se permet un petit mensonge concernant sa jeune amie. Elle connaît bien le caractère de son enseignante. À chacune sa nature. Que pourrait-elle reprocher sévèrement à cette étincelante pédagogue qui fait briller tels des joyaux les élèves les plus moyennes ? Il faut certes de la rigueur, dans une communauté, mais ce n'est pas une prison.

* * *

« Mon père, je m'accuse d'avoir eu une pensée désobligeante à l'endroit d'une femme, lors de ma sortie jusque chez Fortin pour acheter des anges.

— La nature de cette pensée, mon enfant ?

— Un chapeau d'une laideur effroyable ! Ridicule ! »

Marie a l'impression que la pénitence concerne plus son exclamation que sa pensée pour le couvre-chef. « Cette fois, au moins, il n'avait pas mangé d'ail. » Un autre rosaire pour cette dernière réflexion. Le vieux chapelain la regarde prier, pensant : « Folle jeunesse… » En réalité, il l'aime bien. Une confession n'a jamais rien de banal ni de routinier avec sœur Marie-Aimée-de-Jésus.

« Vous avez mal aux pieds, mon père ?

— Un peu de rhumatisme, à mon âge…

— Allez à l'infirmerie.

— Ce ne sera pas nécessaire. Ce sont des maux normaux, quand on a quatre-vingt-un ans.

— Quatre-vingt-un ? Admirable ! Monseigneur devrait vous réserver une belle retraite.

— Vous désirez vous débarrasser de moi, sœur Marie-Aimée-de-Jésus ? »

La jeune religieuse croit, en effet, que ce chapelain est devenu trop âgé pour la lourdeur de sa tâche. Il lui arrive de faire confesser un péché déjà avoué dix minutes plus tôt. Les messes du matin semblent de plus en plus pénibles à célébrer. Son latin lui vient moins aisément et il répète souvent le même sermon. Lors d'une leçon de catéchisme aux petites de deuxième année, il a réussi le tour de force de s'endormir sous leurs yeux. En cette fête de Noël, plus d'une religieuse pense secrètement que leur chapelain aurait pu montrer une certaine joie, lors de la grande célébration.

* * *

Voilà 1937. Dès le retour de ses élèves, Marie désire les entendre raconter leur Noël en famille. Elle ouvre une parenthèse pour leur parler de traditions, enrobées d'une histoire charmante, inspirée, il est vrai, des écrits d'Édouard-Zotique Massicotte. Les écolières se redressent sur leur siège à chaque fois qu'elle annonce : « Je vais ouvrir une parenthèse, pour votre bon plaisir. Ne prenez rien en note, ce n'est pas matière à étude. Ce sera notre secret. Même pour le bon Dieu. Oh ! Vous savez, je suis certaine que Notre Seigneur se montre friand de mes parenthèses et qu'il doit faire signe à tous ses saints pour venir m'entendre. » Pour sœur Marie-Aimée-de-Jésus, la science historique doit être une histoire à raconter à ces jeunes cœurs. Cela devient beaucoup plus facile de se souvenir de Samuel de Champlain et du père Brébeuf quand la religieuse les fait vivre au quotidien, bien qu'il n'ait pas été prouvé que Champlain raffolait des tartines à la mélasse.

« Des tartines à la mélasse…

— À vrai dire, ma mère, la mélasse était un produit des pays chauds et il aurait été préférable de parler de citrouille, car…

— Aux fraises, peut-être ?

— À l'époque de Champlain ? Je suis certaine que non.

— Sœur Marie-Aimée-de-Jésus, je vous ai permis quelques fantaisies dans le cadre de vos études sur le comportement des élèves, afin de renforcer vos pensées de stratégies pédagogiques, mais je vous demanderais de respecter le programme d'études.

— C'est que je…

— Qu'est-ce que j'ai dit ?

— Bien, révérende mère. »

Aucune parenthèse pendant un mois entier ! Les fillettes se demandent si leur maîtresse se porte mal. Cela n'empêche pas qu'aucune n'a raté la question de l'examen sur Samuel de Champlain. Quand elle décide d'en ouvrir une nouvelle, les sourires décorent chaque visage. Alors, Marie renaît, gesticule, arpente la classe à pas saccadés, ricane, feint les larmes avant de joindre les mains, confessant : « L'histoire, c'est tellement beau ! » La science redevient vivante et, à la fin de l'année scolaire, la gagnante d'un prix se dit prête à le partager avec toutes celles qui ont vécu ce magnifique voyage pendant ces mois radieux.

« Soyez toujours une bonne petite catholique, aidez votre maman, prenez soin de vos jeunes frères et sœurs. Voilà la recette pour de belles vacances, Irène.

— Je vous le promets, ma sœur. Est-ce que je pourrai quand même jouer un peu ?

— Bien sûr.

— Je vais m'inscrire à l'OTJ. Ma grande sœur y est monitrice. J'y suis allée, l'an dernier, et c'était amusant.

— L'OTJ ? Vous avez cherché conseil auprès de leur aumônier ?

— Le bon père Gervais ? Non ! Il joue surtout à la balle avec les garçons. Par contre, il a enseigné de belles chansons aux monitrices. Bonne vacances, ma sœur. Je ne vous oublierai pas dans mes prières. »

La religieuse s'enrobe de silence, perd son beau sourire tant aimé par les fillettes. Elle semble soudainement inquiète, devant une Irène étonnée, qui s'éloigne à reculons en envoyant la main. Le fait qu'Irène ait défini monsieur Gervais comme « Bon » isole soudainement la religieuse de l'ensemble des festivités. Comment peut-on travailler comme guide spirituel d'élèves d'un séminaire et jouer à la balle avec des fils d'ouvriers, puis enseigner des chansons ? Cet homme-là, se dit-elle, doit être exception-nel. Elle a beaucoup pensé à lui, au cours des derniers mois. La jeune religieuse aimerait tant qu'une autre balle franchisse la clôture. Voilà Marie se trouvant sotte de toujours se promener de ce côté. Elle trouve dommage que les hommes de Dieu n'aient pas plus souvent des relations avec ses servantes. Chacun pourrait apprendre de l'autre. Quand l'abbé Albert Tessier vient présenter ses films aux écolières, il adore parler avec les sœurs et elles le lui rendent bien. Il pourrait s'entretenir d'histoire pendant des heures avec sœur Marie-Aimée-de-Jésus.

Elle cherche à sortir, se portant volontaire comme accompagnatrice, mais la révérende mère lui rappelle qu'il ne faut pas abuser. Il vaut mieux consacrer ces mois d'été à la lecture, à la prière, à la réflexion pour élaborer d'autres stratégies encore plus efficaces. Marie aimerait aussi que le programme d'histoire se penche davantage sur les modèles féminins. Un garçon peut se prendre pour Jacques Cartier ou Lavérendrye et tant d'autres, mais qu'ont les filles, sinon Marguerite Bourgeois et Jeanne Mance ? Les épouses de colons ont aussi participé à l'histoire. Et ces braves filles du roi, donc ! Pourquoi personne ne connaît leurs noms ? Il lui semble qu'elle pourrait tant en savoir plus en fréquentant des centres d'archives, en parlant avec de véritables historiens.

* * *

« Sœur Marie-Aimée-de-Jésus, vous vous souvenez de ce prêtre athlétique et de sa balle de baseball ? Eh bien ! Je l'ai croisé !

— En quelle circonstance, sœur Véronique-du-Crucifix ?

— Je me suis rendue au centre-ville, en compagnie de sœur Thérèse-de-la-Providence, pour acheter du papier de soie et nous l'avons rencontré sur un trottoir de la rue Notre-Dame. Il s'est empressé de demander de vos nouvelles.

— Il se souvenait de moi ?

— En réalité, beaucoup plus de la façon dont vous lui aviez retourné cette balle.

— J'espère que vous l'avez salué de ma part.

— Pas du tout.

— Sœur Véronique-du-Crucifix !

— Vous savez comme j'ai toujours le cœur à rire ! Bien sûr que je lui ai transmis vos salutations. »

Pourquoi une telle coïncidence ne lui est-elle pas arrivée ? Pensée futile ! Travail ! Travail ! Travail ! Et revoilà les écolières ! Sœur Marie-Aimée-de-Jésus cherche Irène du regard. À la récréation, l'enfant lui fait part des chansons apprises à l'OTJ, de ses parties de ballon, de sa visite à l'église Notre-Dame de Montréal, conjointement avec les otéjistes de Nicolet et de Shawinigan. Un beau voyage ! Elle semble avoir oublié de répondre à la question de la religieuse : « Et l'aumônier ? » Ah oui… Il s'occupe surtout des garçons et de leurs moniteurs. Travail ! Travail ! Et l'humilité d'une confession : « Mon père, je m'accuse d'avoir eu des pensées amicales pour un homme. C'est un prêtre. » Qu'est-ce que le vieux chapelain va donc lui répondre ?

« Une femme, religieuse ou pas, peut avoir de bonnes pensées amicales pour un prêtre. Dans nos saintes paroisses agricoles canadiennes, beaucoup de femmes vouent à leur pasteur de l'admiration et de l'amitié.

— Ce n'est donc pas un péché ?

— Avez-vous eu une pensée de la chair pour cet homme ?

— Pas du tout, mon père, et je vous le jure avec mon Créateur comme témoin.

— Qui est ce prêtre, sœur Marie-Aimée-de-Jésus?

— C'est un directeur spirituel pour les élèves du séminaire. Il s'appelle Charles Gervais.

— Je le connais. C'est une fort belle personne. Heu… Je veux dire qu'il a une belle personnalité. »

* * *

Les élèves se montrent enthousiastes, lors du retour en classe, sachant qu'elles vont apprendre l'histoire de façon agréable avec la plus jolie jeune religieuse du couvent. Pour ces fillettes, les moments à passer dans un local de classe sont souvent les plus plaisants de la journée, car tout ce qu'elles vivent au pensionnat leur paraît si rigoureux. Ce silence constant! Cette surveillance de tous les instants! Ces dizaines d'interdictions! La discipline forme le caractère, mais voilà parfois une situation difficile pour des jeunes cœurs. Quand la cloche les appelle vers leurs salles de cours, elle sonne comme une libération. L'amour que les sœurs portent aux enfants éclate alors au grand jour, même de la part de religieuses très sévères et pointilleuses au dortoir, au réfectoire, ou à la chapelle.

Les semaines se succèdent et si, parfois, Marie sent de la lassitude face au programme à suivre, elle trouve réconfort dans la prière, ses lectures et ses pensées relatives à son métier. En décembre, peu avant le départ des élèves pour un court congé de Noël, une petite avoue à son enseignante qu'elle aimerait faire part à ses frères et sœurs des histoires que la religieuse a racontées pendant les leçons. «Je ne me souviens pas de tout, ma sœur. Vous devriez écrire ces histoires. Ainsi, je pourrais les lire aux enfants de ma famille et de ma parenté. » La remarque naïve porte Marie à réfléchir. En réalité, ses parenthèses n'ont rien d'improvisé. Elles sont le fruit de réflexions et, bien souvent, les textes de ces histoires sont sommairement rédigés et mémorisés. Marie décide de présenter un projet à la révérende mère.

« Écrire un roman ?

— Pour les enfants, ma mère. Tout en faisant une saine lecture, honorant la beauté de notre langue et en glorifiant notre religion, ils pourraient retenir les hauts faits de l'histoire du Canada d'une façon agréable.

— Si votre projet demeure dans la limite de la décence et en respectant le programme scolaire d'histoire, je vous autorise à élaborer un plan de roman, que vous me soumettrez et que je montrerai aux autorités cléricales de notre diocèse. Vous savez comme il y a de mauvais romans d'origine protestante menaçant nos enfants de perdre les valeurs qui ont fait du Canada français un peuple aimé du Tout-Puissant et respecté dans le monde entier à cause de sa foi exemplaire. Je vous demande aussi de ne pas insister sur le goût de Samuel de Champlain pour les tartines à la mélasse.

— Il semble que cette anecdote vous ait marquée, ma mère. N'ayez aucune crainte de ce côté.

— Cela ne vous fatigue pas, d'avoir tant d'idées ?

— Beaucoup ! Le repos éternel sera davantage merveilleux. »

Marie aimerait laisser libre cours à son imagination, mais la chose s'avère impossible. La vie des religieuses est réglée comme une horloge suisse. Chaque chose en son temps et lieu, se répétant tous les jours de l'année. Il ne reste à la jeune enseignante qu'une demi-heure avant le coucher, période toujours propice à la méditation, après avoir terminé la préparation des leçons du lendemain. Est-ce suffisant pour élaborer un plan de roman ? Elle connaît la réponse que le chapelain lui ferait et évite de lui poser la question. Prier, il va de soi ! Il reste une solution : se lever plus tôt afin d'écrire. Déjà qu'il faut le faire à cinq heures et jeûner trois heures ! Cependant, la jeune religieuse se voit étonnée, après deux semaines de cette discipline, du plus grand bien que ces séances d'écriture lui procurent. Ce silence profond dans le couvent endormi, la noirceur mystérieuse de la nuit, l'intimité agréable procurée par la lumière de sa modeste lampe de travail. Parfois, elle regarde à l'horizon. La ville semble dormir aussi, mais elle sait qu'il n'en est rien. Deux de ses frères sont à l'emploi d'une usine, travaillant durement pour un mince salaire, comme tant d'autres hommes et mêmes des femmes de Trois-Rivières. En ouvrant la fenêtre et en prêtant l'oreille, elle entend ronronner une de ces entreprises. « Comme je suis chanceuse d'être ici… Quel aurait été mon sort, en demeurant laïque ? Tant d'inquiétudes pour des enfants, pour un époux sans cesse tenté par l'alcool, le jeu et les blasphèmes. Habiter un sordide logement, le tout après avoir enseigné trois années dans des conditions inadmissibles dans une école de campagne, demeurant sujette aux commérages, à la surveillance de tout le monde. Chanceuse, je suis ! Et pourtant… le sacrifice de mes fantaisies et de ma liberté me pèse parfois lourd sur le cœur. Bon ! Le temps de la messe approche. Enfile ton uniforme, petite ! »

Le chapelain arrive en retard. La troisième fois, depuis deux mois. Cette faute risque de perturber l'horaire. Les religieuses prient pour que le Divin le garde en santé et qu'il

guide monseigneur dans la décision nécessaire de remplacer le vieux prêtre. Pourtant, sœur Marie-Aimée-de-Jésus
considère maintenant l'homme avec plus d'égards.
Quarante années de service à ce couvent, voilà qui lui
paraît extraordinaire. Discrètement, il lui a parlé de Charles
Gervais, aussi dévot que le bon père Frédéric et que tant
d'autres grands religieux de l'histoire canadienne. Les
garçons du séminaire, a assuré le vieillard, l'apprécient avec
une grande affection.

Deux mois après sa demande, Marie apporte à la
révérende mère les plans de rédaction de trois romans,
avec les objectifs pédagogiques expliqués clairement, ainsi
que les moyens littéraires pour les atteindre. Les jeunes
filles ont besoin de modèles : voici le personnage Jeanne,
qui a leur âge et le conserve, même si les récits proposés se
déroulent à trois époques différentes. La religieuse lui a
adjoint un faire-valoir masculin : son frère Pierre. Il n'était
pas prévu au départ, mais Marie a vite pensé que les
garçons, bien que moins friands de lecture, pourraient
aussi apprécier ces petits livres d'une cinquantaine de
pages. La révérende sourit brièvement, avant de laisser
tomber sèchement son crayon sur le bureau.

« Vous êtes incroyable, sœur Marie-Aimée-de-Jésus.

— Dieu m'a éclairée dans ma tâche d'éducatrice.

— Je trouve vos plans excellents et je vais tout mettre en
œuvre pour convaincre monseigneur du bien-fondé de
telles fictions. Cependant, il ne faudrait pas que cette
activité vous fasse négliger votre mission d'enseignante.

— La fin de la nuit est propice à cette création et je me
suis habituée à me lever un peu plus tôt.

— La fin de la nuit ? Est-ce que je devine que vous avez commencé à écrire la première histoire ?

— J'étais tellement certaine de votre acceptation que j'ai pris ce risque. »

Marie a maintenant hâte à chaque réveil pour retrouver la plume et le papier. En classe, discrètement, elle tâte le terrain des goûts des élèves, offrant même quelques extraits de son récit. À la fin de l'année scolaire, la réussite de ses fillettes prouve de nouveau à ses consœurs l'efficacité de ses méthodes modernes.

* * *

«Vous voilà donc romancière.

— Non, mon père. Je suis une servante de Dieu et j'obéis au Maître de l'univers en instruisant les enfants, de quelque manière que ce soit, dans le but de faire de ces futures femmes des bonnes catholiques et de braves mères de famille.

— Vous répondez toujours ce que je ne veux pas entendre.

— Pardonnez-moi, monsieur le chapelain.

— Il a été question de vous, lors de ma visite de la semaine dernière au séminaire. Plusieurs prêtres se demandent si monseigneur a eu tort de vous autoriser à écrire des romans, aussi catholiques puissent-ils être. D'autres se montrent curieux des réussites répétées des élèves qui vous sont confiées. C'est le cas de l'abbé Charles Gervais. Il m'a dit que vous étiez une bonne personne.

— Il ne peut y avoir de mauvaise religieuse, mon père.

— Racontez-moi l'histoire de ce roman, ma sœur. Je vous autorise à venir à ma maisonnette. Demandez à nos dévouées converses de m'apporter un sandwich aux tomates.

— Je vais leur dire.

— Qu'elles ajoutent de l'ail pour la peine. »

Chemin faisant, Marie lorgne du côté de la clôture, là où elle avait rencontré Charles Gervais. Elle voit des garçons jouant à la balle dans la rue. La religieuse a appris qu'il travaille toujours comme aumônier de l'OTJ. Pour chasser ces pensées, elle se lance de plus en plus dans les retouches de ce premier roman, magnifiquement illustré par Marie-du-Cœur-de-Jésus, l'artiste du couvent. En mai, le texte a été approuvé par l'épiscopat de la province de Québec. Monseigneur l'a félicitée et l'abbé Albert Tessier s'est même déplacé pour lui dire comme il se sentait heureux de cette initiative louable, qui servira à faire aimer davantage l'histoire du Canada à la jeunesse. Ces hommes lui ont confié qu'il valait mille fois mieux avoir Jeanne et Pierre comme modèles que les vulgaires héros d'origine américaine dont les romans obscènes peuplent les tourniquets de gare, les débits de tabac et les épiceries de quartier. Ils l'ont assurée que tous les évêques des diocèses de la province ordonneront à leurs prêtres de recommander ce roman aux jeunes.

Le début de l'année scolaire 1938 est marqué par le lancement de ce premier roman. Pour une occasion aussi unique, un goûter sera servi à l'archevêché. Les notables de la ville seront présents, ainsi que des représentants de chaque communauté religieuse, sans oublier les journalistes. « Je vais me faire belle ! » de déclarer Marie en ricanant, après le dîner. La jeunesse et les sourires demeurent toujours magnifiques. Point de vanité, cependant. La révérende mère l'a avertie sévèrement. Sœur Marie-Aimée-de-Jésus s'en est confessée : « Une petite fierté personnelle face au travail accompli. » Le chapelain lui a indiqué qu'il ne s'agissait même pas d'un péché véniel. Avec l'âge, l'homme se montre plus souple. Les anciennes ont souvent chuchoté à Marie que jadis, le prêtre tonnait à chaque sermon et que les religieuses se sentaient prises d'effroi avant chaque confession.

En arrivant à l'archevêché, la vedette du jour cherche les représentants du séminaire. Elle perd son sourire en constatant que le jeune prêtre Gervais brille par son absence. Ce serait sans doute déplacé de demander de ses nouvelles. Tout le monde souhaite un franc succès à ce premier livre. La romancière assure que le second se trouve déjà en phase de création et qu'il pourrait être disponible à temps pour le début de janvier. L'éditeur lui a demandé de produire deux livres par année, pour soutenir l'intérêt. Trois heures plus tard, Marie est de retour au couvent, pour une modeste fête privée, où les sucreries deviennent permises, bien que limitées.

Le lundi suivant, ses élèves lui offrent une carte de bons souhaits et réclament des autographes. Une semaine plus tard, plusieurs ont déjà lu la première aventure de Jeanne et de Pierre, sans oublier le héros Samuel de Champlain. Les grandes de l'école normale jurent qu'elles utiliseront cette fiction comme outil pédagogique, quand elles seront enfin devenues maîtresses d'école. « Vraiment ? Vous voilà piégées par votre compliment, mesdemoiselles. Rédigez-moi un texte de deux pages sur la façon pédagogique d'utiliser ce roman. À remettre demain. Une bonne maîtresse doit être capable de réfléchir rapidement. » Les mines ne feignent pas la moindre protestation, car chacune sait quoi répondre.

Un peu plus tard, Marie est invitée par les enseignantes de l'école des filles du quartier Saint-Philippe pour parler de la fiction. L'accueil, dans une grande salle, est chaleureux, malgré les visages sévères de trois religieuses, contrastant avec celui, radieux, de Marie. Elle raconte aux enfants l'origine des deux personnages, résume l'histoire, leur révèle sa discipline d'écriture, les entretient de ce Champlain figé dans les manuels scolaires et qui prend vie sous sa plume. Donnera-t-elle le goût à ces petites de fréquenter le pensionnat? De devenir des religieuses? Sœur Marie-Aimée-de-Jésus ne s'intéresse pas aux intérêts de propagande et n'a toujours poursuivi qu'un seul but : éveiller le meilleur dans chaque être.

À la fin de la conférence, Marie se rend compte qu'il ne lui reste que vingt minutes pour retourner au couvent et accueillir ses propres élèves. Elle presse le pas, poursuivie par son accompagnatrice qui lui rappelle la règle de décence : une sœur ne doit pas s'essouffler ni faire de démonstration semblable dans les rues. Marie se retourne, la regarde fixement pour demander : «Et un retard? Quel exemple donnerais-je à mes enfants si je suis en retard, alors qu'elles vivent au cœur d'une discipline austère où la ponctualité est citée comme une vertu?» Elle reprend aussitôt son pas affolé, mais est vite arrêtée par une remarque venant de nulle part : «Bonjour, sœur Baseball!» Charles Gervais! Pourquoi fallait-il le rencontrer dans les pires conditions?

«J'ai ma leçon dans dix minutes. Je ne peux pas vous parler. J'aurais bien voulu, vous le devinez.

— Nous aurons sans doute l'occasion un peu plus tard.

— Oh oui! Je… Je veux dire que j'en serais ravie. Et je m'appelle sœur Marie-Aimée-de-Jésus, et non sœur Baseball. »

L'accompagnatrice en aura long à raconter sur la conduite de la jeune religieuse. «Le succès lui monte à la tête. Je crains les pires égarements de conduite», pense-t-elle. En arrivant au couvent, tout juste à temps, le duo se frappe à un silence profond et mystérieux. Le chapelain est décédé et il n'y aura pas de leçons aujourd'hui, le reste de la journée devant être consacré à la prière.

«Mais je lui ai parlé hier !

— Cette remarque ne vous honore point, sœur Marie-Aimée-de-Jésus. Vous devriez savoir que le Créateur a le pouvoir de rappeler près de lui qui bon lui semble, quand cela lui plaît. Ce pourrait être vous dans dix minutes.

— Pardonnez-moi, ma mère…

— Allez rejoindre les autres à la chapelle. »

Ce prêtre aura marqué le couvent par sa grande dévotion et son dévouement. Il aura été la source de secrets, dont plusieurs… ne manquent pas d'humour ! Avant tout, il a accompli sa tâche, comme recommandé par ses supérieurs. Plusieurs religieuses auraient souhaité qu'il prenne sa retraite, mais mourir au devoir n'est-il pas plus édifiant ? En plus des prières ordonnées, un jeûne est imposé. Seules quatre sœurs s'occupent des affaires courantes.

L'aurore levée, plusieurs citoyens de Trois-Rivières voient le spectacle étonnant de ces quarante religieuses, suivies par leur centaine d'élèves, marchant vers la cathédrale pour assister à la messe. La vie doit continuer et les leçons reprendre, même si les écolières savent que sœur Marie-Aimée-de-Jésus n'ouvrira pas de parenthèse aujourd'hui.

Les sœurs cessent leur jeûne à la vingt-cinquième heure suivant le décès, mais leur repas demeure frugal. Plus d'une remarque l'absence de la révérende mère et devine qu'elle a rencontré l'évêque du diocèse pour presser la nomination d'un nouveau chapelain. La nouvelle leur parvient peu après la fin du repas. «Mes sœurs, sa Grandeur a répondu à notre appel pour le bien de notre communauté. Dès demain, la messe sera célébrée par un nouveau chapelain. Vous l'accueillerez avec piété et tous les égards, car c'est Dieu qui a guidé la décision de monseigneur. Il s'agit d'un jeune prêtre du séminaire, reconnu pour sa grande dévotion et ses connaissances profondes en matière spirituelle. Son nom est Charles Gervais. Puisse sa présence entre nos murs devenir aussi longue que celle de notre guide disparu.»

CHAPITRE 2

1939-1941

Les religieuses apprécient le nouveau chapelain, très inspiré lors des sermons et faisant preuve d'une grande habileté quand il enseigne le catéchisme aux filles. Il se montre cependant intraitable lors des confessions… N'est-ce pas pour le mieux ? Cependant, il va de soi que les fautes des sœurs paraissent plus sobres que celles d'un ouvrier. Le chapelain se rend compte que la gourmandise, ou tout au plus le désir de gourmandise, semble à la mode, au couvent.

« Je n'ai pas péché, mon père.

— Cherchez comme il faut au fond de votre âme, ma sœur.

— Je vous assure que j'ai été sans tache. Je voudrais que vous me donniez une pénitence pour mes péchés passés.

— Trouvez-moi un tout petit péché véniel mignon, ma sœur… Allez, faites un effort et réfléchissez. »

Sœur Marie-Aimée-de-Jésus, malgré le sérieux du moment, ne peut s'empêcher d'esquisser un sourire face à cette phrase inattendue. Charles Gervais ne manque certes pas d'humour, mais qu'il en fasse preuve au confessionnal devient matière à étonnement.

« Eh bien… Je… Je suis coupable d'une colère. Mais très légère ! Je voulais accompagner sœur Catherine-du-Cœur-Divin au centre-ville et la révérende mère m'a refusé cette permission. Alors, j'ai eu cette colère.

— Vous sortez pourtant souvent, pour aller parler de vos romans dans les écoles.

— Je voudrais confesser un péché plus grave, mon père.

— Je vous écoute.

— Le mensonge. Ce que je viens de dire est faux, mais je désirais vous faire plaisir, comme vous me l'avez demandé.

— Mentir au confessionnal ? Je… Je vais vous donner une pénitence pour vos péchés antérieurs, mais il faut d'abord me les confesser. »

Le chapelain, désireux d'obéir aux ordres sévères mais justes de l'évêque et à ceux de la révérende mère, s'en tient à la lettre aux règles de discrétion établies, afin de respecter la décence devant prédominer entre un homme côtoyant chaque jour un groupe de femmes et de jeunes filles. Son rôle demeure strictement religieux : célébrer la messe, les vêpres, enseigner le catéchisme, voir aux confessions et servir de guide spirituel. Il peut aussi organiser des conférences, des pèlerinages, des processions, des bazars pour gagner de l'argent à donner aux pauvres. Il n'a pas le droit de flâner dans le couvent ni dans le pensionnat. Ses repas lui sont apportés à la maisonnette bâtie pour lui, dans le fond de la cour.

Marie sait que tant de rigueur doit paraître un peu difficile au chapelain, lui si habitué à une certaine liberté, par son rôle d'aumônier de l'OTJ. Elle ne peut expliquer pourquoi, mais son cœur le lui a révélé. Elle n'ignore pas non plus que le vieux chapelain prenait ses aises face à ces règles. Ainsi, lors des récréations, il ne se privait pas pour parler aux plus belles normaliennes.

* * *

« Notre bon chapelain s'est blessé à la main.

— Oh ! Rien de grave, chère sœur infirmière ?

— Une coupure un peu profonde, mais il a eu la sagesse de venir me voir. Le pauvre s'est perdu dans les couloirs, à la recherche de mon local. C'est un homme robuste, avec des mains très dures.

— Oui, elles sont larges, comme celles d'un athlète.

— Depuis quand remarquez-vous les mains des hommes, sœur Marie-Aimée-de-Jésus ?

— N'est-il pas expressif avec ses mains, lors des sermons ? »

Marie se dit contente d'apprendre qu'il s'est égaré. Peut-être la cherchait-il pour savoir où se situait l'infirmerie ? « Je sens qu'il voudrait parler avec moi. » Tant pis pour le règlement : elle décide de lui rendre visite, pour s'informer de cette blessure. En approchant, la jeune femme arrête loin de la maisonnette, pensant aux conséquences de cette désobéissance. Le hasard la rattrape, quand une sœur converse passe à ses côtés, avec un sac de papier brun. « C'est du café. Notre chapelain en consomme beaucoup. » Marie suit la servante, agacée, désireuse de savoir ce qu'elle fait là. « Je vous accompagne, ma sœur. Si j'ai une autorisation ? Non. Notre dévouée garde-malade m'a dit que le chapelain s'est blessé. Je lui rends une visite de courtoisie. Faut-il une autorisation parce que je veux me montrer polie ? »

Marie regarde brièvement le modeste intérieur du prêtre. Celui-ci se montre étonné de voir l'enseignante. Il remercie la converse et lui jure de diminuer sa consommation de café. Les religieuses ne doivent pas demeurer plus longtemps. Marie a pu voir une statuette de la Vierge, des peintures du Sacré-Cœur et de Jésus en croix et… la photographie d'un homme portant une casquette de baseball! Il y avait aussi des livres en grande quantité. Avant de vaquer à ses occupations, sœur Marie passe par la chapelle pour prier plus qu'il ne faut. La converse la trahira certainement et elle imagine les reproches de la révérende mère.

* * *

« L'bon Dieu voit tout pis y entend tout aussi, mais des fois j'me dis, sauf vot' respect, p'tite sœur, qu'y a des bouts compliqués dans vot' vie que je n'comprends pas trop.

— J'ai trop parlé, monsieur Vaillancourt…

— Ben non! Vous êtes une bonne p'tite femme pis j'suis content que vous m'parliez comme à un grand frère. Vous voulez rencontrer le chapelain? Allez dans la cuisine, je vais vous arranger ça à la mode.

— Dans la cuisine?

— Pas de questions. »

Léo Vaillancourt est le seul homme pouvant circuler librement en tout temps dans le couvent et le pensionnat. Quelle congrégation pourrait se passer d'un homme à tout faire? Plombier, menuisier, peintre, électricien. Tout ce qui doit être réparé, amélioré. Léo est le fils de Joseph Vaillancourt, qui a tenu le même poste pendant près de quarante années. L'intention de Léo est de servir les sœurs plus longtemps que son paternel. « Y m'reste vingt ans. »

Léo observe les règles de silence de certains lieux, mais se permet de plus grandes familiarités dans le secteur des converses. Voilà sœur Marie-Aimée-de-Jésus dans la cuisine, se demandant ce qui va se passer, alors que certaines religieuses lui font le mauvais œil, sans doute au courant de sa hardiesse aux côtés de celle s'étant rendue porter le café.

Moins de quinze minutes plus tard, Léo revient avec le prêtre. L'homme à tout faire peste contre un lavabo à réparer, coincé entre deux comptoirs. «Comme j'vous disais, tout seul, j'peux pas l'enlever, pis j'pense que nos bonnes sœurs ont pas les muscles d'un homme. Avec vot' force, je vais en venir à bout.» Ardu, en effet! Effort soutenu! Au fond, le prêtre sait que Léo aurait pu s'y prendre autrement, mais que ce défi manuel était une excuse pour le mettre face à face avec Sœur Marie-Aimée-de-Jésus.

«Vous avez du bras, monsieur le curé.

— Pendant mes vacances estivales de séminariste, je travaillais dans une filature. J'ai déjà goûté à l'ouvrage dur, monsieur Vaillancourt, selon l'expression de notre bon peuple canadien.

— Prenez donc un p'tit café! Une pause pendant vos prières, ça peut se faire, non? Le bon Dieu va comprendre. Ti-Boutte, servez-lui un café!

— Ti-Boutte? Vous appelez une religieuse Ti-Boutte?

— Elle n'est pas ben grande... Vous savez, les converses, c'est des ouvrières, comme moi j'suis un ouvrier. Pis quand ça fait tant de temps qu'on est au service de la communauté... La révérende mère, j'oserais pas! Surtout qu'elle est grande! Mais icitte, on se permet. J'peux même vous jurer qu'il y a une des sœurs qui fume en cachette… Une cigarette par année! Mais j'vous dirai pas son nom!»

Très souvent depuis son entrée au service de la communauté, le chapelain pense à cette petite religieuse savante, à son sourire radieux, à sa belle voix douce quand elle est en confession, ainsi que ses yeux pétillants. Jamais il ne pourra oublier la façon vigoureuse dont elle lui a retourné sa balle. Il croit que les religieuses et les prêtres ne devraient pas vivre si loin les uns des autres. Ne servent-ils pas la même cause? Charles s'installe avec sa tasse devant Marie, très satisfait de ce «hasard».

«J'ai très hâte de lire votre prochain roman, ma sœur.

— Il sera prêt dès le mois de mai et ensuite, en selle pour un autre.

— Les idées se bousculent dans votre immense imagination.

— Imagination? Notre grande histoire canadienne regorge de héros et de situations romanesques. Il devient alors facile d'y faire évoluer mes jeunes personnages.

— Jeanne et Pierre sont très aimés des enfants. De beaux exemples! L'été prochain, avec la permission de la révérende mère, je vous inviterai à venir parler de ces romans aux petits de l'OTJ.

— Vous en êtes toujours l'aumônier, malgré vos lourdes tâches ici?

— J'ai insisté auprès de monseigneur pour garder ce poste cette année. Je ne me fais cependant pas d'illusions et je serai remplacé. Sans doute que je guiderai un jeune prêtre, mon successeur, au cours des mois chauds.

— Il me fera plaisir de rencontrer ces enfants, monsieur Gervais. Surtout les garçons! Je suis très habituée aux filles, vous le devinez. Mon Pierre au cœur de papier s'enrichira certainement au contact de vos petits bonshommes. »

Après quinze minutes, le prêtre s'éloigne en souriant, amusé d'avoir été l'objet de cette mise en scène, lui révélant avant tout que cette religieuse exceptionnelle le considère avec amitié. Peu à peu, sans rien brusquer, il pourrait s'entretenir avec elle de riches sujets.

Le nouveau roman de sœur Marie-Aimée-de-Jésus sort des presses à la fin de l'année scolaire. Le premier volume s'est fort bien vendu à cause de son bas prix de dix sous et aussi parce qu'il a été recommandé par les autorités cléricales de tous les diocèses de la province de Québec. La jeune romancière reconnaît que ce dernier aspect a facilité le succès, mais qu'il n'y a là rien de négatif. Le principal consistant à apporter le bonheur d'une lecture saine à la jeunesse, tout en l'instruisant agréablement sur les faits d'armes du passé canadien.

Marie se prête de nouveau au jeu du lancement. Faudra-t-il s'y plier à chaque occasion? Celle-ci lui paraît unique, car le chapelain fait partie de la délégation du couvent. La religieuse s'exprime avec sa voix pétillante. Toute sa personne respire la joie de vivre et la sérénité. La voilà invitée à une causerie radiophonique.

«Dédicacer votre copie? Ridicule, monsieur Gervais.

— Pourquoi?

— C'est du vedettariat. Une bonne sœur doit toujours faire preuve d'humilité.

— Allons donc… Un petit mot, en toute amitié, me ferait plaisir.

— Dois-je signer Sœur Baseball?

— Saviez-vous que le grand Babe Ruth a été élevé par une communauté catholique?»

Le chapelain tient sa promesse et sœur Marie-Aimée-de-Jésus a l'occasion de rencontrer les enfants de l'OTJ. Plusieurs connaissent le premier livre et ont une multitude de questions à lui poser sur son inspiration et sur sa méthode pour écrire une histoire. Charles a surtout noté que la religieuse n'a pas cherché à se montrer missionnaire pédagogique, sachant que les petits jouissent de vacances scolaires méritées et qu'ils sont inscrits à l'OTJ pour s'amuser. Quels moments inoubliables pour les deux religieux! Bien sûr, l'homme est demeuré fidèle à son rôle d'aumônier au cours de la belle saison, formant son successeur, mais il s'est tout de même acquitté de ses nombreuses tâches au couvent.

«Quel sera le sujet de votre prochain roman, ma sœur?

— Jeanne et Pierre vont entretenir des relations amicales avec deux jeunes Hurons. Jeanne réussira à convaincre la petite Sauvagesse de se présenter au couvent des Ursulines de Québec. Quant au garçon sauvage, il fera preuve d'une foi admirable qu'il communiquera à ses parents.

— Voilà une belle histoire. Je vous félicite.

— Les Sauvages nous ont appris beaucoup. Sans eux, nos ancêtres n'auraient pu survivre longtemps sur ces terres. En connaissant tant les secrets de la nature, ils étaient déjà en relation avec Dieu. Mon histoire doit cependant demeurer distrayante.

— Vous écrivez toujours très tôt le matin ?

— Je dirais plutôt tard dans la nuit. N'oubliez pas que parallèlement, j'écris mon guide pédagogique. La nuit est si douce. Elle porte à la réflexion, à la paix de l'âme.

— Je suis d'accord avec vous. Moi-même, j'aime me lever tôt afin de prier et lire mes traités de théologie. »

Les deux se regardent dans les yeux et partagent un bref sourire radieux. Une religieuse rejoint vite sœur Marie-Aimée-de-Jésus qui s'était un peu échappée de sa protection sous prétexte d'une salutation polie au prêtre. Celle-ci commençait à s'éterniser.

Une année après le décès du vieux chapelain, son souvenir s'estompe graduellement. La mère supérieure n'a que de bons mots pour son successeur. Ses conférences sur les papes ont été fort prisées. Plus d'une religieuse a souvent recours à ses services pour des questions spirituelles. Charles Gervais est un véritable savant de ces sujets. Ses réponses prennent souvent la forme de citations, avec la référence du livre consulté suivant quelques secondes plus tard. Curieusement, Marie n'a jamais pris de rendez-vous pour une de ces séances.

* * *

« Il a trois frères pis deux sœurs. Ils vivent tous encore aux États, sauf un frère qui a une terre au Lac-Saint-Jean.

— Une belle famille. Quel dommage de voir tant de nos concitoyens ne jamais revenir des États-Unis.

— J'avais un oncle aux États pis quand y nous visitait, il disait que tous les Canadiens de là-bas parlaient français, étaient encore catholiques. Charles m'a raconté que ça a tendance à ne plus être comme ça.

— Vous l'appelez par son prénom ?

— Y m'appelle Léo. Pas de gêne, entre *chums*. En tout cas, p'tite sœur, si vous voulez savoir aut' chose, ne vous gênez pas pour me le demander.

— Que ceci soit notre secret, monsieur Vaillancourt. »

L'homme à tout faire représente le journal parlé du couvent. Il partage beaucoup de secrets avec des religieuses, surtout chez les converses. Le couvent forme une société en soi, en grande partie coupée de l'actualité sociale, afin que les religieuses ne se consacrent qu'à leurs devoirs. Léo Vaillancourt a depuis longtemps appris ce qu'il a le droit de révéler aux sœurs, à voix basse, très discrètement. Un grand événement peut être cité, mais surtout pas des batailles de politiciens, ni de crimes odieux. Rien qui ne serait futile. Quand une religieuse sort, on la prie de regarder devant elle et de ne parler que si on lui adresse la parole. Marie a souvent brisé cette règle, mais ne fut jamais trahie par ses accompagnatrices. Elles connaissent son caractère curieux et son jeune âge.

* * *

« Du vra' de vra' bon tabac canayen, cultivé par mon cousin de Saint-Tite. Tu m'en diras des nouvelles !

— Puis ? Notre secret ?

— Des braves gars, les frères de la p'tite sœur. Y travaillent tous en usine, sauf un qui est jobbeur pour la ville. C'est vrai, ce qu'elle m'avait dit : deux d'entre eux jouent au baseball pour l'équipe de leur *shop*. Le père de famille : bon comme du bon pain. Pis la mère est pas mal belle ! Elle a les mêmes yeux que la p'tite sœur. Y sont tous fiers de savoir qu'elle écrit des histoires pour les jeunes.

— Que tout cela reste entre nous, Léo.

— Certain, Charles ! Bouche cousue !

— Merci pour le tabac et salue ton cousin de ma part. »

Le monde se déchire de nouveau en Allemagne, d'assurer Léo Vaillancourt. Sœur Marie-Aimée-de-Jésus aimerait informer ses normaliennes de cette actualité grave, mais la permission lui a été refusée catégoriquement. « Si cette guerre fait partie de l'histoire, il faudra attendre son dénouement et vingt autres années avant de pouvoir en parler dans nos pensionnats. Pour l'instant, elle fait partie de l'actualité et notre institution scolaire, comme tout centre religieux, en est préservée. Enseignez le programme, sœur Marie-Aimée-de-Jésus, et n'ouvrez pas trop de parenthèses. » Sa demande pour avoir droit à un journal a pris six semaines pour être étudiée. En recevant le quotidien *Le Devoir*, deux mois plus tard, il était en grande partie découpé, surtout les articles sur la politique, la guerre et les spectacles.

« Vous maugréez et…

— Poliment !

— C'est déjà un péché contre vos vœux, lorsque vous avez pris le voile, jurant, avec Dieu comme témoin, de vous plier aux règles.

— Je sais.

— Je donne raison à la mère supérieure. Est-ce là des choses à enseigner aux jeunes filles ?

— Leurs familles se trouvent nécessairement touchées par ce conflit.

— Vous devez avant tout former de bonnes catholiques et d'exemplaires futures mères de famille.

— Leur développement intellectuel et leurs vertus de cœur passent aussi par la connaissance du monde où elles deviendront ce que vous dites, monsieur Gervais.

— Vous me donnez beaucoup de travail pour la prochaine confession, ma sœur.

— Je veux parler ! Vous m'en excuserez.

— Je vais parler avec vous, mais je ne peux répondre à votre demande d'aller vous acheter un journal au centre-ville. Ce serait là une vengeance personnelle contre la saine autorité de la révérende mère et je ne puis devenir complice de vos intentions. Parlons de Dieu, sœur Marie-Aimée-de-Jésus. Cela vous fera le plus grand bien. »

Le prêtre doit se faire violence et user de son autorité envers celle dont il apprécie tant les visites, même si elles violent souvent la règle spécifiant que les religieuses doivent toujours se déplacer en duo. Il garde le secret, car lui-même a déjà tenté de la rencontrer en tête-à-tête, loin du regard des autres. Charles Gervais a depuis longtemps compris que son amie n'était pas la plus dévote des religieuses. Marie lui a déjà avoué qu'elle trichait sur les « litanies institutionnalisées », leur préférant des prières plus personnelles. « Parler de la guerre ? Quelle autre sœur voudrait le faire ? Sœur Marie-Aimée-de-Jésus va au devant de graves ennuis si je ne la mets pas en garde avec plus de vigueur. » L'homme sent qu'il réussirait mieux dans cette tâche en s'adressant à elle comme ami et non en qualité de chapelain.

Après cet entretien, le prêtre ne revoit plus la religieuse pendant plusieurs jours consécutifs. Le voilà inquiet. Il croit d'abord qu'elle est fâchée. Ensuite, l'homme pense à la maladie, car il ne l'aperçoit même pas dans la cour lors des promenades estivales. À la messe du matin, il la cherche du regard, avant de l'apercevoir, tout au fond de la chapelle. Léo Vaillancourt n'est au courant de rien. Le chapelain se sent maintenant persuadé de sa faute : il a causé du chagrin à son amie. Quand Marie réapparaît, en août, il aurait envie de presser le pas vers elle pour s'excuser. La religieuse se contente de le saluer d'un regard, sans sourire. Qu'à cela ne tienne, il oublie les convenances et avance dans sa direction.

« Vos enfants de l'OTJ se sont bien amusés ?

— Vous savez pourtant que je ne suis plus leur aumônier.

— Mon petit doigt me dit que vous vous êtes quand même rendu près des garçons pour leur enseigner l'art de jouer au baseball.

— Et vous ?

— Quoi, moi ? Si j'ai joué au baseball ?

— Non ! Je veux dire que… Oh ! rien… rien…

— Il y a eu beaucoup de travail. La révérende mère m'a confié une classe d'histoire des rangs supérieurs, tout en conservant mes leçons aux petites et mes cours de pédagogie aux normaliennes. Si j'aime l'histoire du Canada, je dois vous avouer en toute humilité que je ne suis pas experte en histoire européenne. Alors, j'ai beaucoup lu sur ce sujet, pensé à des méthodes pour faire apprendre comme il faut, tout en mûrissant quelques parenthèses amusantes. De plus, j'ai commencé la rédaction du prochain roman. Bref, je ne suis pas beaucoup sortie à cause de toutes ces tâches.

— Je vois. Le travail représente le baume de l'âme.

— Dieu m'a guidée dans ces multiples devoirs.

— Je… Oui, j'en suis fort content.

— Bonne journée, monsieur Gervais. »

Le jeune prêtre se sent à maintes occasions désorienté par la nature féminine, lui qui a grandi dans un monde d'hommes. Parfois, le soir venu, il va se promener sur les trottoirs de la rue des Forges pour regarder les jeunes filles. Elles semblent attirées par les militaires en campement sur le terrain de l'Exposition. Discrètement, il tend l'oreille pour entendre leurs préoccupations. À quoi bon ? Ces adolescentes ne sont pas des religieuses, ni des élèves étudiant dans un pensionnat aux règles disciplinaires rigoureuses, fermé sur le monde extérieur.

Le chapelain rentre dans sa modeste maisonnette et révise les sermons prévus pour la semaine suivante, tout comme il complète ses lectures en vue de ses prochaines rencontres en qualité de guide spirituel. Il se lève toujours avant le soleil. Ce jour-là, il n'a plus sommeil depuis longtemps et décide de se tirer du lit pour prendre l'air. Charles ne sait pas trop pourquoi il passe devant la fenêtre de la cellule de sœur Marie-Aimée-de-Jésus. Il y a une faible lumière… Il devine que la religieuse écrit. Il aimerait tant lui rendre visite. Pas à cette heure, tout de même ! Léo Vaillancourt a éveillé sa curiosité en lui disant qu'il y a plus de livres dans ce petit local que dans la bibliothèque du pensionnat. Comment arrive-t-elle à tant faire à la fois ? Lui-même ne se montre pas avare de travail. Cette femme aurait beaucoup à lui apprendre. La révérende mère lui a confié que Marie a été la couventine la plus intelligente à être passée entre ces murs et qu'elle a une capacité d'apprentissage, de mémorisation et de compréhension au-dessus de la norme. Comme cette sœur hors du commun le rend curieux !

* * *

Sœur Marie-Aimée-de-Jésus attend ses grandes filles dans sa salle de classe. Toutes ont suivi ses leçons d'histoire du Canada, il y a quelques années. Quelle chance, dans une vie, d'avoir sœur Parenthèse deux fois comme enseignante. «Je vois des visages qui ont grandi en harmonie avec vos membres, mesdemoiselles», clar onne-t-elle, en souriant. «Bien sûr, je vous ai croisées au réfectoire, à la messe, dans les couloirs, dans la cour de récréation, mais me voilà face à vous en toute liberté, telle une mère remplie de joie de retrouver ses enfants après une douloureuse séparation. Tant de bonheur dans mon cœur ! Tout ce bonheur !» Les sourires illuminent aussitôt chaque visage. Marie vient d'établir le contact de confiance. La seconde étape consiste à raffermir ce sentiment par une parole inattendue et surprenante. «Il y a ici des regards d'amoureuses… Je les discerne ! Reine ! Regardez le visage de Reine ! Allez, mademoiselle, chuchotez à toute la classe comme il est aimable et gentil, celui qui fait battre votre cœur. Nous vous écoutons.» L'élève, embarrassée, se lève, pendant que la religieuse se penche, s'accoude contre le pupitre, les deux mains sur ses joues. Reine rougit, mais encouragée par un clin d'œil de Marie, elle s'exclame : «Il s'appelle Mathias, c'est un étudiant du séminaire et il sera avocat, comme son père !» Cette description ne suffit pas à la religieuse, qui se promène autour du pupitre, mains sur les hanches.

«Et les baisers ?

— Ma sœur, tout de même…

— Vous voilà amoureuse d'un futur avocat qui ne vous a pas embrassée ? Il ne connaît pas son sujet ! Comment pourra-t-il alors plaider la cause de l'amour au tribunal du partage ?

— Bien… Trois fois, ma sœur !

— En cachette ?

— Ma sœur !

— Ce sont les meilleurs. Vous lui avez parlé d'histoire ?

— Non, ma sœur. Il étudie fort ! Je lui ai parlé de vous, de notre pensionnat et il connaît notre chapelain. »

Cette dernière remarque désarçonne la religieuse, qui marche à petits pas le long des fenêtres, un doigt sur le menton et, les bras tendus vers le plafond, elle tonne : « L'histoire ! L'histoire vous aidera, mesdemoiselles, à trouver un bon mari ! » Vingt regards incrédules la dardent. Marie recule d'un pas face à cette attaque, avant de sursauter et de présenter un discours devenant l'introduction générale des leçons à venir au cours de l'année scolaire. « Quel bon garçon de votre condition voudra épouser une sotte ? Quand l'esprit s'embellit de bouquets de connaissances, de toutes couleurs, le cœur s'ouvre plus facilement aux plus nobles et beaux sentiments. Se montrer aimable et jolie, c'est très peu ! Cela ne suffit pas ! L'intelligence devient un impératif. Une femme intelligente peut parler de tout et capturer à l'hameçon des sentiments les plus beaux poissons… heu, je veux dire : les plus intéressants candidats ! Je vous l'affirme, mes bien aimables élèves, vous trouverez l'époux idéal grâce à l'histoire. Samuel de Champlain sera votre allié ! Napoléon aussi et les rois de France ! *Even those British kings and queens* ! Des héros ! Des vilains ! Et même des héros pas trop vilains! Ils vous transportent partout à la fois, encore meilleur qu'au cinéma, car vous pouvez les imaginer mieux que ces bonnes gens producteurs de films. Je vous connais… Vous avez passé votre été à la salle du Cinéma de Paris ou au Capitol. J'ouvre ici une parenthèse: monseigneur nous a prodigué quelques lettres pastorales contre les dangers des vues animées et vous n'en avez eu cure. Je ne veux point manquer de respect envers notre évêque, mais je crois que son Excellence se montrerait plus flexible s'il se rendait voir des films plus souvent. Moi-même, vous savez… Pas plus tard qu'au début de juillet, j'ai enfilé ma robe secrète, chaussé mes talons hauts, me suis embellie d'un chapeau orné d'une rose et me suis présentée à la salle de la rue Saint-Maurice pour applaudir Jean Gabin. N'en parlez à personne! Je ferme la parenthèse. Bref, ce que vous vivrez dans cette classe cette année sera davantage captivant qu'au cinéma. Il s'agira de notre film, dont le scénario s'écrira avec nos sentiments, nos connaissances, et l'intelligence de chacune d'entre vous. En juin prochain, vous serez des jeunes femmes plus cultivées qui attireront ces Gabin de jeunes messieurs, qui soupireront, entre eux: oui, elle est belle! Oui, elle est aimable! Mais j'adore avant tout son intelligence!»

Sans cesse se renouveler, tout le temps innover. Pour faire naître la confiance et partir sur un bon pied, il n'y a pas meilleure enseignante que sœur Marie-Aimée-de-Jésus. Pourtant, elle doit exercer ses théories dans un cadre disciplinaire sévère, en suivant à la lettre un programme de connaissances à acquérir. Jean Gabin! Elle ne l'a pourtant jamais vu à l'œuvre! Un de ses frères a tout simplement répondu à sa question, enquêtant pour connaître un acteur français populaire de belle apparence. Comment mettre les élèves en confiance en ignorant ce qui les préoccupe?

Marie représente sûrement la seule enseignante du pensionnat à se poser ce genre de questions, mais la révérende mère lui laisse certaines libertés, afin d'alimenter ses expériences pédagogiques qui pourraient peut-être devenir un jour une nouvelle norme. Avec les jeunes filles, l'approche devient plus facile. Une poupée, le chien familial, un conte de fées. Cependant, avec les adolescentes, il faut considérer la musique, les films, la radio et… la guerre !

* * *

« C'est un mensonge un peu fantaisiste qui a servi à votre approche.

— Dans un tel cas, monsieur Gervais, dire que je connais cet acteur ne représente pas un péché ?

— Dieu a dû sourire en se disant : Ah ! cette incorrigible sœur Marie-Aimée-de-Jésus ! Vous consignez le résultat de toutes ces approches ?

— J'annote tout. La moindre chose. Le geste posé ou la phrase énoncée appellent à la réflexion.

— Vous êtes une femme admirable. »

Marie garde le silence. Elle a tant aimé qu'il la qualifie de femme, de préférence à religieuse. Trop courte rencontre, de nouveau. Elle aimerait lui parler de ses propres lectures, de son apostolat, de théologie. La sœur ne sait pas s'il voudrait en savoir davantage sur elle. Au cours de cette année scolaire, le chapelain enquête discrètement sur les résultats scolaires des élèves de Marie. Impeccables ! Ça ne rate jamais !

En juin, les grandes élèves n'ont pas oublié leur premier jour de classe et offrent à sœur Marie-Aimée-de-Jésus une photographie de Jean Gabin. Elle sourit, remercie, spécifiant que le plus beau présent demeure leur réussite, leur curiosité éveillée et toute cette culture qui feront d'elles des femmes exemplaires.

Comme la révérende mère se voit enchantée de ce premier résultat auprès des étudiantes du primaire supérieur, elle acquiesce à une demande d'une association catholique de mères de familles de Sainte-Anne-de-Beaupré, désireuses d'entendre Marie tenir une conférence sur ses romans. Voilà des années qu'elle n'est pas sortie seule. Un beau voyage en train! Elle triche un peu sur la règle de la discrétion en regardant furtivement à gauche et à droite, afin d'examiner les toilettes des femmes et les chapeaux des hommes. Derrière son siège, un jeune ouvrier, accompagné de sa sans doute fraîche épouse, discutent d'un film vu au Capitol. Voilà un militaire qui passe, s'excusant dans un français boiteux.

Marie est attendue à la gare et ces femmes lui donnent l'impression que l'aventure de la liberté vient d'être interrompue. Le tapis rouge consiste en un dîner, précédant la conférence présidée par le curé de la paroisse, qui aura la bonté de l'accueillir dans son presbytère. En marchant, Marie a la stupéfaction de tomber nez à nez avec Charles Gervais. Il se découvre pour la saluer, sans dire un mot, puis poursuit son chemin paresseusement. « Pouvez-vous m'excuser, mesdames? J'apprécie toutes vos bontés, mais vous admettrez qu'une religieuse de passage dans votre lieu de pèlerinage serait fort mauvaise chrétienne de ne pas se rendre à l'église. » Les femmes se regardent, surprises, avant de préciser qu'elles allaient dire que la visite du lieu de culte était prévue pour le lendemain matin, avant l'arrivée du train. « S'il vous plaît », demande Marie, d'une voix mielleuse, tout en esquissant des pas nerveux. La voilà marchant avec autorité, laissant derrière son épaule les femmes abasourdies. Sœur Marie-Aimée-de-Jésus se répète sans cesse qu'il ne peut y avoir de hasard dans la présence du chapelain dans ce village. Elle le trouve facilement.

«Chaque année, je visite les lieux de dévotion. Je suis certain de vous l'avoir déjà dit. Sainte-Anne-de-Beaupré fait toujours jaillir dans mon âme les plus précieuses prières et réflexions.

— Vous saviez que j'allais y être, monsieur Gervais.

— Bien sûr. Le vicaire de la paroisse est un ancien confrère du séminaire. Il m'a écrit pour me signaler votre présence au presbytère. J'ai cru qu'être ici en même temps que vous deviendrait une occasion idéale pour vous inviter au restaurant.

— Le... restaurant? Vous savez que je dois obéir à des règles strictes sur l'alimentation. Point de péché de gourmandise chez les Sœurs de l'Adoration-du-Sacré-Cœur.

— C'est ce qu'ordonne le livre des règlements. Mais si vous saviez... Enfin, prendre un thé n'a rien d'une défaillance notable. Si vous décidiez d'abuser en ajoutant un biscuit ou deux, je garderais le secret et esquisserais un léger sourire amusé si vous osiez en parler à notre prochaine confession. Allons donc! Il y a ici des pèlerins très dévots, autant des religieux que des laïcs, et je vous assure que personne ne vous montrera du doigt en vous voyant entrer dans un humble restaurant de touristes.

— Je... Mais vous logez aussi au presbytère, tout comme moi. C'était aussi prévu?

— Malheureusement, je pars ce soir même avec le train de neuf heures. J'ai une messe à célébrer demain matin, vous ne l'ignorez pas. »

Marie a pensé à ce bref moment tout l'automne. Un thé, une pointe de tarte, leurs sourires, leur discussion si riche, les questions réciproques. Elle avait même allumé sa pipe, geste précieux qu'elle réservait à son père, au cours de son enfance. À peine trente minutes, mais rien ne peut tomber dans l'oubli. La jeune religieuse prie pour qu'arrive l'époque où tout deviendra plus simple et qu'elle pourra, en toute liberté, parler à cet homme cultivé et si poli. Plus que souvent, les réformes tonnent dans son cœur, mais ce qui l'entoure se trouve ancré dans l'immobilisme. Son projet d'une refonte du programme d'histoire du Canada, avec des ajouts sur les femmes, a été mal reçu à plusieurs reprises. La révérende mère lui a répondu de s'en tenir à ce qui a été approuvé par les évêques et qui s'avère suffisant depuis des décennies. Parfois, en parlant avec les sœurs âgées, Marie se rend compte que cette rigidité paraît beaucoup plus souple que celle vécue par ces braves femmes, au cours de leur jeunesse. Qui sait si dans dix ou quinze années, les souhaits de sœur Marie-Aimée-de-Jésus ne seront pas le pain quotidien de la communauté ?

Même ses petits romans sont passés au peigne fin par les autorités cléricales. Rien n'a été refusé, pas une ligne censurée. Souvent, sa plume oserait une phrase rebelle. Jeanne et Pierre sont des anges ! De beaux modèles, certes, mais si parfaits qu'ils risquent de lasser les jeunes lecteurs quand l'effet de nouveauté aura disparu. Les héros de bande dessinée des journaux et des vedettes de cinéma habitent de plus en plus les cœurs de cette génération. Quand la religieuse se rend dans une école pour parler des livres, il est très rare que les enfants lui parlent des personnages. Ils sont avant tout désireux de connaître les secrets de l'écriture, combien de temps elle met pour créer une histoire, où elle puise son inspiration.

Le monde change plus rapidement à l'extérieur qu'à l'intérieur. Une guerre mondiale ! Une religieuse dans la cinquantaine a avoué à Marie avoir entendu parler du conflit européen de 1914 seulement en 1917. Cette conflagration, cruelle et sanglante au-delà de toute imagination, avait changé le monde. Ce qui se passe aujourd'hui est sans doute davantage terrible. Le rôle de la femme, lui répète-t-on, consiste à devenir une bonne épouse catholique et une mère de famille exemplaire. L'instruction et l'éducation reçues dans les pensionnats servent à préparer adéquatement les futures épouses à leur rôle. Sœur Marie-Aimée-de-Jésus se demande souvent s'il s'agit d'une utopie, car le monde extérieur prédominera dans les vies de ses élèves.

« L'histoire est la science de la compréhension du passé servant à mieux comprendre le présent. Or, dans le programme actuel, il n'y a pas de lien entre ce passé et le présent. C'est un passé inerte, figé dans un carcan de dates et de conventions propagandistes.

— Je comprends, ma sœur. Notre sainte religion prend sa source dans des événements très lointains, dont notre réalité actuelle est l'héritière. Notre mère l'Église a changé avec les courants sociaux.

— Pas toujours, monsieur Gervais. Ou du moins, je qualifierais ces changements de très lents.

— La religion se vit tous les jours. Il y a eu des changements, des adaptations. Juger de leur processus de mise en application me paraît hasardeux, pour notre conversation. Il faudrait que je médite ces questions.

— Pouvez-vous m'aider, mon père ?

— Je ne suis point ici pour me mêler de transformations ni de pédagogie, mais pour apporter la parole divine aux religieuses et aux élèves. Si j'abordais ces questions, monseigneur m'expédierait très loin.

— Oh non ! Il ne faudrait pas ! Je… Je veux dire que ce serait une perte pour notre communauté. Je comprends votre position délicate. Je veux tout simplement faire entrer des journaux dans ma classe et la révérende mère m'a regardée comme si j'étais la servante de Lucifer. Pourtant, pendant les vacances estivales, ces jeunes filles doivent regarder ces publications, entendre la radio.

— Parlez-moi de ces questions. Je suis certain que cela vous fera du bien. Est-ce que vous en discutez avec les autres enseignantes ?

— Elles disent que j'ai mes trucs, mes fantaisies, et je sais qu'il y a des jalousies parce que notre mère m'a permis certaines initiatives.

— Voilà une accusation très grave.

— Croyez-vous qu'il n'y a ici qu'une armée de saintes ? Nous sommes humaines. Ce n'est pas à notre gloire, mais il y a certes des mesquineries qui voisinent l'entraide. Vous vous montrez généreux de vouloir m'entendre. Je l'avoue : j'ai prié Dieu pour que des occasions de rencontres se produisent plus souvent. Vous êtes un homme intelligent et vous avez des points de vue différents et enrichissants. Je sais aussi que vous pourriez spirituellement me guider vers une foi plus intense car, je le dis, de ce point de vue-là, je ne suis pas la sœur la plus éveillée de la communauté. Je suis une enseignante et une pédagogue, mais qui a prononcé ses vœux afin de pouvoir s'affirmer sainement dans son domaine. Si j'étais laïque, je me contenterais d'aller à la messe, de prier, de me confesser, comme la plupart des Canadiennes françaises. Je suis parfois si tourmentée de porter cet habit et de ne pas me montrer aussi dévote que plusieurs de mes consœurs. Alors qu'elles pensent aux saints pendant leurs temps libres, je pense pédagogie.

— Il faut prendre un rendez-vous pendant mon temps de consultation. Pourquoi n'êtes-vous pas venue avant ?

— Avant ? Peut-être parce que je ne vous ai jamais considéré en priorité comme un prêtre, mais comme un ami. »

Sœur Marie-Aimée-de-Jésus sent qu'elle parle trop à cet homme, ayant tort de penser si souvent à lui. Sa réaction un peu froide à son aveu d'amitié l'a chavirée. Bien sûr, chaque religieuse désire entretenir de bonnes relations avec le chapelain, même si le mot « ami » devient inadmissible dans un couvent, surtout concernant un prêtre. Quoi qu'il en soit, Marie sait qu'il n'a pas porté plainte, ayant gardé le secret. Il est préférable de se concentrer sur l'écriture, la lecture, la réflexion que de penser tout chambarder. Quand on lui apporte ses journaux censurés, Marie ne les regarde même pas.

Il arrive parfois que d'autres sœurs lui parlent de Charles Gervais, mais toujours d'un point de vue religieux. On le dit très inspiré, savant et sévère en confession. Sévère ? Marie juge plutôt qu'il accomplit son devoir sans hausser le ton ni en se montrant radical. Une religieuse a avoué qu'il avait une voix agréable, et s'est vue aussitôt regardée sévèrement par les autres. L'enseignante ne peut s'en passer. Cette voix, lors des messes, lui rappelle celle de son père. En confession, ses chuchotements lui donnent la chair de poule. Quand cela lui arrive, Marie se perd en prières, craignant que Dieu croie qu'elle a de mauvaises pensées.

* * *

« Charles s'est blessé, p'tite sœur.

— De nouveau ? Est-ce grave, monsieur Vaillancourt ?

— Pantoute. Pour dire le vrai, j'me demande si c'est digne pour le chapelain d'un couvent d'jouer au baseball avec les p'tits gars du quartier Sainte-Cécile.

— Notre bon chapelain aime ces fils de nos humbles familles. Si je ne me trompe, plusieurs prêtres adorent les sports. On m'a dit que les abbés du séminaire jouaient au hockey avec leurs élèves.

— Le jeune a frappé la balle très fort pis Charles l'a reçue en plein front.

— C'est ce que vous qualifiez de sans gravité ?

— Vous pourrez pas manquer d'voir sa bosse. »

Sœur Marie-Aimée-de-Jésus dépose rapidement une main devant sa bouche, inquiète par cette remarque de l'homme à tout faire. Sans réfléchir, elle se rend immédiatement à l'infirmerie. Jouant de chance, la religieuse infirmière sort du local au même moment, sa trousse à la main.

« Je vous accompagne, ma sœur.

— On ne m'a pas informée d'une autorisation de cette sorte.

— Il n'y en a pas. C'est une initiative personnelle.

— Retournez à vos occupations. Est-ce que j'entre dans vos classes pour vous assister ? Je n'ai pas besoin de vous. Je connais mon métier, sœur Marie-Aimée-de-Jésus.

— Et si c'est très grave ?

— Alors, j'aviserai. Si vous tenez tant à aider le blessé, allez prier pour lui à la chapelle. »

Rien à faire pour que cette têtue entende raison ! « Elle va au devant d'ennuis, cette jeune sotte. Elle l'aura voulu. » Le chapelain marche doucement autour de sa maisonnette, bréviaire à la main. Quand il se retourne, les deux sœurs voient qu'il s'est fabriqué un bandage d'infortune. « Ce n'est pas distingué pour servir la messe, mais que puis-je y faire ? » La garde-malade insiste à se porter seule juge de la nature de la blessure. Elle ferme la porte au nez de Marie, après avoir autoritairement pointé un doigt en direction du couvent.

« Laissez-la entrer, ma sœur.

— Cette impertinente prétentieuse n'a pas d'autorisation et se mêle de ce qui ne la regarde pas.

— Voilà trois médisances en une seule phrase, ma sœur. Ouvrez-lui la porte. »

Le chapelain se rend compte rapidement que Marie pleure un peu, tout en gardant les mains jointes et la tête baissée. Le pansement, posé maladroitement, doit être changé. Sœur Marie-Aimée-de-Jésus devient ainsi l'aide de l'infirmière furieuse en tenant la ouate en place, pendant que la spécialiste coupe une bonne longueur de tissu. Le regard de Charles se pose dans celui de Marie, pendant ce court instant où l'infirmière a le dos tourné. Dix secondes de vie qui vont meubler leurs pensées pour les prochains mois.

CHAPITRE 3

1942-1944

Sœur Marie-Aimée-de-Jésus a perdu sa classe d'histoire des grandes parce que trop de parenthèses sont parvenues jusqu'aux oreilles des membres de la direction du pensionnat. Elle avait osé parler de politique sous prétexte que le gouvernement de la province de Québec venait d'octroyer le droit de vote aux femmes, auquel le clergé s'était opposé depuis toujours. Pour se défendre, la religieuse avait de nouveau servi son credo de devoir former des femmes intelligentes dans tous les domaines, afin qu'elles deviennent des candidates à de sains mariages. La révérende mère lui avait rappelé que le rôle premier de la femme consistait à élever des enfants. « On peut être mère et voter » fut la phrase de trop…

Bien sûr, la sentence a été proclamée discrètement. « Afin de mieux développer vos théories pédagogiques, nous allons vous confier d'autres classes du cours de l'École normale, de préférence à celle d'histoire du primaire avancé. » Que dire ? Cette école accueille cette année trente nouvelles jeunes filles, parce que le gouvernement a décrété que l'école devenait maintenant obligatoire. Par conséquent, le nombre d'élèves va augmenter partout et les commissions scolaires vont engager davantage d'enseignantes.

Cherchant un appui auprès du chapelain, celui-ci s'est contenté de lui répondre : « Je vous comprends », tout en lui rappelant les tâches de son rôle. Deux jours plus tard, il avait trouvé dans des saintes lectures des passages pouvant la réconforter. Mais «Je vous comprends» avait pourtant suffi à apaiser la révolte de Marie. Elle sent que le chapelain se trouve souvent muselé par les règles strictes du couvent et par les ordres émanant de l'archevêché.

«M'as vous conter quelque chose, p'tite sœur. Y a deux jours, Charles a eu la bonté de venir m'aider à acheter des clous pis des vis chez Loranger, pis on est passés chez Kresgee parce que ma femme voulait cinq verges de tissu bleu. Devant le comptoir de musique, Charles s'est arrêté pour écouter un *record* qui jouait. C'était une chanson de la France, avec de l'accordéon. Y semblait ben aimer ça, mais y peut pas en écouter dans sa maison.

— C'est une anecdote intéressante, monsieur Vaillancourt. Cependant, je commence à me demander si nos confidences ne deviennent pas des bavardages.

— J'vois pas ce que je viens de dire de mal, p'tite sœur. Oubliez pas que lui itou me pose des questions sur vous. Vous savez, les sœurs ménagères pis les frères des écoles chrétiennes, ça va partout pis ça parle à tout le monde. Il me semble que tous les religieux devraient être comme ça.

— C'est la hiérarchie cléricale qui établit des classes. Un peu comme dans la société. Je me considère tout de même chanceuse, car je ne me verrais pas dans une communauté cloîtrée. Je peux sortir de temps à autres.

— En regardant devant vous et en étant avec une autre sœur.

— Je me sens agacée pour notre petit jeu, monsieur Vaillancourt. Il serait plus sage d'y mettre fin.

— Comme vous voudrez, Sœur Baseball.

— Il m'appelle encore ainsi ?

— Vous voulez que je recommence tu' suite ? »

Il va de soi que Marie est maintenant surveillée du coin de l'œil plus qu'il ne le faut. Inciter des jeunes filles à s'intéresser à la politique et à voter ! Quel scandale ! Les élèves de sa classe ont pensé signer une requête pour réclamer son retour, mais ont vite changé d'idée en réalisant qu'une telle initiative inciterait la révérende mère à leur enlever le droit des visites au parloir.

La direction spirituelle proposée par le chapelain apaise Marie. Elle lui fait réaliser jusqu'à quel point ce prêtre se montre exceptionnel sur les questions religieuses. Il vaut davantage que les conférences convenues qu'il donne une fois par mois, mais auxquelles elle assiste tout de même pour la seule joie de l'entendre.

Puisqu'il faut que Marie enseigne à plus de norma-liennes, elle le fera avec brio pour que son poste en histoire lui soit restitué l'an prochain. Sœur Marie-Aimée-de-Jésus trouve que ces futures maîtresses d'école se montrent parfois naïves face à ce métier, l'un des plus mal rémunérés pour les femmes. Elle pense que leur destin aurait pu être le sien. Elle connaît le traité de pédagogie par cœur et ferme les yeux sur l'incongruité de certains passages. Non, la jeune religieuse n'ouvrira pas de parenthèses pour parler de ses propres théories. « Soumise, je serai ! » Cela ne l'empêche pas de noter ses réflexions chaque jour. Elle lit sans cesse les anciens programmes d'études, les guides pédagogiques, les articles sur ce sujet et trouve dommage qu'on ne lui permette que la littérature catholique, persuadée que chez les Américains protestants, il y a des penseurs qui pourraient l'aiguiller vers des stratégies éclairées. Elle songeait à ces questions bien avant d'obtenir un poste. Au cœur de ses propres jours d'étudiante, elle remarquait les défauts des religieuses qui lui enseignaient. En 1937, malgré son jeune âge, Marie était devenue une des premières de sa congrégation à recevoir l'autorisation de s'inscrire à un scolasticat.

La loi sur l'instruction obligatoire plaît aux religieux du domaine de l'enseignement. Le nombre croissant de jeunes filles inscrites aux écoles normales devient pour les congrégations une bonne affaire. De plus, la multiplication d'enfants instruits fera naître d'autres vocations qu'ils n'auraient pu vivre en fréquentant l'école trois ou quatre années, comme cela se faisait très souvent jusque-là. La société entière bénéficiera des retombées positives de cette loi quand tous ces petits seront devenus adultes.

Voilà enfin le résultat de tant d'années de réflexions! Le document de sœur Marie-Aimée-de-Jésus suit de trois mois celui sur le contenu des cours d'histoire. Les sœurs de l'Adoration-du-Sacré-Cœur retireraient une grande fierté si un des deux projets était retenu pour élaborer des réformes scolaires, rendues nécessaires par la loi de l'instruction obligatoire. Au cours du sermon de la messe de ce matin-là, le chapelain recommande à toutes les religieuses des prières pour le succès de l'entreprise de Marie. Il ne se prive pas pour vanter son sens du dévouement, son intelligence, son travail de tous les instants. Plus d'une sœur note facilement que le prêtre, à la voix habituellement si ferme, voit celle-ci s'étrangler d'émotion à mesure que les compliments défilent. Lorsque Charles se retrouve avec Marie, il la louange encore:

«Vous avez du mérite pour cette réussite, ma sœur. Je vous félicite chaleureusement pour l'acceptation de votre manuscrit.

— Le seul mérite que je retire humblement de ma profession est la réussite de mes élèves. Si quelques réflexions, venues dans le calme de ma cellule, peuvent aider à former de meilleures maîtresses d'école, je serai contente d'avoir ainsi pu servir mon pays et sa jeunesse.

— Et sa religion.

— Cela va de soi, monsieur Gervais. Cependant, l'administration étant ce qu'elle est, il va se passer des mois avant que ce livre ne parvienne entre les mains des sœurs et frères enseignants de la province. Je crois qu'il est sage de penser à l'année scolaire 1943-44 pour une publication. En ce qui concerne mon document sur la féminisation du cours d'histoire, je crois que j'ai rêvé en couleurs. Par contre, ce sont de jolies couleurs et le temps qui passe ne les ternira pas. Qui sait si dans dix années, mes idées ne seront pas au goût du jour ? La société est toujours en perpétuel changement. Je vous remercie pour les prières suggérées, il y a deux mois. Elles n'auront pas été vaines. Je me souviendrai toujours de votre appui. N'oubliez surtout pas que c'est la jeunesse qui va bénéficier de ces méthodes.

— Je me réjouis, sœur Marie. »

Il ajoute un beau sourire et elle se perd dans le songe qu'il n'a pas dit son nom de religieuse au complet. Il se passe quelques jours avant le départ de cette dernière pour Montréal, où elle doit rencontrer les pédagogues de la Congrégation de Notre-Dame, spécialistes du monde de l'éducation au Canada français et éditrices de manuels scolaires. Les autorités ecclésiastiques, responsables de l'adaptation aux nouvelles réalités de l'école obligatoire, ont surtout fait appel à ces religieuses, Marie devenant la seule exception. Pour le voyage en train, on lui a assigné comme accompagnatrice sœur Catherine-de-l'Esprit-Saint, qui s'occupe d'une classe de français depuis vingt-cinq années.

« Ma mission consiste à vous surveiller. Surveillez-moi aussi.

— Et nous garderons nos secrets.

— Sauf pour Dieu, qui voit tout.

— Parfois, il doit regarder furtivement, ne croyez-vous pas, sœur Catherine-de-l'Esprit-Saint ?

— Vous vous rendez à Montréal pour un travail, ne l'oubliez pas.

— Allez, ma sœur… Un menu plaisir ! La distance entre la gare et le couvent va nous le permettre.

— Je vous surveille et surveillez-moi, sœur Marie-Aimée-de-Jésus.

— Quel sera votre tout petit péché véniel dont je garderai le secret ?

— Une crème glacée couronnée d'une cerise très rouge ! »

Cette brève conversation est suivie d'une heure de silence. Les deux religieuses gardent leurs yeux sur les pages des livres de prières. La vénérable sœur sait que sa jeune amie pense à tout, sauf à Dieu. À Montréal, une délégation les attendait. « Zut ! Oui, je pense zut ! » Pendant que Marie discute pédagogie, sa compagne fait du tourisme à l'Oratoire Saint-Joseph et à l'église Notre-Dame. Trois jours de réunions ! Les religieuses montréalaises n'ont que de l'admiration pour l'intelligence de cette jeune trifluvienne. Elles l'assurent que ses romans servent de récompense aux élèves les plus méritantes, après qu'elle a passé tout ce temps à leur dire que le système des récompenses est archaïque. Tout de même de bonne grâce, la romancière accepte de signer une vingtaine de copies, bien qu'elle juge futile l'exercice de l'autographe.

« Vous avez dégusté votre crème glacée, sœur Catherine-de-l'Esprit-Saint ?

— Non.

— Ratons le train !

— N'exagérez pas. Un retard ferait naître cent questions. »

Seulement dix minutes avant l'entrée en gare du transport ? Qu'à cela ne tienne ! Chacune a le temps pour un caprice. Pendant que Marie regarde l'étalage de journaux et de revues d'un débit de tabac, l'autre la rejoint, très fière de lui montrer une tablette de chocolat aux noix.

« Une revue sportive ? Que ferez-vous d'une telle littérature ?

— Un cadeau pour notre chapelain. Je sais qu'il aime le baseball.

— C'est de l'argent que vous auriez pu donner aux pauvres.

— Dix sous ? Ne vous inquiétez pas, je ne dirai pas que vous avez consacré la même somme à deux tablettes de chocolat.

— Une seule.

— En effet, je n'en vois qu'une. L'autre est déjà dévorée. »

Sœur Catherine mâche avec une lenteur pécheresse chaque parcelle de son festin velouté, sous le regard amusé de sa jeune partenaire. Il va de soi qu'après cet acte coupable, la prière est de mise. Pendant ce temps, Marie regarde furtivement les chapeaux des femmes. De retour au couvent, elle cherche une occasion pour remettre la revue au chapelain. Soudain, elle se sent ridicule. Que va-t-il penser? Il doit posséder des dizaines de ces publications dans un de ses tiroirs. Monsieur Vaillancourt lui a déjà confirmé que lors d'une visite au stade du Coteau, pour applaudir l'équipe locale, le prêtre avait acheté un programme qu'il se promettait de lire d'un bout à l'autre.

«Je vous remercie, ma sœur.

— J'espère que ce n'est pas trop extravagant. Après tout, j'aurais pu consacrer cet argent aux pauvres.

— Les pauvres achètent aussi des revues de sport. Je sais que votre congrégation ne ménage aucun effort pour venir en aide à tous les enfants défavorisés par des situations sociales ou familiales. Nous organisons souvent des bazars et vos élèves, de bon cœur, participent à cet effort.

— J'espère que cette lecture vous plaira.

— De temps à autres, une douce évasion ne peut faire de mal. N'oubliez pas que j'ai lu vos romans avec la plus grande joie et que j'ai hâte d'avoir la prochaine publication entre les mains, sans oublier votre guide pédagogique qui, j'en suis certain, sera même utile à ceux qui n'enseignent pas. J'aurai sûrement, à ce moment-là, beaucoup de questions à vous poser et nous discuterons pour un sain enrichissement mutuel. J'irai visiter les Frères des écoles chrétiennes et j'organiserai des conférences pour que vous puissiez leur faire partager vos réflexions.

— Je m'y rendrai avec joie, monsieur Gervais.

— Vous vous exprimez si bien, avec une jolie voix si chantante. »

Marie, embarrassée par le compliment, feint un pas maladroit vers l'arrière, si bien qu'elle se cogne contre une table. Il se précipite à ses côtés, lui prend la main et demande si elle s'est fait mal. La religieuse offre rapidement un signe négatif de la tête, pendant qu'il lâche subitement prise. Elle s'éloigne, après lui avoir souhaité une bonne journée et une agréable lecture.

Charles regarde intensément sa peinture du Sacré-Cœur, le crucifix, puis la statue de la Vierge. Une lecture d'histoire sainte l'attend sur son bureau. Il se signe avant d'ouvrir le livre. Incapable de se concentrer, Charles verse de l'eau dans sa bouilloire, mais oublie aussitôt. La revue sportive lui fait des clins d'œil. Pour plaisanter, il avait dit à Léo Vaillancourt : « J'ai raté ma vocation. J'aurais pu jouer pour les Yankees de New York. » Quelle intention gentille ! Enfantine, se dit-il. « Telle une petite fille voulant plaire à son grand frère. » Les petites élèves lui ont apporté des dessins de Jésus et les grandes, un chapelet. Cette revue s'adresse à un homme et non à un prêtre. Pourquoi ce cadeau ? Les occasions de sortie demeurent rares pour sœur Marie-Aimée-de-Jésus. Il le sait trop bien. Pourquoi n'a-t-elle pas acheté un journal, comme elle le lui avait réclamé ? Ou un ouvrage historique ? Marie est son amie, selon de prudes convenances de respect d'une catholique envers un homme de Dieu. Cependant, Charles se sent parfois troublé, quand il pense trop à elle.

* * *

« As-tu déjà eu des blondes, Charles ?

— La vie de séminariste n'invitait pas à ce genre de relations, d'autant plus que j'ai senti ma vocation à un jeune âge.

— Réponds-moi comme un *chum* et pas comme un curé.

— Léo, nous sommes certes de bons amis, mais n'oublie pas qu'il doit demeurer entre nous… entre nous…

— Y a quoi, entre nous, Charles ?

— Oh… Rien… Je parlais comme un curé.

— Pis ? Les blondes ?

— Non.

— Même pas une petite amourette ?

— Non. C'est à dire… Non ! Parlons d'autre chose, Léo.

— La p'tite sœur, elle a déjà eu un amoureux.

— Quoi ? Pourquoi cette enquête ?

— C'est son père qui me l'a dit. Y a pas de mal. À quatorze ans, une bonne fille peut être tenue par le bout des doigts par un gars de son âge sans que ça porte au scandale. »

La prière apaise les pensées du chapelain et il y a tant de travail qui l'attend. Sachant que ce prêtre connaît les Écritures et les livres saints plus que la moyenne, l'évêque du diocèse lui a demandé de préparer quelques pistes de réflexions pour les sermons des responsables de retraites fermées. « Ne lésinez pas sur l'effet, monsieur Gervais. Le diable ne s'en prive point. Les servants du Divin doivent lutter contre lui avec une vigueur terrible. » Ce dernier mot l'avait fait sursauter. Le Dieu de bonté doit parfois tonner !

Parfois, Charles se demande ce qu'il fait là. Sans doute trop intellectuel pour devenir curé de paroisse ou trop permissif pour demeurer guide spirituel de séminaristes… La tâche de chapelain est certes prestigieuse, mais il n'avait jamais pensé à un tel destin. En même temps, l'homme ne voudrait pas se trouver ailleurs. Charles aime beaucoup les converses, qui reprisent ses chaussettes, nettoient les planchers de sa maisonnette et lui apportent à manger. Leur labeur constant n'est pas assez souligné. À l'occasion, elles deviennent le lien entre sa curiosité et les secrets du couvent. Elles font parfois montre d'une familiarité plus démonstrative que les autres religieuses. Elles s'expriment avec le bel accent des paysannes canadiennes-françaises.

« Sœur Marie-Aimée-de-Jésus est malade.

— Oh ! Rien de grave ?

— Un rhume, mais fort vilain. Je lui ferais bien une ponce, secret de ma mère, mais la sœur garde-malade refuserait que je lui administre.

— Dites-lui que je vais prier pour elle.

— Je n'y manquerai pas, monsieur le chapelain. Il ne faudrait pas la perdre, celle-là. Toutes les écolières l'aiment.

— La perdre ? C'est donc très grave !

— Non, mais elle est si menue, vous savez. »

À la première messe du lendemain, Charles insiste avec une force inhabituelle sur les dangers de maladie qui guettent tout le monde, à chaque printemps. Il les compare au diable et recommande aux religieuses une extrême prudence et la multiplication des prières. «Les enfants! Les mères de famille! Les ouvriers et les cultivateurs! Les notaires et même les médecins! Chacun et chacune peut devenir une proie des maladies que Lucifer envoie sur Terre!» Cette théorie fait sourciller quelques sœurs, leur rappelant les sermons de l'ancien chapelain qui répétait les mêmes mots à chaque début de nouvelle saison.

* * *

«Personne n'échappe à la confession, révérende mère.

— Monsieur Gervais, nous connaissons notre devoir et nous y sommes fidèles avec la plus grande foi.

— Et notre romancière? Si vous croyez que je n'ai pas noté son absence, vous vous trompez.

— La pauvre est alitée mais je puis vous assurer que malgré son mal, elle a été réveillée en même temps que les autres et qu'elle a offert à Dieu ses prières à l'heure de la messe.

— Malade? Dessein du diable! La confession devient de première nécessité.

— Je vais la faire transporter à l'infirmerie.

— Il faut la confesser tout de suite.

— Dans sa cellule? C'est que notre règle…

— Et si elle mourait, le temps de la déplacer?

— Je vous obéis, monsieur Gervais.»

La mère supérieure lève les yeux vers le plafond, pensant: «Comme si nous ne savions pas que sœur

Marie-Aimée-de-Jésus est la favorite du chapelain.» En entrant dans le lieu clos et secret, Charles pense tout de suite à la description faite par Léo Vaillancourt: des livres et des livres partout. Joli péché de la mère supérieure: Marie est si profondément endormie qu'elle n'a assurément pu se lever pour prier à chaque instant de la durée de la messe. Elle secoue l'épaule de la malade. Sœur Marie-Aimée-de-Jésus sursaute en voyant le prêtre. Elle monte immédiatement la couverture jusqu'à son cou. Le bonnet de nuit, déplacé, laisse légèrement paraître ce que le prêtre n'avait jamais osé imaginer: la couleur noire des cheveux de la religieuse. La table de chevet déborde de papiers mouchoirs, causant un désordre entre un verre d'eau et une bouteille de sirop. La confession appelle à l'intimité.

«Ce n'était pas nécessaire, monsieur Gervais.

— Pas nécessaire? Et si Dieu vous emportait?

— Vous devriez savoir qu'à l'image de celles de ce couvent, je prie toujours et demande pardon pour mes péchés à Notre Seigneur, avant de me coucher. De plus, vous savez que les péchés que je viens de vous confesser n'étaient que des…

— C'était nécessaire.

— Vous accomplissez votre devoir. Je vous comprends.

— Prenez soin de vous et écoutez la sœur garde-malade», déclare-t-il en lui prenant affectueusement la main.

Marie l'assure que ses grippes, si violentes soient-elles, ne durent jamais longtemps. Il lui laisse la main pour la poser sur son front. «Vous bouillez de fièvre.» Faux! Marie le laisse faire, devinant qu'elle va souvent penser à la chaleur de ce toucher, au scénario qu'il a dû expliquer à la révérende mère pour satisfaire sa grande curiosité de voir les livres de sa cellule. En même temps, l'enseignante craint que la femme n'enquête sur les relations entre les deux religieux. Il devient alors impératif de les espacer, de les rendre très discrètes.

Marie ne sait pas que le prêtre a eu les mêmes pensées. Elles ont pris un sens théologique l'ayant tiraillé pendant plusieurs jours. Est-ce que cette diablesse d'Ève s'est réincarnée dans le corps de sœur Marie-Aimée-de-Jésus pour lui tendre la pomme ? Charles décide de jeûner et de ne pas quitter des yeux son crucifix sitôt ses devoirs de chapelain terminés.

Il revoit Marie à la fin de l'année scolaire, lors de la cérémonie de remise des rubans. Sa place est près de la révérende mère, aux côtés de l'évêque du diocèse, président ce moment mémorable. « Nous soulignons l'excellence de la classe d'histoire de sœur Marie-Aimée-de-Jésus, où aucune élève n'a eu en bas de 80%. » Ces résultats étincelants se reflètent aussi dans la classe de pédagogie de l'École normale qu'on lui a confiée. Monseigneur bombe le torse en annonçant que Marcelle Robin a obtenu 99%, pendant que Marie pense : « Cette imbécile va faire une crise de larmes parce qu'elle n'a pas eu 100%. » Charles avance pour épingler un ruban sur l'uniforme de Marcelle et lui remettre un livre. Du coin de l'œil, il note que l'enseignante force un sourire, comme si ces réussites répétées étaient devenues naturelles et presque banales. Soudain, il se souvient qu'elle lui avait dit détester les classements et les cérémonies, ne servant qu'à flatter la vanité.

« Votre congrégation peut se montrer fière de vous compter parmi ses rangs, sœur Marie-Aimée-de-Jésus.

— Merci, monseigneur. Je ne fais que mon devoir.

— Puis-je, en toute politesse, vous demander votre âge ?

— J'ai trente-deux ans, votre Excellence.

— Le bel âge ! Vous connaissez sans doute le couvent et le pensionnat établi à Sept-Îles, voici maintenant une dizaine d'années. Pour satisfaire à la demande pressante, mes confrères et moi avons discuté de la possibilité d'y ajouter une École normale. Je vous vois très bien là-bas avec un poste de direction.

— Je… Je suis née à Trois-Rivières, monseigneur.

— Nous en reparlerons en temps et lieu. »

Marie sait depuis longtemps que le personnel clérical peut être déplacé pour le bien des âmes à toucher, sans que la personne concernée puisse discuter. Elle se souvient que sa meilleure amie sœur Véronique-du-Crucifix n'avait pas apprécié être envoyée précisément à Sept-Îles. Quand sa communauté avait ouvert des couvents au Lac-Saint-Jean et en Ontario, plusieurs religieuses, parmi les plus jeunes et douées, étaient parties. Avec sa réputation de pédagogue et d'enseignante exceptionnelle, Marie pourrait certes être confronté à une situation semblable. Elle n'y avait jamais pensé, jusqu'à l'allusion de l'évêque. S'éloigner de sa ville, de sa famille, de… Il vaut mieux ne pas y penser.

* * *

Au cœur de cet été-là, Marie a l'occasion de voyager à trois reprises pour donner des conférences à propos de son guide pédagogique, publié en mai dernier. Québec, Montréal et Sherbrooke ont été ses destinations. Dans chacune de ces villes, des enseignants laïcs et religieux étaient venus nombreux pour s'enrichir de ses réflexions.

Certains parcouraient même de longues distances pour l'entendre. Des réponses toujours claires venaient satisfaire leurs questionnements.

En revenant de Montréal, Marie avait devant elle une jeune famille digne d'une illustration de calendrier : papa avec son chapeau, son journal et sa cravate, maman avec un bébé entre ses bras, tandis que le fils de cinq ou six ans se tenait sage entre eux et portant une casquette de baseball sur sa tête blonde.

« Que signifie le M sur votre casquette, petit garçon ?

— Montréal, madame. Les Royaux de Montréal.

— Henri, on dit « Ma sœur » et non « Madame ». Excusez-le, ma sœur…

— Vous aimez le baseball ?

— Oui, et le parc Belmont aussi, madame ma sœur. »

Marie sourit devant la naïveté du bambin. « Et si j'étais à la place de cette femme ? » En descendant à la gare de Trois-Rivières, elle croise deux de ses anciennes élèves, lui annonçant qu'elles vont prendre époux dans quelques mois. Cette satisfaction lui fait oublier la première pensée. Pour ces déplacements, Marie n'a pas eu droit à une escorte et disposait d'un budget serré et toutes ses dépenses devenaient sujettes à une enquête.

Marie retrouve avec un peu de morosité l'univers réglementé du couvent. Ce sentiment ne dure pas longtemps, quand elle se joint aux autres pour préparer la rentrée scolaire 1944-45. Les converses s'activent tout autant. Il y a des draps à laver, des meubles à astiquer et les cuisinières commandent plus de nourriture que d'habitude. Même Léo Vaillancourt ne manque pas de travail.

« Votre classe, p'tite sœur.

— Très beau ! Ce coloris rend tout plus joyeux. Vous avez vraiment repeint toutes les classes, monsieur Vaillancourt ?

— Pas tout seul ! Mon plus vieux est venu et la révérende a engagé un *helper*. Pis savez-vous qui m'a aidé ?

— Non, je ne sais pas qui vous a *helpé*, monsieur Vaillancourt.

— Charles ! J'vous dis qu'y avait le cœur à l'ouvrage ! Il sifflait ! Pour déplacer les meubles, not' curé donne pas sa place. Fort comme un bœuf !

— Monsieur Gervais est venu dans ma classe ?

— Il l'a même exigé. Pis y'a regardé tous les livres de la bibliothèque. »

Léo l'informe de la guerre. Il a vu des films d'actualités au cinéma Capitol et prend de longues minutes pour lui décrire l'armement des alliés. À Montréal, Marie a croisé quelques soldats. Ses grandes élèves, se dit-elle, lui en parleront aussi, si elle sait ouvrir une parenthèse au bon moment. Voilà enfin les jeunes filles ! Il y a quinze nouvelles normaliennes, mais le nombre de pensionnaires a diminué de dix, alors que le petit externat voit ses locaux déborder de fillettes. Il est rare que Marie ait des contacts avec ces écolières. Ce sont habituellement les sœurs débutantes qui leur enseignent. En avril dernier, elle avait acquiescé à leur demande pour parler de ses romans.

* * *

La réputation de sœur Marie-Aimée-de-Jésus la précède. Celles qui ont du mal à atteindre la moyenne savent que leurs notes vont augmenter, tandis que les autres qui réussissent facilement rêvent du 99% de Marcelle Robin. Chacune croit aussi qu'il y aura du plaisir, une bouffée d'air frais dans l'atmosphère étouffante de la discipline du pensionnat. Les élèves ont trop souvent côtoyé des enseignantes n'aimant pas leur tâche ou qui répètent inlassablement, mot à mot, les mêmes formules depuis des années. Les plus anciennes élèves ont soufflé à l'oreille des nouvelles qu'il y a peu de mémorisation avec sœur Parenthèse, mais qu'elle fait appel à leur intelligence pour une compréhension éclairée. Ah ces parenthèses ! Parfois, elles durent plus d'une demi-heure, pendant laquelle les élèves déposent leurs crayons et se permettent même de poser les coudes sur le pupitre, sachant que la religieuse est si concentrée et emportée par son récit qu'elle ne verra pas ce signe d'indiscipline. La sœur les pimente toujours de gestes amples, de mimiques expressives, de réactions inattendues. Quel spectacle ! Mais quelle passion, de plus… Tant d'amour pour son métier !

Cependant, ces jeunes pleines d'espoir se frappent, ce jour-là, à une religieuse très sérieuse et autoritaire. La concernée s'en rend compte après coup. Pourtant, elle avait prévu quelques interventions pour établir une relation de confiance et de respect. « Peut-être ai-je trop théorisé… et qu'être toujours excellente finit par ennuyer », confie-t-elle à une consœur, à la récréation.

Deux semaines plus tard, cette attitude est oubliée, ravissant les élèves. Pourtant, des pensées troubles continuent d'habiter le cœur de Marie. « Ce n'est pas compliqué : je préfère les petites et l'histoire du Canada. Il m'énerve, Napoléon ! Il ne va pas à la cheville de Samuel de Champlain ! » De plus, la crainte de devoir un jour quitter le couvent de Trois-Rivières la déconcentre.

« Moi-même, vous savez…

— Oh non ! Il ne faut pas ! Vous êtes bien, ici ! Toutes mes compagnes vous apprécient. Vous êtes une autorité en théologie et vos commentaires sur notre religion deviennent une inspiration pour chacune. Un prêtre de votre qualité doit travailler près d'autres personnes ayant donné leur vie au Divin.

— Savez-vous, ma sœur, que je n'ai jamais célébré un mariage ?

— Et d'autres hommes de Dieu n'ont jamais servi de guide spirituel à des séminaristes ou à des religieuses.

— Oui, évidemment…

— Souhaitez-vous partir, monsieur Gervais ?

— Non. Vous venez de le dire : je suis bien, ici. Pour être franc, au départ, je n'étais guère enthousiasmé et un peu craintif, car je n'avais servi que dans un milieu masculin. Je me suis vite habitué. Les femmes ont de grandes qualité de cœur et nul n'ignore que si notre religion règne dans cette province, c'est grâce au personnel ecclésiastique et aux femmes. De plus, je ne pensais pas que des religieuses puissent être drôles et si rafraîchissantes. Cependant, nous sommes à la merci des décisions de nos supérieurs, lesquels sont éclairés par Dieu. Que pourrons-nous faire, dans un tel cas ? Je crois que vous avez perdu une bonne amie de cette façon.

— Sœur Véronique-du-Crucifix, avec qui j'avais étudié. Nous avions prononcé nos vœux à un mois d'intervalle. Notre communauté l'a affectée au couvent de Sept-Îles. Elle était très pétillante ! Vous l'avez déjà croisée, lors de votre première année à notre service. Chaque jour, je prie Notre Seigneur pour demeurer ici.

— Moi aussi, sœur Marie-Aimée-de-Jésus.

— C'est vrai ? Me voilà heureuse de savoir que nous partageons un même sentiment.

— Je... Je vous remercie pour ce livre.

— Et pour le vôtre, donc ! Je lis tant d'ouvrages d'histoire... Mais cette étude sur l'angéologie me passionnera. C'est un sujet abordé superficiellement lors de nos études.

— Vous verrez qu'il y a une intéressante hiérarchie d'anges.

— On les présente toujours beaux.

— C'est une fantaisie pour les rendre agréables aux fidèles. L'ange est un esprit qui, conséquemment, n'a pas de corps. Il y a tout un folklore populaire autour des anges : des poèmes, des peintures, des chansons, des fables et le compliment que dit le mari à son épouse : tu es mon ange. »

Marie se sent rougir. La sœur converse, qui l'a accompagnée jusqu'à la maisonnette du prêtre, a cessé de faire les cent pas devant la porte pour se mettre à prier. L'enseignante a l'habitude de flâner souvent près de la cuisine, cherchant à se joindre aux converses qui vont porter quoi que ce soit au chapelain. Parfois, elle se sert de son autorité de séculière pour imposer sa présence, malgré l'absence d'autorisation. Les petites sœurs n'aiment pas tellement cette situation, craignant une enquête de la révérende mère.

Les relations entre Marie et le prêtre ne représentent un secret pour personne. Ces deux-là sont des intellectuels un peu isolés dans cet univers clos. La religieuse avait préparé méticuleusement sa dernière visite. Elle avait fouillé les étagères de la bibliothèque, à la recherche d'un ouvrage sur les anges, sous prétexte que les anges gardiens de ses personnages Jeanne et Pierre interviendront dans le prochain roman. Se plaignant de la minceur des ouvrages présents, Marie s'était exclamée, telle une mauvaise comédienne : « Notre chapelain a sûrement un livre substantiel sur le sujet. » Pour leur part, les converses ont entendu, malgré leur désir, tout ce que le prêtre avait à raconter sur l'ouvrage pédagogique de sœur Marie-Aimée-de-Jésus. Cela ne les intéressait pas du tout et les ralentissait dans leur travail. Pouvaient-elles lui demander de se retirer ? Le chapelain se rend à la cuisine pour perdre son temps ou pour accompagner Léo Vaillancourt dans sa ronde quotidienne. Comme si elles ignoraient que le prêtre désire croiser Marie !

* * *

« Voilà qui est fort amusant, ma sœur.

— Merci, révérende mère.

— C'est une idée originale de faire intervenir les deux anges gardiens de votre petite héroïne et de son frère pendant leur sommeil. En revanche, je trouve votre mise en situation un peu complexe, pour des lecteurs de huit ou dix ans.

— J'ai voulu me montrer précise. N'oubliez pas que ces romans ne sont que des prétextes pour instruire les enfants sur notre histoire et sur notre religion.

— Simplifiez, sœur Marie-Aimée-de-Jésus. Les enfants n'ont pas besoin de savoir tout cela. C'est une idée de notre chapelain ?

— Non, ma mère. J'avoue lui avoir emprunté un livre sur l'angéologie afin de me documenter. Je voulais en savoir un peu plus pour ma propre culture. Saviez-vous que les anges ont…

— Il vous est interdit de vous rendre à la maison de monsieur Gervais sans escorte et sans autorisation. Vous ne devez sortir de votre cellule que pour vos devoirs religieux et ceux inhérents à votre tâche d'enseignante. À partir de tout de suite, et pour un mois, vous n'aurez droit qu'à un modeste repas par jour, que nous irons vous porter.

— Vous me punissez parce que j'ai voulu m'instruire, ma mère ?

— Cela suffit ! Romancière ou pédagogue, vous devez répondre aux mêmes impératifs que chacune des membres de notre communauté. Rien ne vous autorise à contourner les règlements, surtout en vous servant honteusement d'une sœur converse de soixante ans que vous avez laissée à la porte, dans le froid. Et ne l'accusez pas de trahison ! Notre couvent a plusieurs fenêtres donnant sur la cour, dont celle de ce bureau.

— Je vous demande pardon, révérende mère.

— Faites ce que j'ai dit. Et simplifiez-moi le passage de ce roman ! »

Charles a droit au même discours autoritaire, au rappel du règlement du couvent et à une remontrance pour ses visites outrées dans les lieux de travail des converses. Il réagit d'abord avec son propre pouvoir de prêtre, spécifiant que Marie désirait un livre de théologie, mais il est interrompu par la mère supérieure. Très à propos, cette femme dirige ce couvent, le pensionnat et toutes les religieuses. Elle se trouve plus hautement placée que lui-même dans la hiérarchie ecclésiastique du diocèse. Une seule insistance de la part du chapelain et l'évêque en sera informé. C'est souvent lors de ces occasions que certains religieux sont envoyés loin, très loin…

Sœur Marie-Aimée-de-Jésus, isolée, perd le goût pour la lecture et pour la réflexion. Elle se demande ce que les autres religieuses ont pu entendre ou, pire, ce qu'elles ont inventé comme rumeur. Elle pense à ses jours de petite fille, quand ses parents la grondaient. Grandes peines et misère ouvrière, mais toujours la droiture dans les décisions du père et de la mère. Les plaisirs de la famille DesRosiers étaient simples. Les garçons n'ont pas fréquenté l'école longtemps, car il fallait travailler pour se nourrir, se loger, se vêtir. Des heures et des heures pour quelques dollars ! Rodolphe, le plus jeune, était ridiculisé par les autres enfants à cause de ses vêtements déjà usés par quatre aînés. Fillette Françoise n'avait qu'une robe, devant la laver chaque jour. Elle étudiait fort, si fort ! Tout pour sortir de ce milieu qui, paradoxalement, ne lui a jamais tourmenté l'esprit. Devenir maîtresse d'école ? Un honneur ! Mais tant de frustrations… Devenir religieuse la protégerait de ces écueils. Les plus nobles réussites pourraient devenir siennes. Marie n'y pense pas trop, mais elle est sûrement la religieuse la plus connue de la province de Québec, à cause de la popularité de ses romans. Et la voilà punie, telle une enfant parce qu'elle a désiré parler à cet homme instruit qui sait tant de choses et qui… qui…

Il y a tant de péchés dans son cœur ! Les confesser ? À lui ? Elle aurait honte ! Que penserait-il ? De quelle façon réagirait-il ? Après une semaine d'isolement, Marie se sent étourdie en pensant à ces fautes qui grugent son âme. Elle se remet à croire à l'enfer enflammé et aux diables aux queues fourchues. Comme c'est lourd de porter ces péchés depuis si longtemps! Il faut les confesser! Non… Elle aurait honte… Pourtant, ce jour-là, elle sent la présence du chapelain dans le confessionnal, le froissement de ses mains contre sa soutane, devine sa silhouette, mais ne voit que son crucifix reposant sur sa poitrine. Sa voix profonde énonce les formules. «Mon père, j'ai péché. Je m'accuse de… de…» Ce son d'affaissement et plus rien! Charles se précipite vers le compartiment pour en retirer la religieuse évanouie. Celles attendant leur tour ne réagissent pas, ne quittant pas leurs chapelets. «Aidez-moi, mes sœurs! Allez chercher la garde-malade!» Elle semble si pâle, morte… Les sels raniment la pauvre. Étourdie, Marie entend le verdict: «C'est à cause du jeûne.» Elle accepte avec joie l'erreur. Avouer la vérité deviendrait affreux! Jamais elle ne la dira! Cette tentative de confession a été une erreur.

Les élèves du cours d'histoire remarquent que leur chère sœur n'ouvre plus de parenthèses et que son sourire si radieux se fait plus discret. En revanche, celles du cours pédagogique ont droit à plusieurs coups de cœur, dont certains étonnants, comme: «C'est un métier difficile où vous devrez avoir des relations avec des commissaires d'école ayant moins d'instruction que vos élèves. Votre tâche est importante pour l'avenir de la province de Québec et du Canada. Vous aurez le bon bout du bâton, contrairement à ceux qui vont brandir le leur devant vos yeux. N'oubliez jamais de chercher, de penser, de sans cesse vous renouveler, de vous lancer des défis. Mon livre? Il ne sera plus d'actualité dans dix ans, car j'aurai pensé et cherché à aller plus loin.»

Marie ignore que Charles est lui aussi bouleversé par des pensées contradictoires. Les lectures saintes l'ennuient. «La foi est prisonnière d'écrits, la plupart trop anciens. J'aimerais tant retourner à l'OTJ! C'étaient les fils et les filles de mon peuple, celui qui exprime sa foi loin de cette théologie froide et sans âme, coupée du véritable amour de Dieu. » Certaines nuits, le prêtre se lève dans un soubresaut. Il a du mal à lutter contre cette habitude de marcher vers l'aile des cellules pour regarder la lumière de celle de Marie. Ces dernières semaines, il n'a vu que du noir. Alors, le vent des odeurs des usines et leur grondement sourd lui parvenaient avec violence. « Si je n'étais pas prêtre, je serais là dedans. Bruit! Fureur! Malheur! Pour quelques sous… Et pourtant, ces braves hommes pourraient tant m'aider… »

Quand, un mois plus tard, Marie et le chapelain se croisent dans le couvent, ils ne se regardent pas. Le contraire serait vite noté. Même pendant les messes, il ne louche pas du côté de la religieuse, comme il avait l'habitude de faire. Les confessions sont devenues plus sévères, ce qui peine Marie. Du moins, jusqu'à ce jour de décembre…

« Vous n'écrivez plus, ma sœur?

— Je crois que ce n'est pas le lieu pour en discuter.

— Je vous le demande de tout mon cœur.

— Ces petits livres ne valaient rien. Sous prétexte pédagogique, je me servais de l'histoire dans un but de… de… Je n'ose pas le dire. Vous me pardonnerez, mon père.

— Écrivez pour vous-même, ma sœur. Retrouvez cette joie.

— Comment pouvez-vous savoir que je n'écris plus?

— C'est… C'est Léo Vaillancourt qui me l'a dit.

— Je ne lui en ai pourtant pas parlé.

— Je vous souhaite le plus heureux Noël, sœur Marie-Aimée-de-Jésus.

— Et que 1945 serve à consolider notre amitié, monsieur Gervais. »

CHAPITRE 4

1945-1947

Voilà les parents de sœur Marie-Aimée-de-Jésus, ses cinq frères, leurs épouses et enfants, pour une visite au parloir où ils évoquent les fêtes de Noël et du jour de l'An, sans oublier de préciser que la piété demeure au rendez-vous. La mère apporte un présent royal : une tarte aux fraises, tout en précisant que « c'est un restant ». Les nouvelles du monde extérieur paraissent contradictoires. Le père parle de son travail et ne se prive pas pour surnommer les contremaîtres de « maudits anglais », même si l'épouse sursaute, lui donne un coup de coude dans les reins et lui ordonne de se signer. Les enfants, très calmes, se sentent écrasés par le décor austère.

Après quelques compliments et des courbettes, Marie obtient l'autorisation de montrer sa tarte à Charles. Bien sûr, il a le droit de sortir et d'aller manger dans un casse-croûte de la rue des Forges, mais cette tarte est une vraie de vraie ! Le prêtre suggère de partager le délice avec quatre sœurs converses. Six pointes et tout est terminé, sauf le souvenir qui durera jusqu'à l'arrivée de la prochaine tarte, dans douze mois.

« Je cuisinais très bien. Ma mère m'avait enseigné, comme toute bonne Canadienne française. Avec tant d'hommes à la maison, elle avait besoin de mon aide pour voir à tout. J'ai reprisé leurs chaussettes. L'odeur de la cuisine de maman me manque. Nos dévouées converses savent s'y prendre, mais préparer à manger pour plus d'une centaine de personnes, ce n'est pas la même chose que pour une famille.

— J'irai remercier votre mère, sœur Marie-Aimée-de-Jésus.

— Vous êtes fort aimable, monsieur Gervais.

— Mes parents me manquent souvent…

— Vous leur écrivez ?

— À chaque mois, ainsi qu'à mes frères et sœurs.

— Je suis chanceuse que le couvent soit situé dans ma ville natale. »

Ce court instant intime donne des forces à Marie, après les moments tourmentés qui ont couronné la fin de l'année 1944. La petite lumière de sa chambre renaît et quand Charles la voit, il se sent caressé par un compliment. Elle écrit quelques souvenirs de son enfance, tout en sachant que son éditeur lui réclamera un autre roman pour la jeunesse. Comme elle se sent lasse de ce plaisir devenu une tâche ! Au fil des jours, l'idée de créer un roman pour adultes lui revient en tête.

Les petits romans lui ont surtout appris à agencer harmonieusement les mots, à insérer des silences, à semer des fausses pistes, à faire deviner des paroles ou les sentiments de ses personnages. Avec le recul, le premier roman lui apparaît aujourd'hui très naïf. Voilà sans doute pourquoi les enfants l'ont tant aimé. De façon régulière, Marie reçoit le charmant courrier de ce public : dessins des personnages, cartes artisanales, mots de remerciement et toutes ces fillettes qui « désirent devenir une sœur, afin d'écrire des romans. » Ces missives lui parviennent décachetées, tout comme le courrier d'enseignantes laïques désireuses de recevoir un conseil.

Les semaines passent dans la paix des derniers soupirs de l'hiver. Le printemps provoque toujours un effet sur les écolières, revenant de récréation un peu plus inattentives. Le soleil ravit aussi les sœurs qui pensent à leur jardin, aux échos des sons de la ville qui aiguisent leur curiosité. À l'occasion, elles entendent la fanfare de l'Union musicale, se demandant dans quel lieu ces braves musiciens se produisent. Musique profane, certes, mais souvenirs de leur enfance. Cela les change des matines et laudes qu'il faut psalmodier.

Lors du spectacle entourant la cérémonie couronnant les efforts des plus méritantes, des pièces de violon et de piano classique ont été exécutées pour la grande joie des parents et de monseigneur. Une chorale d'une douzaine de voix entonne *Un Canadien errant*. Sœur Marie-Aimée-de-Jésus se demande si les grandes filles aiment réellement cette musique imposée par les religieuses et leur milieu social. À l'occasion, elle a entendu Charles chantonner discrètement, se demandant quelle pouvait être cette mélodie.

« Qu'est-ce que les jeunes otéjistes chantaient, monsieur Gervais ?

— Les cahiers de *La Bonne Chanson* de l'abbé Gadbois. Notre folklore de nos saines valeurs traditionnelles et rurales, le cœur de nos ancêtres venus de France.

— Et qu'est-ce qu'ils chantaient à la maison ?

— Bing Crosby.

— Qui est-ce ?

— Un chanteur de charme américain. Une fort jolie voix. Il existe aussi des chanteurs de ce style venant de France, comme Tino Rossi.

— Je crois que si les jeunes aiment ces chansons, ce sont celles-là qu'on devrait leur enseigner pour la chorale.

— Laissons-les vieillir, sœur Marie-Aimée-de-Jésus.

— Dans vingt ans, elles n'intéresseront plus aucun jeune.

— Vous tenez vraiment à être à l'écoute des goûts de vos élèves ?

— C'est un bon moyen de tisser des liens de confiance qui facilitent l'apprentissage.

— Comme cette fois où vous aviez parlé de Jean Gabin.

— Précisément.

— Dans cet esprit, je vais vous confier un secret, mais il ne faut en parler à personne.

— Vous me voyez flattée par cette confiance.

— Mon projet de la fondation d'une JEC pour le pensionnat a été accepté.

— C'est magnifique ! »

Les associations de la Jeunesse étudiante catholique, à l'image de celles réunissant fils et filles d'ouvriers, fleurissent depuis déjà une quinzaine d'années. Les JEC ont surtout germé dans les collèges classiques pour garçons. Les fruits récoltés se montrent dignes de la doctrine sociale de l'Église afin de former des laïcs éclairés sur les choses religieuses, impliqués dans des actions positives servant à développer le sens des responsabilités, de l'entraide, le tout en favorisant les échanges d'idées entre jeunes de lieux éloignés.

Jeune prêtre lors de la venue de ces œuvres, Charles s'y était intéressé de toute son âme. Il avait jeté les bases de la JEC du séminaire, tout en faisant campagne auprès de l'évêque du diocèse pour la fondation d'une OTJ. Cependant, quand il s'agissait d'intégrer des filles dans ce mouvement, il y eut des embûches, même si ces associations sont reconnues par les autorités catholiques du monde entier. La révérende mère, par exemple, croyait que cette association risquerait de nuire aux études des élèves. L'épiscopat de la région a préféré analyser les résultats d'une telle expérience dans d'autres coins de la province avant d'accorder une autorisation. Le chapelain aura travaillé avec ardeur pour que tout se mette en place.

« Vous en serez l'aumônier, j'imagine.

— Qui d'autre ? Léo Vaillancourt ?

— Vous êtes amusant !

— J'ai pensé vous impliquer comme conseillère, sœur Marie-Aimée-de-Jésus.

— Rien ne me fera plus plaisir que de travailler à vos côtés. »

Les deux religieux échangent un sourire, interrompu par un toussotement de la sœur qui accompagne Marie. La femme constate surtout que cette conversation n'a rien de religieuse. L'enseignante avait pourtant insisté pour rencontrer le chapelain afin de recevoir quelques conseils sur certaines prières.

« Vous n'aviez rien à demander ? Notre chapelain est pourtant un homme très aimable.

— J'avais l'impression d'être de trop.

— Quelle idée étrange ! Je vous remercie de m'avoir accompagnée, sœur Catherine-du-Rosaire. »

Au début de mai, l'annonce de la fin de la guerre en Europe ravit tous les cœurs. Des fêtes spontanées naissent dans les rues et les lieux publics, auxquelles les pensionnaires n'ont pas reçu l'autorisation de participer. Il faut avant tout remercier Dieu pour ce dénouement et prier pour les familles qui ont perdu un fils. Cependant, la révérende mère ordonne le prolongement de la récréation d'une dizaine de minutes. Depuis la bonne nouvelle, sœur Marie-Aimée-de-Jésus a cherché à s'informer sur ce conflit. Les hostilités, dit-on, se sont poursuivies entre les Américains et les Japonais, jusqu'à ce qu'une puissante bombe détruise des villes entières. « Une seule bombe pour plusieurs villes ? Je ne comprends pas... » Les descriptions de Léo Vaillancourt ne lui semblent pas vraiment précises. Charles Gervais, bouleversé par l'ampleur de cette destruction, a appelé une journée de prières pour les victimes civiles, même si elles habitaient un pays ennemi.

* * *

Quand les élèves sont de retour pour la nouvelle année scolaire, elles ont toutes quelque chose à raconter sur la guerre. Voilà leur tour pour ouvrir des parenthèses afin de satisfaire Marie. « Mon cousin est mort là-bas. Toute la parenté parle de lui comme d'un héros, mais je sais surtout que ma tante et mes cousines n'ont cessé de pleurer depuis l'annonce de son décès. Il me semblait pourtant que les héros devaient être la source de la joie et de la fierté. » Les témoignages durent presque toute la durée du cours. « Nous verrons que l'histoire n'est qu'une suite de guerres. Du moins, dans le manuel obligatoire que vous avez sous la main. Je vais prier le Créateur pour que celle qui vient de se terminer soit la seule que vous aurez connue dans votre vie. Je vous remercie pour vos témoignages. Vous serez étonnées d'apprendre qu'ils font aussi partie de l'histoire, celle qui, malheureusement, n'a pas encore été écrite et qui tient sa source du peuple qui a vécu les conséquences des actes de leurs décideurs. »

Marie retrouve la joie de vivre face aux élèves, alors que les semaines précédant la rentrée scolaire lui avaient apporté d'autres épreuves. En effet, son éditeur trouve que ses courts romans deviennent trop complexes pour le jeune public. Par conséquent, un manuscrit a été refusé, à moins d'apporter les modifications suggérées. La religieuse a d'abord écrit une lettre expliquant son refus de se plier à cette exigence. Voilà qu'une réponse lui arrive, mais par la voie de l'évêché et d'une convocation. Comble de malheur, la demande du chapelain de compter sur elle comme assistante au sein de la JEC naissante a été refusée par la révérende mère, sous prétexte qu'elle a beaucoup d'autres devoirs à accomplir. « Choisissez une sœur plus jeune, monsieur le chapelain. » Marie croit surtout que la direction tient à limiter ses relations avec Charles Gervais.

« Je ne crois pas que les enfants soient des imbéciles, monseigneur. Leur présenter des mots soi-disant inconnus ne fera qu'augmenter leur curiosité pour les trésors de notre langue, et quant aux intrigues plus complexes, je pense qu'elles n'ont rien à envier à celles qu'ils entendent dans les radioromans.

— Vous avez votre franchise, ma sœur.

— Vous m'avez demandé mon avis, votre Excellence, et c'est ce que je vous livre.

— Cette série de romans représente une excellente initiative, porteuse de belles valeurs pour la jeunesse canadienne. De plus, soyons franc, c'est une bonne affaire pour les Éditions Fides, les meilleurs amis de la sagesse de notre clergé.

— Je vais poursuivre dans le domaine de la franchise, monseigneur : je ne veux plus écrire ces récits. Cependant, je suis prête à aider une religieuse désirant prendre ma relève. Il y a dans notre couvent des jeunes sœurs douées pour la pédagogie et pour l'écriture. Sans doute existe-t-il plusieurs candidates dans d'autres maisons de notre communauté. Si votre but, ainsi que celui de l'éditeur, consiste à poursuivre cette collection, soyez assuré que je mettrai tout en œuvre pour répondre à vos désirs. Pour ma part, je veux me concentrer sur les réflexions pédagogiques et sur la féminisation de l'histoire s'adressant aux écolières et étudiantes de notre province.

— Une… féminisation ?

— L'histoire, telle qu'enseignée, ne présente que des modèles masculins, si nous ne tenons pas compte de Jeanne Mance et de Marguerite Bourgeois. Or, il existe d'autres femmes qui ont aidé à l'édification glorieuse de notre histoire. »

Marie se retire, après les politesses d'usage et les courbettes à l'évêque. « Tête brûlée ! Cette sœur fait des caprices. Quelqu'un lui aura laissé trop de latitude. » La religieuse marche plus lentement qu'il ne le faut, afin de regarder tout ce qui se passe autour d'elle. « Je n'ai pas peur de mes opinions. Monseigneur le sait, maintenant. » Elle ricane et décide de presser le pas. Les nouvelles qui suivent cette audience ne sont guère à la convenance de Marie : en haut lieu, il est ordonné de poursuivre au rythme de deux livres par année. Une semaine plus tard, l'éditeur lui impose un sujet : la bonté de la couronne britannique au cours des années suivant la Conquête.

« Me voilà devenue journaliste. Du papier à remettre à mes patrons à une date convenue. De plus, mon article ne doit pas déplaire au commanditaire du journal.

— Ne soyez pas autant cynique, ma sœur. Tirez profit de cette situation. C'est en obéissant que vous pourrez plus facilement passer le flambeau à une autre. La colère et le sarcasme n'apportent que des ennuis. De plus, n'oubliez jamais les enfants qui aiment ces histoires.

— Et c'est vous qui m'avez conseillé d'écrire ce qui me plaît ?

— Vous aimez l'histoire et…

— Et en ce qui concerne la bonté britannique, les Canadiens français n'en finissent plus de compter leurs fils laissés sur les champs de bataille européens à deux occasions au cours du présent siècle, qui n'a pas encore cinquante ans.

— S'il vous plaît, sœur Marie-Aimée-de-Jésus…

— Pardonnez-moi, monsieur Gervais. Parlons d'autre chose. Dites-moi quelles ont été vos lectures, ces derniers jours.

— Ma sœur, il ne faut pas abuser du confessionnal. D'autres attendent et pourraient trouver douteux de vous y voir si longtemps. »

* * *

Le modeste groupe des JEC du pensionnat reçoit sans cesse des nouvelles des associations de villes lointaines. « On a du chemin à faire avant d'égaler les autres », de se plaindre la présidente à son aumônier. Charles lui réplique que Rome ne s'est pas bâtie en un jour et que les amitiés entre jeunes filles de régions différentes et même de France représentent un acquis auquel elles ne pouvaient penser l'an dernier. Les Trifluviennes écrivent quelques lignes sur leurs activités pour le journal provincial. Il est surtout question de la sœur romancière. Vite, la biographie de sœur Marie-Aimée-de-Jésus! Avec quelques témoignages! La révérende mère refuse de donner son autorisation pour ce reportage, même pour les jécistes, prétextant que l'humilité doit demeurer une des grandes qualités d'une religieuse. Les jeunes filles se plaignent de cette décision à leur aumônier. Il écarquille les yeux, hésitant à leur dire qu'il semble plus sage d'obéir à la supérieure. La présidente insiste pour lui rappeler que cette idée de reportage est une demande des filles de trois pensionnats de Montréal.

Le prêtre promet de réfléchir à cette situation, qui deviendrait un bon prétexte pour un tête-à-tête avec Marie. Charles se rend de plus en plus compte que la révérende mère ne traite pas son amie équitablement, cela depuis l'entretien de l'enseignante avec l'évêque. La mère supérieure n'apprécie pas d'entendre le chapelain revenir sur cette question. Il ne sait pas que la présidente des jécistes a décidé de passer outre les ordres en abordant Marie avec des questions précises, lors d'une récréation. Dix minutes plus tard, la religieuse sent qu'elle a fait une erreur en répondant à cette interview. La jeune fille risque surtout un renvoi du pensionnat. À l'étonnement du prêtre et de la religieuse, l'incident n'a d'autre suite que l'interdiction de parloir à l'adolescente. À moins que certaines suites demeurent en réserve…

La fin de l'année scolaire voit les mêmes résultats couronner les efforts de Marie. Cependant, les normaliennes lui ont causé certains soucis. Elle croit qu'il s'agit là d'un écueil de la loi de l'instruction obligatoire : croyant que les postes se multiplieraient, des parents ont poussé leurs filles vers cette mine d'or, sans savoir si elles avaient la vocation d'enseignante ni les aptitudes requises. Marie sait que le monde n'est plus le même. Les découvertes des horreurs des charniers juifs des camps de d'extermination nazis l'ont beaucoup bouleversée. Plusieurs élèves ont fait des cauchemars quand la nouvelle, personne ne sait trop comment, a réussi à franchir la grille du pensionnat.

L'été de Marie ressemble à celui de l'an dernier : voyages vers d'autres villes pour offrir des conférences. Elle ne s'en plaint certes pas, d'autant plus que la présence d'un chaperon ne se révèle plus nécessaire. La religieuse espère que le chapelain répétera son initiative de Sainte-Anne-de-Beaupré et partira vers la même destination qu'elle. Très souvent, sœur Marie-Aimée-de-Jésus sourit en pensant à ce court moment au restaurant. Charles ne lui a guère parlé, depuis les incidents avec la JEC. De plus, il a refusé de se servir du confessionnal pour lui demander des nouvelles.

Lors de sa sortie du début de juillet, Marie voit un trésor sur un banc libre du wagon de train : un journal. Elle le prend discrètement et le cache dans son sac. Elle sait que quelqu'un doit l'attendre à la gare de Montréal. Déjà menue, la religieuse se rétrécit et se sert de deux gaillards comme paravent afin de se rendre au casse-croûte, étaler son journal et commander une tasse de thé. Un véritable journal entier ! Alors qu'elle désirait tant connaître ce qui se passait en Europe pendant la guerre, Marie ignore les pages politiques pour se rendre à la section féminine afin de savoir si les chapeaux paraissent aussi ridicules qu'il y a cinq ans. « Je suis fort contente de porter ma guimpe. Par contre, les coiffures sont jolies.» Marie regarde autour d'elle, à la recherche d'un équivalent de la photo du journal. «Rita Hayworth, actrice d'Hollywood. Voilà un nom à retenir pour mes élèves.» Elle sourit en se rendant compte que le propriétaire du papier avait entrepris un mot croisé, sans le terminer. Et la section des sports? Stupéfaction! Un athlète de race noire évolue avec l'équipe de baseball de Montréal. Peut-être cela se fait-il depuis des années... Sœur Marie-Aimée-de-Jésus lit avec ferveur, pour en apprendre davantage au cas où elle croiserait Charles. «Hé! la nonne! Vous lisez les sports?» Elle relève le sourcil et voit un grand blond perdu sous son béret militaire, avec un mégot minuscule qui risque de lui brûler les lèvres. Elle baisse les paupières en se rendant compte qu'il n'a qu'un bras.

«Souvenir d'Europe, ma sœur. Les voyages déforment la jeunesse.

— Vous êtes vivant, alors que tant d'autres...

— Je peux vous les nommer. Ti-Claude, Freddy, Alphonse, Pierre, Rosaire et Mathieu. Il y en avait même un qui s'appelait Jean-Baptiste, mais on le surnommait Mouton. Pas d'offense envers vous, si je parle comme ça. L'aumônier, au front, était un homme extraordinaire! Un gars comme nous. Les nonnes qui m'ont soigné: fameuses! Il y en avait une qui me dorlotait, comme si elle avait raté sa vocation. Je le priais, le bon Dieu, mais pas comme le chapelet qu'on entend à la radio. Je lui ai dit quelques mots, à Notre Seigneur, prenez-en ma parole! Comme l'aumônier était certain qu'il comprenait ce langage-là, ça m'a fait du bien d'avoir ce *chum* invisible, qui regardait la parade de l'humanité du haut d'un nuage. Ça fait monter la sève partout d'être de retour, bien que mon cœur soit demeuré là-bas pour le reste de ma vie. Ça ne s'oublie pas. Qu'est-ce qu'il y a, dans votre journal?

— Jackie Robinson éblouit encore les partisans des Royaux.

— Le nègre américain! Lui, il joue en maudit!

— Prenez une nouvelle cigarette. Celle-là risque de vous blesser.

— Là-bas, on les fumait jusqu'à la dernière graine. On avait le sens de l'économie. C'est une vertu, non?»

Quel jeune homme charmant, bien que posant des gestes très nerveux, comme s'il vivait sans cesse sur le qui-vive. Marie croit avec certitude qu'il ressent toujours les émotions des combats. Elle aimerait qu'il vienne dans sa classe, pour parler aux écolières. Idée vaine! On lui ferait remarquer que cette guerre ne fait pas partie du programme d'histoire. Les conférences destinées aux élèves, rares, sont réservées aux membres du clergé: des missionnaires en Afrique et la visite annuelle de l'abbé Tessier, venant présenter ses films sur la nature mauricienne. Un soldat qui a vécu l'enfer du front? Jamais!

Cette intéressante conversation est anéantie par l'arrivée de trois religieux, dans tous leurs états parce qu'ils n'ont pas vu Marie descendre du train. «Comment? Mais c'est moi qui vous ai cherchés! De toute façon, je savais que nous allions nous croiser.» Elle se dit certaine que cette fugue sera rapportée à la révérende mère. Le soldat, narquois, fait remarquer que «c'est difficile, la vie dans l'armée.» Il se lève, prend sa main et lui demande de le bénir.

«Les religieuses n'ont pas le droit de bénir. Par contre, ces messieurs peuvent répondre à votre demande.

— Ils sont moins jolis que vous.

— Je vais penser à vous, je vous l'assure.

— C'est une forme de bénédiction. Merci, ma sœur. »

Les courbettes demeurent prévisibles, mais tout de même flatteuses. La révérende serait sans doute scandalisée, car les cérémonies d'accueil ressemblent à du vedettariat. « Je suis la Rita Hayworth des bonnes sœurs », se murmure-t-elle, afin de s'empêcher d'écouter. Elle songe aussi au garçon du restaurant de la gare. « Il a dit que je suis jolie. Peut-être que le chapelain le pense aussi. » Soudain, cent mains qui applaudissent la font sursauter. Son adresse de remerciement n'a rien de très originale, mais comme elle est plus courte que leurs discours, personne n'a le temps de penser à autre chose. Cela ne l'ennuie pas de parler de pédagogie, mais les questions sur ses romans commencent à la lasser.

Les deux jours passés dans ce couvent ne la privent pas de ses devoirs religieux. Cependant, se recueillir dans une autre chapelle devient une joie, tout comme regarder son ornementation. Elle note que les parquets ont été cirés, tâche habituellement prévue au cours de la semaine précédant la rentrée scolaire. Il deviendrait vain de chercher une poussière. Elle sursaute en croisant tant de frères et de prêtres dans les couloirs. Des hommes dans cet antre féminin? Pour la cause de l'éducation, il n'y a plus rien qui tienne. Les religieuses deviennent sourires pour ces messieurs.

Le retour à Trois-Rivières se fait dans l'attente d'un prochain départ. Elle regarde Charles du coin de l'œil, en train de lire son bréviaire distraitement parce que les gazouillis d'enfants jouant dans la rue lui parviennent. Il ne cherche pas à savoir ce qui s'est passé à Montréal, mais comme Léo Vaillancourt le demande à Marie… Un mois plus tard, l'homme à tout faire ne parle plus beaucoup. Sans doute que la révérende mère a découvert le petit stratagème entre Marie, Charles et lui.

« J'ai passé un bel été, avec des rencontres enrichissantes. Et vous ?

— Fort agréable. J'ai vu deux parties de baseball dans notre joli stade et j'ai visité notre exposition agricole, dont nous étions privés depuis 1939.

— Saviez-vous qu'il y a un joueur de race noire qui évolue pour l'équipe de Montréal ?

— Jackie Robinson ? Il est venu ici, pour une partie hors concours. Nous avons aussi deux Noirs évoluant pour nos petits Royaux.

— C'est vrai ? Et…

— Nous n'avons pas le temps, sœur Marie-Aimée-de-Jésus.

— Je me demande ce que Dieu pense des moments suivant nos confessions.

— Le Divin, j'en suis certain, comprend l'amitié sincère enrobée de respect. Accomplissez votre pénitence et ne péchez plus. »

* * *

Marie poursuit la rédaction de ses romans pour les jeunes avec une certaine monotonie. Elle n'ignore pas que les ventes ont diminué, sans doute un signe de lassitude du public. Recevoir comme cadeau un de ces romans ne représente peut-être plus un beau rêve, depuis que tous les religieux les distribuent sans cesse aux premiers de classe comme récompenses. Ce travail terminé, elle rédige un plan de roman historique pour adultes, avec en relief une de ses profondes convictions : les femmes ont joué un rôle dans l'édification de la société canadienne-française. Elle lit sans cesse des ouvrages sur les mœurs de jadis, tentant de discerner entre les lignes les joies et les peines s'y rattachant. L'héroïne sera une simple mère d'une famille de la campagne, dont les trois fils iront en Europe participer à la guerre de 1914. Cependant, en janvier, elle décide de tout jeter. Le roman paysan a été vu des douzaines de fois. L'abbé Albert Tessier n'a-t-il passé ses dernières années à enseigner l'amour de sa petite patrie, dont celle de la ville ? À chaque printemps, Marie guide ses élèves pour une visite historique de Trois-Rivières, le tout inspiré par les écrits de Tessier. Les adolescentes se montrent toujours étonnées d'apprendre tous ces faits. N'est-ce pas là un meilleur cadre pour un roman qui pourrait plaire autant aux jeunes qu'à leurs parents ? Devrait-elle parler de ce projet à la révérende mère ? Marie risquerait surtout de se faire répondre de continuer à écrire ses romans pour la jeunesse ou qu'une sœur doit passer ses temps libres à prier. Cependant, l'enseignante a constaté que sa supérieure s'est un peu calmée, qu'elle a mis un frein aux enquêtes sur ses relations avec le chapelain. Même Léo Vaillancourt commence à mieux respirer. L'homme à tout faire se sent étonné d'entendre Marie lui demander de parler de ses grands-parents et de la vie à Trois-Rivières au cours de son enfance.

Charles rappelle à la religieuse que son devoir consiste à prier Dieu, de le servir en travaillant comme enseignante et que le Divin l'a bien guidée en la portant à réfléchir sur les moyens à apporter pour améliorer ce devoir. « Il vous a aussi donné le talent pour l'écriture », s'empresse-t-il de préciser. Or, la création de romans, reposant sur des principes didactiques et respectant en tous points la grandeur de la religion catholique et les faits d'armes de l'histoire du Canada, demeure une noble façon de servir le Tout-Puissant. Marie demeure stupéfaite d'entendre ce discours. Après tout, n'est-ce pas le chapelain qui lui avait conseillé d'écrire pour son plaisir ? Devinant sa pensée, l'homme lui fait remarquer qu'elle peut certes le faire, mais qu'il vaut mieux oublier l'idée d'une publication et ne pas trop consacrer de temps à une activité profane. « Des religieux ont déjà écrit des romans, monsieur Gervais. Lionel Groulx, par exemple. » Il ne répond pas, puis lui conseille de sortir le plus discrètement possible de son habitat. Elle a encore pris le risque d'y venir sans autorisation et sans escorte !

Qu'à cela ne tienne, Marie se lance dans la création de ce roman se déroulant à Trois-Rivières, du début du vingtième siècle jusqu'aux années de la Grande Guerre. « Je suis têtue ! C'est vilain... Mais je dois écrire ! Et puis, si ce livre devient populaire, la communauté ne refusera pas les sommes qu'il rapportera. » Deux semaines plus tard, telle une enfant, Marie est prise sur le fait par la révérende mère, entrant dans sa cellule sans cogner pour lui demander pourquoi elle ne profite pas du beau soleil. Qu'elle ait eu le réflexe de cacher ses feuilles pourrait éveiller un soupçon. Cependant, la supérieure ne pose aucune question, persuadée que Marie complète un roman pour les jeunes. « Après le souper, vous passerez à mon bureau. Je dois m'entretenir avec vous. »

Sœur Marie-Aimée-de-Jésus est persuadée que la supérieure lui parlera encore de ses relations avec le chapelain. Elle ne s'attendait pas du tout qu'il soit question du pauvre niveau de français écrit de ce contingent d'apprenties normaliennes. La révérende lui demande donc de devenir enseignante de français. « Vous serez un modèle et une inspiration pour les élèves, à cause de vos romans. » De plus, considérant le niveau de réussite en histoire et en pédagogie de celle-ci, les problèmes de langue écrite de ces élèves ont de fortes chances de diminuer.

« Avec joie, ma bonne mère. Sauf que je n'ai pas de notions de cet enseignement.

— De votre part, voilà une remarque superficielle. Vous êtes une enseignante exceptionnelle, capable de s'adapter. De plus, vous n'aurez qu'à suivre le programme. Sœur Thérèse-du-Cœur-de-Marie, qui vous remplacera dans votre classe d'histoire, vous dira tout ce qu'elle enseignait à ces jeunes chrétiennes.

— Vous… Vous m'enlevez mes tâches en histoire ?

— Le français est plus important que l'histoire, surtout pour des futures maîtresses d'école. L'histoire ne représente pas dix pour cent du cours primaire et du cours lettres-sciences.

— Ma mère, l'histoire, c'est toute ma vie.

— Vous avez donné votre vie à Dieu pour le servir en enseignant et en priant. Cessez ces enfantillages et sachez que ma décision n'a comme seul objectif que l'amélioration des élèves de notre pensionnat. »

Sœur Thérèse-du-Cœur-de-Marie ne connaît rien à l'histoire ! Une bonne personne, mais encore une de ces sœurs dont la formation scolaire est insuffisante pour penser à aller plus loin que le programme d'études, qu'elle suit à la lettre sans poser de questions. « Toujours du par cœur ! Elle va transformer mes élèves en perroquets.

Aussitôt parties d'ici, elles auront tout oublié!» Colère vaine, Marie le sait trop bien.

«Il s'agit d'une pensée désobligeante envers sœur Thérèse-du-Cœur-de-Marie, mon père.

— En effet.

— J'attends ma pénitence, monsieur Gervais.

— Que vous exécuterez rapidement et en sortant de la chapelle, vous penserez encore que sœur Thérèse-du-Cœur-de-Marie dresse des perroquets.

— Je vous assure que je regrette et que je veux faire ma pénitence avec la plus grande sincérité.

— Je crois aussi que beaucoup de nos braves religieuses forment des perroquets. Moi aussi, je dois me confesser, sœur Marie-Aimée-de-Jésus.

— Mon père, vous m'arrachez encore un sourire au confessionnal et je ne suis pas certaine que Notre Créateur apprécie.

— Je me sens triste parce que la révérende mère vous retire vos classes d'histoire. Cependant, je crois que vous devez faire en sorte de lui donner satisfaction. Quand elle verra que ces élèves deviendront toutes de fines plumes, Dieu l'éclairera et elle vous redonnera l'histoire. Vous êtes en mesure de faire aimer la grammaire à ces jeunes filles. Mon petit doigt me dit que l'une d'entre elles assurera votre relève pour rédiger ces romans que vous détestez.

—Vous m'étonnerez toujours, mon père.

— Je vous donne votre pénitence et gardez la plus grande foi en la Providence.»

Le beau timbre de voix de Charles la calme. Marie passe les deux journées suivantes à la chapelle. Certaines religieuses ironisent et interprètent ce zèle de foi comme une tentative de retrouver ses classes d'histoire. À la rentrée scolaire, sœur Marie-Aimée-de-Jésus se sent dépaysée dans son nouveau local, mais ce sentiment ne se prolonge pas. Après deux semaines, elle a déjà ouvert trois parenthèses et n'a pas touché au manuel d'extraits des grands moments de la littérature française pour illustrer ses explications grammaticales. Elle se penche plutôt sur un livre d'histoire et fait rire ses élèves en fouettant l'air avec « cette littérature impeccable que sont mes romans. » Après un mois, les jeunes filles savent que le participe passé de Cary Grant s'accorde avec le sujet Rita Hayworth du verbe Jean Gabin.

Une bonne pédagogue doit toujours garder ardente la flamme de l'amour de son métier, mais quand Marie retrouve la solitude de sa cellule, elle se perd en soupirs. La femme ne sait pas que le chapelain est intervenu auprès de la révérende pour qu'elle retrouve ses classes d'histoire. Malgré la politesse de sa démarche, il a été accueilli très froidement par la religieuse, brandissant le livre des règlements et celui de la constitution de la congrégation.

* * *

En avril 1947, Marie se sent secouée de toutes parts en apprenant que la mission de Charles Gervais dans ce couvent est maintenant terminée. Un remplaçant recevra ses instructions et sera en poste dès la fin de l'année scolaire. À ce moment-là, le chapelain sera en route vers l'Abitibi pour assumer la cure d'un village.

« Lac-Parent ? Ce n'est même pas sur la carte !

— Il faut regarder vers le haut, ma sœur. Ce n'est qu'à une cinquantaine de milles de Senneterre, village déjà profondément au nord de cette région.

— Pourquoi un prêtre de notre diocèse doit-il s'exiler dans un coin perdu d'un autre diocèse ? Il y assurément des vicaires de l'Abitibi qui attendent avec impatience d'avoir une cure bien à eux. Je ne comprends pas, monsieur Gervais.

— Il peut y avoir des arrangements entre diocèses, des échanges de services. Je suis comme un joueur de baseball d'une équipe championne échangé à une formation de dernière place. Le plus important demeure de toujours faire partie de la ligue. Et puis, au fond de chaque religieux, il y a le désir d'avoir la chance de devenir curé.

— Vous êtes content de partir, en somme.

— Pour être honnête, je ne le suis pas du tout. Cependant, nos évêques sont éclairés par Dieu et…

— Je ne veux pas paraître païenne, mais un évêque demeure un homme, susceptible de commettre des erreurs, de prendre des décisions qui ne l'honorent pas. Vous êtes un théologien, un savant de la Parole divine. Que vous deveniez professeur dans un grand séminaire ou à l'Université Laval, je pourrais le concevoir, mais pas curé d'un village agricole de cent âmes !

— De deux cent cinquante âmes et ce n'est pas agricole. Lac-Parent est situé en pleine forêt et les hommes travaillent tous comme bûcherons pour des compagnies de coupe. La plus grosse industrie du village est le restaurant casse-croûte, qui accueille des voyageurs passant à toutes les sept heures sur la route.

— Au nom de notre amitié, dites-moi la vérité.

— Vous sous-entendez que je mens et qu'on m'envoie là en punition. La cure de ce village se trouve dans un triste état. Leur pasteur est détesté et ne devient certes pas une inspiration pour une foi sincère. La chute des devoirs semble alarmante. Le village a besoin de sang neuf pour redresser subtilement une situation qui plaît à Lucifer. Comme la population est jeune, on fait appel à mes services parce que j'ai œuvré comme directeur de conscience pour des séminaristes et auprès d'organismes comme l'OTJ et les JEC. Voilà la vérité. Nous sommes les serviteurs de Notre Seigneur et nous devons obéir à nos supérieurs. Le sacrifice fait aussi partie de notre sacerdoce. »

Plus que jamais, sœur Marie-Aimée-de-Jésus sent que le prêtre cache quelque chose et qu'il pourrait s'agir d'une conséquence de leur amitié. Ne voulant pas l'embarrasser et sachant qu'elle-même sera réprimandée pour s'être rendue dans la maison du chapelain sans autorisation et sans escorte, elle décide de ne pas insister. Ils se regardent en silence pendant dix éternelles secondes. Quand elle franchit la porte, il avale un sanglot. Marie ne fait pas trente pas que des grosses larmes s'échappent de ses yeux, pendant que son cœur bat à un rythme fou et qu'elle sent tous ses membres faiblir, comme si elle allait s'évanouir.

La nouvelle bouleverse toutes les religieuses. Cependant, la plupart se réjouissent de savoir que leur chapelain deviendra curé de village. Les sœurs aimaient beaucoup ses sermons, toujours impressionnants, car révélant son immense culture des sphères spirituelles. Il était un homme ayant réponse à toutes leurs questions. Marie entend de nouveau cette révélation qui l'étonne : Charles se montrait intransigeant en confession. Ça n'a jamais été le cas lors de ses propres confessions ! Ses péchés ont-ils alors été pardonnés ? Il en existe tant qu'elle n'a jamais osé avouer… Un confesseur de Charles aurait-t-il révélé à monseigneur que le chapelain vit dans un dangereux état de péché à cause de son amitié avec une religieuse ? Non ! Pensée absurde !

Sœur Marie-Aimée-de-Jésus ne se sent pas bien, les jours suivants. Que sera son existence, sans cet homme ? Cette épreuve lui semble terrible ! Cette amitié a peut-être été une erreur dans le chemin de sa vie. Quand Marie pense trop, les larmes reviennent la troubler. Un lent sanglot lui serre sans cesse le cœur. La situation empire lors des messes et elle s'est de nouveau évanouie en confession.

Aux yeux des religieuses, le prêtre a l'air abattu, sans joie. Il répond aux félicitations avec un sourire forcé. Plus d'une l'a vu entrer à la chapelle pour demeurer agenouillé devant la suprême croix pendant trois heures consécutives. Il se rend souvent parler avec les converses de la cuisine et Léo Vaillancourt l'a invité à souper chez lui.

« On est montés au stade pour voir une partie de baseball. Pour dire le vrai, notre club a perdu pas pour rire, mais Charles a aimé ça quand même.

— Il n'y a sûrement pas de grande équipe, en Abitibi.

— Voilà peut-être pourquoi y'a aimé la défaite, p'tite sœur. C'est un bon gars, Charles. Il a du cœur. J'vais perdre un bon ami, mais y'a juré qu'il m'écrirait. Je sais que vos lettres sont regardées par la révérende, mais j'ai dit à Charles que s'il voulait vous écrire, il n'aurait qu'à envoyer l'enveloppe à mon adresse. Je m'arrangerai pour vous la remettre.

— C'est une offre aimable de votre part, monsieur Vaillancourt.

— Je suis sûr qu'il se sent triste de partir à cause de vous. S'il avait eu une paroisse de la Mauricie, j'dis pas… Ce n'est pas trop loin. Mais là, il s'en va à l'aut' boutte de la province. »

Marie ne sait que répondre. Elle hoche la tête en guise de remerciement. Au milieu de mai, le nouveau chapelain reçoit ses instructions de Charles. Il s'agit d'un homme ventru, à demi chauve, au début de la cinquantaine et qui agissait comme curé à Sorel, mais sa santé semblait trop fragile pour tant de responsabilités. Auparavant, il avait enseigné au séminaire de Nicolet.

À la fin de l'année scolaire, Charles préside de nouveau la cérémonie de remise des rubans aux finissantes. Il va de soi que les élèves de sœur Marie-Aimée-de-Jésus figurent au premier plan, mais la religieuse n'a pas la tête aux réjouissances. De toute façon, elle a toujours détesté cette parade. La religieuse regarde le chapelain, sachant qu'elle ne pourra plus tenir de tête-à-tête avec lui et jouer ce jeu captivant d'essayer de se rencontrer ou de communiquer. Dès le lendemain, les adieux se déroulent dans le réfectoire, avec un repas plus copieux que d'habitude. Marie a les yeux pleins de larmes et fait de grands efforts pour ne rien laisser paraître. Quand Charles se lève pour serrer la main aux sœurs, il garde celle de Marie plus longtemps dans la sienne. La religieuse baisse les paupières, mais ses yeux deviennent trop grands quand elle le voit s'éloigner en compagnie de Léo Vaillancourt, dont la voiture déborde des effets du prêtre. Loin du regard des autres, Marie presse le pas jusqu'à sa cellule, afin de pleurer librement.

«Y'avait de la peine, p'tite sœur. On aura de ses nouvelles, ne vous inquiétez pas.

— Après une année, il nous aura oubliés, monsieur Vaillancourt.

— Certain que non! Y m'a laissé un cadeau pour vous.»

L'homme à tout faire tend un petit sac brun que Marie s'empresse d'ouvrir. Elle éclate de rire en mettant la main sur une balle de baseball autographiée par le prêtre. La religieuse sait que son ami, tout comme elle, n'a pu oublier le moment de leur première rencontre.

CHAPITRE 5

1948-1950

Au cours de l'été 1947, la supérieure du pensionnat a annoncé à sœur Marie-Aimée-de-Jésus qu'elle allait poursuivre sa tâche d'enseigner le français, considérant ses excellents résultats l'année précédente. De plus, le nombre grandissant d'élèves à l'École normale a obligé la révérende à augmenter les devoirs de sa spécialiste à ce niveau. En somme, Marie subit encore l'absence d'histoire dans son horizon. La religieuse a toujours le cœur lourd, d'autant plus que le nouveau chapelain se permet tout ce que Charles se refusait, désireux de respecter les règles de l'établissement. Le prêtre parle à tout le monde et sa voix métallique donne des maux de tête à Marie à chaque messe.

Face à cet homme, l'intention première de l'enseignante était de confesser tout ce qu'elle n'osait avouer à Charles. Marie ne sait pas pourquoi elle a changé d'idée. Elle se sent si souvent étourdie à cause de ces péchés non avoués. Pour que Dieu lui pardonne cette désobéissance à son devoir religieux, la sœur prie beaucoup et passe même les récréations le chapelet à la main, alors qu'elle avait l'habitude d'aller gentiment converser avec les élèves.

Chaque nuit, avant le lever du soleil, Marie poursuit la rédaction de son roman secret, répondant ainsi au désir de Charles Gervais. Souvent le seul beau moment de ses journées. Parfois, elle arrête et jette un coup d'œil à l'extérieur, dans l'espoir de voir apparaître la silhouette de l'ancien chapelain, regardant la mince lumière de sa cellule. Comme si elle ignorait qu'il s'agissait pour lui d'un véritable rituel ! Elle l'a vu si souvent et il n'en a jamais rien su.

Les premières nouvelles sont arrivées aussi tardivement qu'en novembre. L'homme avait écrit une lettre à la supérieure, lui demandant de la lire aux sœurs. Il décrivait ce village isolé, entouré d'une nature extraordinaire et d'une tranquillité sereine, mais aussi d'une tâche ardue à accomplir, car plus d'un villageois vit dans les pires excès. Une autre lettre a été reçue en même temps par Léo Vaillancourt et exprimant les mêmes réalités, mais dans un langage moins courtois. Charles consacrait quelques lignes à des ivrognes imbéciles et des stupides femmes commères et, enfin, il avait qualifié son prédécesseur de « vieux fou ». Cependant, aucun mot particulier n'était adressé à sœur Marie-Aimée-de-Jésus.

Chaque matin, avant d'écrire, Marie offre une prière pour son ami se terminant par un mot chaleureux, espérant que Dieu lui communiquera ses sentiments. Quand la religieuse plonge la plume dans l'encrier, elle sent la présence de Charles dans chacun de ses gestes. Après ce bonheur, le défilé d'épreuves se met en route : la messe avec la voix métallique du chapelain, les leçons de français et les religieuses qui racontent, en récréation, comment leur nouveau curé se montre aimable.

Difficilement, Marie tente d'oublier que Charles puisse penser à elle, jusqu'à l'arrivée d'une lettre personnelle, livrée en cachette par Léo Vaillancourt. Brûlant de la lire, la religieuse la cache sous son matelas, avant de retourner à ses tâches. Cette journée lui paraît interminable ! *Bien chère amie*. Cette introduction, une simple formule de politesse, remplit son cœur de joie. La suite va la faire chavirer : le prêtre a de la difficulté à se faire entendre par ses paroissiens. La foi des habitants de ce village est sans dessus dessous, et seul un homme d'expérience arriverait à rétablir la situation. *Je ne suis point un curé de campagne et tout le monde a compris que j'étais trop intellectuel. Un prêtre privé de l'étape du vicariat est comme un notaire qui ne fait pas sa cléricature. Cependant, j'ai réussi à gagner la sympathie de quelques enfants quand je leur ai présenté vos romans. Une fillette, Rolande, désire coûte que coûte votre autographe. Écrivez là sur une image du petit Jésus que vous donnerez à monsieur Vaillancourt. Il connaît mon adresse. Les enfants étant la joie de chaque famille, j'espère conquérir mes Abitibiens en me servant de cette base. Dans cette mission, vos réflexions pédagogiques me seront utiles. Je lis votre guide avec autant de passion que mon bréviaire et j'y vois des pistes de solution au problème qui me fait tant peur.*

Sœur Marie-Aimée-de-Jésus n'a jamais ressenti autant de bonheur. Curieusement, elle ne pense pas à répondre, trop occupée à relire sans cesse la lettre. Le lendemain matin, elle décide de modifier le caractère d'un des personnages de son roman et de lui attribuer les mêmes qualités que celles de l'ancien chapelain. Ainsi, la religieuse aura l'impression de parler chaque jour avec son ami. Les élèves notent un changement dans son attitude. Enfin, voilà cette religieuse « à la mode » dont les plus grandes leur ont tant parlé. Jusqu'alors, elles avaient vu une enseignante ne donnant pas l'impression d'aimer sa tâche.

Un mois plus tard, une seconde lettre arrive entre les mains de Léo Vaillancourt. Cette fois, pas un mot destiné à Marie. Le prêtre demande de faire circuler une photographie chez les sœurs, avec la permission de la supérieure. Le religieux a décidé de former une équipe de hockey « sans patins » avec les filles du village. Sport masculin ? *Les garçons*, explique-t-il, *font preuve d'une mauvaise attitude et en voyant les filles exercer un de leurs sports, ils se montre-ront plus aimables, surtout si mes filles acceptent de leur lancer un défi, comme je l'ai proposé.* Son objectif consiste à réunir la jeunesse vers une activité ludique, afin de gagner la confiance des mères de famille. Au cours de l'hiver, la plupart des maisons sont privées du père, parti travailler dans les chantiers de coupe de bois. *Quand ces messieurs reviendront, ils verront que le climat a changé. Alors, je formerai une équipe de baseball et nous lancerons des défis aux hommes des autres villages. Cela les empêchera de penser à boire, à parier et à blasphémer.*

Les religieuses sont amusées en regardant cette image un peu maladroite, où leur ancien chapelain est entouré de petites très fières de poser pour le photographe. «Il a toujours aimé les sports. Rappelez-vous qu'il fut aumônier de la première OTJ de Trois-Rivières», de faire remarquer Marie. Soudain, de bons souvenirs de cet homme s'échangent entre les femmes. Sœur Marie-Aimée-de-Jésus a l'impression qu'elles lui parlent. C'est à ce moment-là qu'elle se rend compte de l'absence de réponse à sa lettre précédente.

Que dire? Elle hésite. Il y a tant à écrire! Marie sent que le prêtre est très impliqué dans sa nouvelle mission. Il a l'air radieux, sur cette photographie. Que lui importent maintenant les soucis d'une enseignante? Ses satisfactions, peut-être... Ah non! Cela deviendrait trop égoïste à racon-ter. Charles Gervais est un prêtre savant, très instruit des philosophies théologiques et... Non plus! Lui faire plaisir? Des bonnes nouvelles? Non... Oh! mais voilà: lui parler de sa vie spirituelle, de celle de ses élèves. Il sera content et ce sujet l'incitera à donner une réponse, à prodiguer un conseil. Jadis, il lui avait gentiment reproché la tiédeur de sa foi. Lui prouver qu'elle a changée le ravira. Cependant,

est-ce que ce serait mentir ? Si difficile d'écrire cette lettre !
Sœur Marie-Aimée-de-Jésus n'a pas souvent l'occasion de
se prêter à cet exercice, sa famille habitant la même ville
que le couvent. Elle a envoyé quelques lettres à son amie
sœur Véronique-du-Crucifix, installée à Sept-Îles, et c'est
tout… Elle enseigne pourtant l'art épistolaire à ses élèves.

Six jours pour écrire une lettre. Six ! Et quand l'enveloppe
est en route, Marie regrette certaines phrases… Que va-t-il
penser ? Il ne lui répondra pas. Il oubliera. La tâche de chapelain au couvent des Sœurs de l'Adoration-du-Sacré-Cœur
n'aura été qu'une étape dans sa vie. Marie sait profondément que jamais elle ne pourra l'oublier. Son cœur ne le
peut pas. Elle pense tant à lui à chaque fois qu'elle écrit,
sans oublier les confessions, se rappelant sa belle voix,
contrastant avec celle, criarde, du nouveau prêtre.

« Sœur Marie-Aimée-de-Jésus, bonjour.

— Bonjour, mon père, bonjour.

— J'ai toujours désiré vous féliciter pour vos sains
romans destinés à la jeunesse.

— Je n'en écris plus. Ils auront été une mode du début
de la décennie. Pour être franche, la plupart étaient médio-
cres. Mêler l'histoire, la fiction et la propagande religieuse
était un ragoût indigeste.

— Ah non, ma bonne sœur. Je crois, au contraire, que
les jeunes de la province de Québec ont pu ainsi se familiariser avec la richesse de notre langue tout en apprenant de
façon agréable les hauts faits de notre épopée en
Amérique.

— Si vous le croyez.

— Vous avez des soucis, ma sœur ? Puis-je vous aider ?

— Je n'ai pas de soucis et je ne vous ai rien demandé.

— Demeurez polie, tout de même… Soyons amis. Vous êtes une femme intelligente et je pourrais passer des heures à parler avec vous.

— C'est interdit par le règlement de la communauté. Un chapelain célèbre la messe, enseigne le catéchisme, guide la vie spirituelle des religieuses et c'est tout. Si vous devenez ami avec une religieuse, l'évêque vous enverra évangéliser les Eskimos. »

Marie passe de la prière à la morosité, puis enchaîne avec des séances impromptues de travail qui finissent par la faire pleurer. À la fin de l'année scolaire, elle réclame avec fermeté qu'on lui redonne ses classes d'histoire. La révérende mère lui rétorque sur le même ton que son devoir consiste à obéir à l'autorité, laquelle connaît mieux que personne ce qui est favorable aux élèves du pensionnat. Têtue, la religieuse essaie de nouveau, cette fois en usant de bons sentiments : « J'aime l'histoire, ma mère. De tout mon cœur. » Rien à faire ! La supérieure fait preuve d'un esprit narquois, ajoutant : « C'est d'ailleurs parce que vous aimez l'histoire que vous avez laissé tomber la rédaction de ces romans du passé aimés par les enfants, même si les bonnes personnes s'occupant de leur commercialisation vous ont demandé avec politesse de revoir votre décision égoïste, tout en vous proposant des avenues nouvelles pour le bien de ces jeunes lecteurs, de vous-même et de la congrégation. » Quand elle ordonne à son mouton noir de prier davantage au lieu de passer son temps à se plaindre, Marie entre dans la chapelle en claquant la porte. Les mains soudées sur son chapelet, la religieuse ne récite rien, mais parle à Dieu comme elle le faisait plus jeune, et comme Charles Gervais lui a souvent recommandé. La prière l'apaise, mais à chaque fois qu'elle sort de la chapelle, la femme ressent une profonde lassitude.

Trop souvent, elle se rend le long de la clôture, là où elle avait rencontré Charles pour la première fois. Elle était alors une enseignante de vingt-cinq ans. À présent, elle approche de la quarantaine. Marie se souvient de chaque seconde de ce court instant. Elle a même décrit la scène dans son roman, entre un garçon de la famille vedette et une jeune fille qu'il épousera plus tard. Tant de soupirs…

«Ma sœur! Sœur Parenthèse!» Marie sursaute, sortant abruptement de son nuage de souvenirs. Elle voit une jeune femme, un petit garçon de trois ans à ses côtés et un bébé dans un landau. La religieuse ne cherche pas longtemps, se souvenant des noms de toutes ses anciennes élèves. Celle-là était de sa classe des petites, en 1936, et demeure abasourdie quand la religieuse la nomme par son prénom.

«Vous devez tout de même avoir vu passer des milliers d'élèves depuis!

— Est-ce qu'une mère oublie les noms de ses enfants? Vous voilà maman deux fois. Vous avez dû vous marier fort jeune.

— À dix-neuf ans, un âge normal. Le garçon porte le prénom de son père: Olivier, et le bébé a été baptisé Jeanne, pour honorer le personnage de vos romans.

— Comme c'est gentil!

— Mon mari travaille aux pâtes et papier et nous demeurons dans le quartier Saint-Philippe.

— Mais vous êtes fille de notaire, je crois.

— D'avocat! Une erreur, ma sœur! Prise en défaut de mémoire!

— Je suis humaine.

— Pendant que je vous vois, je serais ingrate de ne pas vous dire ce que je pense depuis longtemps : merci, sœur Marie-Aimée-de-Jésus.

— Vous êtes vraiment très aimable! Je… Puis-je tenir votre poupon? Passez par l'entrée, là-bas, je vous y rejoins. »

Voilà longtemps qu'elle n'a pris un bébé entre ses bras. Marie avait peut-être alors treize ans. Si petit et délicat! La mère, attendrie, admire le sourire ravi de la religieuse. Voilà une brève rencontre apaisante. En s'éloignant, sœur Marie-Aimée-de-Jésus pense à l'échec de l'idéal des classes prôné par les pensionnats et les séminaires : ne pas mêler les jeunes gens d'origines différentes. Quand une fille d'ouvrier réussit à s'infiltrer, grâce à des sacrifices incessants de sa famille pour payer l'admission, elle est séparée des autres. Marie a toujours trouvé cette réalité ridicule. Voilà une fille d'avocat qui a épousé un employé d'usine et elle semble très radieuse. Discrètement, Marie écoute souvent les conversations des normaliennes, lors des récréations. Il existe leur monde – le vrai – et celui du pensionnat, désuet et fermé sur l'extérieur.

Ce soir-là, en se couchant, Marie sent encore le bébé bouger entre ses bras. Elle a aussi remarqué les belles chaussures de cette ancienne élève. Pour une seule journée, Marie aimerait en porter des semblables, pour remplacer ses souliers laids, sans gauche ni droite. Et une robe et un chapeau! Il faut croire qu'elle a renoncé à cette féminité en prenant le voile. Quelques secondes plus tard, la religieuse pense à cette carrière d'enseignante qu'elle n'aurait pu envisager en demeurant laïque. Pourquoi tant de doutes ? Pourtant, au cours de ses études et de son noviciat, elle n'en a jamais ressenti. Combien de fois les religieuses l'ont mise à l'épreuve pour s'assurer de sa vocation ? La jeune Françoise répondait toujours avec la plus grande foi. Marie se demande si la même chose s'est produite au séminaire, pour Charles.

Une autre photographie de l'ancien chapelain lui arrive à la fin d'août. Cette fois, Charles l'a fait parvenir à Léo Vaillancourt sans lui demander de la montrer aux religieuses. L'homme à tout faire a vite compris que le cliché était destiné à Marie. Voilà Charles et son équipe de baseball qui porte un nom : les Parfaits. *Nous roulons des milles et des milles pour affronter les hommes de villages éloignés. Les épouses nous accompagnent, avec des paniers de pique-nique. Pour leur part, les enfants sont enthousiastes à l'idée de rencontrer de nouveaux jeunes amis. C'est la fête chaque samedi. Il n'y a pas de colère dans nos défaites. Les hommes fraternisent avec ces voisins, parlent de leur travail, de leurs aspirations. Au village, ils disent que je suis un curé ben bloode. Pour me remercier, ils reviennent à la messe, où je leur offre des sermons sans jamais hausser le ton.*

« Je suis contente de savoir qu'il est heureux.

— Y'a une lettre pour vous, p'tite sœur. Je l'ai déposée sur le bureau de votre cellule. Si vous voulez lui écrire, vous n'aurez qu'à me donner l'enveloppe.

— Et vous ? Vous lui répondez ?

— Ben sûr. Je lui donne des nouvelles de mes enfants, de mon épouse, pis de notre équipe de baseball.

— Et du couvent, j'imagine. »

Marie lit avec ravissement cette lettre qu'elle n'attendait plus, certaine que le prêtre l'avait oubliée. Il ne pourrait en être ainsi, car l'homme se sert chaque jour des méthodes pédagogiques de la religieuse pour gagner la confiance des villageois. Il décrit avec affection son presbytère, applaudit les mérites des marguilliers et se vante d'effectuer lui-même les réparations à son église. Il décrit longuement les deux mariages qu'il a célébrés, anxieux de baptiser les bébés de ces jeunes couples. *Une des mariées avait votre sourire. Elle était fort belle à voir.* Quelle joie immense! Sœur Marie-Aimée-de-Jésus remercie tout de suite le Seigneur pour cette lettre, rassurée de penser que cet homme exceptionnel demeure son fidèle ami.

La réponse est rédigée avec plus de fébrilité que la première fois. Marie ne pense pas trop et écrit d'un seul jet. La religieuse confesse qu'elle pense à lui à chaque séance d'écriture de son roman, *qui respecte notre passé et nos croyances, mais sans cette uniformité lisse et l'aspect propagandiste de mes romans pour les jeunes. Bref, j'ai inventé des personnages avec des défauts. Je précise qu'ils ont des qualités. Ce ne sont pas des hommes et des femmes aux cœurs de papier, mais des êtres humains.*

À la lettre suivante, arrivant trois semaines plus tard, Charles réclame d'autres précisions sur ce roman, désireux aussi d'en lire un extrait. Le prêtre lui confie qu'elle a tort d'écrire en cachette. *Faites partager votre talent. La révérende mère de votre couvent vous aime comme sa fille, et si, comme vous me l'assurez — et je n'en doute point — cette histoire est positive, la supérieure vous encouragera vers une publication qui fera honneur à votre communauté et ravira les amateurs de belle littérature de notre province.* Chimère! La révérende semble beaucoup en vouloir à Marie d'avoir abandonné la création des petits romans pour la jeunesse. *Je vais réfléchir à la question, monsieur Gervais.*

Dois-je vous avouer que je prends plaisir au menu péché de tout faire si discrètement ?

* * *

Sœur Marie-Aimée-de-Jésus oublie presque son aversion à enseigner le français, alors que sa flamme pédagogique demeure intacte dans sa classe de normaliennes. Cela ne l'empêche pas de se servir des manuels d'histoire pour donner des exemples grammaticaux. L'année 1948 se termine dans la joie, d'autant plus que le complice Léo Vaillancourt lui a remis deux autres lettres de Charles auxquelles elle a répondu par quatre envois.

Ce grand bonheur se poursuit tout le reste de l'année scolaire. Sans doute pour honorer l'intention du prêtre, Marie s'est impliquée, avec l'autorisation de la révérende mère, dans la bonne marche du modeste groupe de Jécistes. L'été 1949 lui apporte un grand bonheur, alors qu'elle est nommée représentante de la communauté à un petit kiosque du pavillon commercial, dans le cadre de la grande Exposition agricole de Trois-Rivières.

« J'ai un peu mal au ventre… Je vais me renseigner pour savoir où est située l'infirmerie. Peut-être qu'on me donnera une aspirine.

— Voir les manèges mécaniques ? C'est bien ce que vous désirez ? Allez-y, sœur Marie-Aimée-de-Jésus. Pas besoin de mentir.

— Merci, ma sœur ! Je vous rapporterai un ours en peluche ! »

Il y a si longtemps ! Enfant, ses parents l'emmenaient à l'Exposition. La grande sortie annuelle pour la famille Desrosiers. La petite Françoise portait sa robe du dimanche, et un chapeau plat décoré d'un ruban rouge. Elle pouvait alors voir les plus beaux animaux des fermes de la province, des grands pianos et des meubles au goût du jour, puis monter sur le dos d'un cheval du carrousel et regarder les mystérieux placards des tentes foraines. Marie n'a jamais oublié ces visites de jadis, synonymes de tant de bonheur. L'Exposition a toujours lieu sur le même terrain, mais de nouvelles installations ont remplacé celles de son enfance, peu avant la guerre. Il y a là le stade de baseball que Charles Gervais a fréquenté à l'occasion, en compagnie de Léo Vaillancourt.

Depuis deux jours, la religieuse se sent étourdie par le va-et-vient incessant du public dans le pavillon commercial. Hommes, femmes et enfants, tous sourient. De loin, elle entend le tintamarre des orgues mécaniques, les cris d'excitation des petits, sans oublier que l'odeur des roulottes de restauration lui parvient. Elle en oublie presque sa tâche de vanter les mérites du pensionnat et des œuvres de bienfaisance des Sœurs de l'Adoration-du-Sacré-Cœur.

Sa compagne serait sans doute étonnée d'apprendre qu'elle ne se rend pas vers le royaume de la joie, mais qu'elle se dirige d'un pas décidé vers le stade. Comme il lui semble immense! Elle ne le quitte pas du regard en marchant devant l'entrée. Son attitude semble si inhabituelle qu'elle ne se rend pas compte que des badauds l'observent.

«Je voudrais voir le terrain, monsieur.

— Vous ne pouvez pas, ma sœur. Les artistes des Roxyettes de New York répètent et c'est interdit au public.

— Je ne resterai pas longtemps. Simplement voir le terrain, monsieur. Vous savez, je travaille au pavillon commercial. Regardez ma cocarde. Je sors si peu du couvent. Quand j'étais petite, il y avait un terrain de baseball, là où se trouve la piscine aujourd'hui. Mon père m'y emmenait et j'aimais ce sport. Ce grand stade, je ne l'ai jamais vu et je ne sais pas si j'aurai d'autres occasions.

— Je… Je vais demander à mon patron. »

Comme c'est beau et grand! La verdure si vive de la pelouse, ces girafes de métal où rayonnent mille lumières, le soir venu, sans oublier les estrades aux bancs en rangées militaires, si propres! Malgré l'installation de la plate-forme pour le spectacle de variétés, Marie imagine le losange, les joueurs sur le qui-vive et, quelque part son un siège inconnu, son ami Charles, la pipe à la bouche, attentif à tous les aspects du jeu.

Soudain, elle remarque la présence sur la plate-forme de ces femmes aux longues jambes, portant des coiffes rehaussées de plumes. Petite, elle avait applaudi les acrobates en vedette au centre de la piste de courses, accompagnés par les hommes de la fanfare de l'Union musicale. Autres temps, plaisirs nouveaux, ceux-là même que ses vœux l'empêchent d'apprécier. Les joies des religieuses semblent immuables: peintures de scènes des Écritures, piano et violon classique, pièce de théâtre édifiante, chorale. Elle sait très bien, en écoutant les jécistes et ses élèves, que les loisirs de la jeunesse se situent à des milles et des milles de ceux que les sœurs leur imposent comme le bon goût absolu.

« Il y avait un prêtre qui venait parfois aux parties de baseball. Savez-vous où il avait l'habitude de s'installer?

— Ils sont plusieurs, ma sœur.

— C'est vrai? Celui dont je parle était très grand et fumait la pipe.

— Je ne sais pas, ma sœur.

— Je vous remercie, monsieur, pour ce simple petit plaisir de voir le stade.

— Peut-être viendrez-vous à une partie plus tard.

— Quand les poules auront des dents.

— Les Dominicaines ne s'en privent pas. Regardez leur orphelinat, par-dessus la clôture du champ gauche. Elles s'y installent souvent avec des enfants et regardent. »

Sœur Marie-Aimée-de-Jésus retrouve sa compagne, qui réclame son ours en peluche. Un sourire suffit comme réponse. « Je veux voir, moi aussi ! Un petit plaisir ne représente point une grave faute. Croyez-vous que notre bon chapelain sera indulgent, en l'apprenant ? » Marie sursaute et, par réflexe, répond que monsieur Gervais s'est toujours montré tolérant envers les péchés véniels.

Qui veut se frotter ces deux-là, dans ce maelström d'objets modernes, au cœur de cette ambiance festive ? Quand quelques rares personnes approchent, elles se sentent ravies par le sourire de Marie, mais finissent par partir en remerciant, après quelques questions posées pour la simple forme. Les parents de fillettes savent depuis longtemps si leur progéniture fréquentera le pensionnat ou non. Les gens de modeste milieu ne font même pas l'effort, connaissant la réponse aux questions qu'ils ne posent pas : c'est coûteux et cela ne s'adresse pas à eux.

Quand les deux religieuses sont de retour au couvent, les autres leur demandent, en chuchotant, ce qu'elles ont vu au cours de la journée. Marie écrit une lettre à Charles pour lui raconter son expérience au stade de baseball. Elle polit le style, recommence cinq fois, essayant de trouver des phrases qui lui feront plaisir.

« Où est monsieur Vaillancourt, ma mère ?

— Quelque chose de brisé dans votre cellule, ma sœur ?

— À vrai dire, non. Sa fille désire écrire des histoires et j'ai cru bon de lui prêter mes plans de romans. Ce serait instructif pour son jeune cœur. Regardez, j'ai tout ça entre les mains.

— Donnez et je lui remettrai les documents. »

Quels subterfuges gratuits ! Comme si la supérieure ignorait que son enseignante et l'homme à tout faire discutent à voix basse dans les coins les plus reculés du couvent, tout en regardant des photographies. La révérende considère que c'est une attitude puérile, digne d'une enfant de treize ans. À moins que ces lettres secrètes ne contiennent des intimités indignes…

Le lundi suivant, la leçon de Marie est interrompue par l'arrivée de la supérieure, ordonnant aux élèves de se rendre à la chapelle pour prier, car un grand malheur vient de frapper la communauté : Léo Vaillancourt est décédé. Il s'était levé un peu plus tôt pour déboucher la cheminée de sa maison. Un faux pas, la toiture abrupte et… Sœur Marie-Aimée-de-Jésus demeure abasourdie. Elle suspend ses dévotions pour réfléchir à la fragilité de la vie. Ce père de famille avait à peine quarante-cinq ans ! Un solide gaillard ! Une veuve… Cinq orphelins… Elle a alors une pensée odieuse : de quelle façon va-t-elle maintenant recevoir les lettres de Charles Gervais ? Les larmes l'étouffent et elle serre plus fort son chapelet, regrettant cette réflexion. Les jours suivants, Marie jeûne, prie sans cesse et se sent seule au monde.

Léo Vaillancourt était un homme simple au grand cœur. Il aimait son travail et admirait les religieuses. La vie sur Terre ne représente qu'un court temps. Le couvent des Sœurs de l'Adoration-du-Sacré-Cœur, comme tous les lieux de résidence des institutions religieuses, possède son aile des retraitées où les plus âgées profitent calmement du temps qui passe, recevant parfois les plus jeunes pour entendre parler de la vie de jadis. Marie ressent des frissons lorsqu'elle s'aventure dans ce secteur, qu'elle qualifie secrètement de mouroir.

* * *

Une année plus tard, la tristesse n'a pas quitté Marie, mais ses compagnes devinent plutôt que c'est à cause de cette absence de lettres envoyées par l'ancien chapelain à monsieur Vaillancourt. Pour la supérieure, cette situation devient inacceptable. Même ses élèves ont remarqué ce changement d'attitude. Pour la première fois, leurs notes n'ont pas fait un bond prodigieux. Depuis quelques mois, la révérende a travaillé fort pour chercher une solution. Ce jour-là, elle convoque son enseignante pour une audience privée. La douceur demeure une approche idéale. La femme annonce à Marie qu'elle va cesser d'enseigner le français et retrouvera sa classe d'histoire.

À l'occasion, la révérende reçoit une lettre de l'ancien chapelain, mais elle a cessé de communiquer ses nouvelles aux religieuses. Il est peu question de lui entre les sœurs, chacune étant satisfaite des services offerts par son successeur. Les gens vont et viennent. Pourquoi cette insistance, surtout que le prêtre passe son temps à répéter qu'il se sent heureux en Abitibi ? Elle a du mal à croire que Marie pense encore à cet homme et qu'elle soit toujours affectée par le décès de ce pauvre monsieur Vaillancourt. Redonner à la religieuse sa classe d'histoire la ranimera. Cette femme intelligente se doit d'aller de l'avant. Ses méthodes pédagogiques sont utilisées par la plupart des communautés enseignantes de la province de Québec. Toutes les sœurs de l'Adoration-du-Sacré-Cœur se sentent fières de cette réussite et souhaitent qu'elle poursuive ses réflexions. Peu à peu, au cours des mois suivants, la supérieure l'initie à quelques aspects propres aux membres de la direction. Marie devine que son devoir pourrait prendre une nouvelle tendance, dans un autre couvent. Ainsi n'est-elle pas surprise quand la révérende la demande, au début du mois d'avril.

« Sœur Marie-Aimée-de-Jésus, j'ai la sincère joie de vous annoncer que vous avez été nommée directrice scolaire de notre pensionnat et de la petite École normale de notre couvent de Sept-Îles. Vous entrerez en fonction dès septembre 1950.

— Je vous remercie, ma mère.

— Il s'agit d'une promotion importante. Ma consœur de Sept-Îles m'en a parlé à quelques reprises, depuis deux années. Elle tient à vous. À votre âge et avec vos savoirs, nul doute que Dieu vous guidera avec sagesse dans cette nouvelle tâche. Ce modeste couvent est un lieu idéal pour que vous preniez de l'expérience. Plus tard, vous pourrez être affectée à un plus grand centre.

— Je vous remercie de nouveau, ma mère.

— Et, de plus, je crois que… Mais pourquoi me remerciez-vous ? J'attendais des larmes, des protestations, une tirade sur l'attachement à votre ville natale.

— Je suis désolée si mes remerciements vous déçoivent. En prenant le voile, j'ai fait à Dieu le vœu d'obéissance. Si le Tout-Puissant vous a guidée pour prendre cette décision pour le bien de la communauté, des enseignantes et des élèves de Sept-Îles, j'irai avec joie. Avec tout ce que vous m'avez montré, depuis septembre, il ne fallait pas être très perspicace pour se rendre compte qu'il y avait anguille sous roche. »

Sept-Îles ! Le bout du monde… C'est là qu'œuvre sœur Véronique-du-Crucifix, sa meilleure amie de noviciat et de ses premières années de servante de Dieu. Marie se sent heureuse à la pensée de retrouver cette joyeuse religieuse aux propos toujours étonnants. Sœur Marie-Aimée-de-Jésus a surtout pensé qu'en faisant partie du personnel de direction, elle n'aurait pas à faire lire son courrier par personne. Charles Gervais, elle en est certaine, a vite compris que le décès de Léo Vaillancourt a mis un terme à leurs échanges de façon temporaire. Elle sent qu'il ne l'a pas oublié. Même s'ils seront géographiquement très loin l'un de l'autre, Marie se dit assurée que le courrier fera oublier cette distance. Elle a tant de choses à lui demander !

Marie retrouve beaucoup de couleurs pour le reste de l'année scolaire. Depuis septembre, elle a remarqué plus qu'il le faut une normalienne, Jacinthe Mercier, qui lui rappelle sa propre adolescence. Très douée pour l'étude, Jacinthe pousse cette ressemblance jusqu'au physique menu de son enseignante. La seule différence est que la jeune fille n'a jamais pensé entrer en religion pour mener une carrière dans l'enseignement. Sa confiance en l'avenir semble le reflet de cette génération ayant grandi au cœur des privations de la crise économique et de la Seconde Guerre mondiale et pour qui, désormais, tout devient possible. Enseigner à Jacinthe représente pour Marie le plus cadeau d'adieu au pensionnat de Trois-Rivières.

Jacinthe confie ses plus grands secrets à ses compagnes et passe les récréations à leur parler à voix basse. Marie les voit se tortiller un peu vulgairement, camouflant leurs bouches avec leurs doigts, ricanant comme des souris. Quand la religieuse approche pour savoir ce qui se passe, les réponses demeurent toujours les mêmes : «Rien, rien, ma sœur.» Alors, les oiselets s'envolent comme si la sœur était un chat de gouttière. En décembre dernier, Marie a fini par apprendre la vérité : Jacinthe est amoureuse. Un bijou de garçon, paraît-il. «Aucun mal à ressentir de l'amour, mademoiselle Mercier! Il y a certes des convenances à respecter, mais je sais que vous êtes une jeune fille distinguée et bien élevée.» Jacinthe a été surprise de se rendre compte qu'une sœur désirait entendre ses confidences romantiques. Prudentes d'abord, puis à cœur ouvert par la suite. Peu à peu, l'adolescente s'est reconnue chez cette femme tant différente des autres.

«Pourquoi êtes-vous devenue religieuse ? Vous avez un très joli visage et je suis certaine que vous auriez pu gagner le cœur d'un bon garçon.

— À l'âge de treize ans, j'ai trouvé une marguerite et je l'ai effeuillée en récitant la mélodie connue : Je me marie, je ne me marie pas, je fais une sœur. Mon sort venait d'être tracé.

— C'est amusant, mais ça ne répond pas à ma question.

— Les époques sont différentes. Jamais je n'aurais pu autant accomplir comme enseignante laïque. Ici, les conditions étaient mille fois meilleures. Puis, en étant religieuse, j'ai l'estime de toute la société, alors que pour les femmes laïques, ce n'est guère facile.

— Je comprends. Regrettez-vous ?

— Non. Mon seul regret est de constater que si la société change, le clergé demeure sur place, ancré dans des valeurs parfois désuètes. Il risque de se faire doubler par la société s'il ne s'ajuste pas, et tout le monde deviendra perdant. À ma manière, j'ai travaillé à proposer des changements dans l'enseignement et qui ont fait évoluer cette sphère sociale. À Sept-Îles, je pourrai aller encore plus loin.

— Pensez-vous qu'un jour, des sœurs vont pouvoir se marier avec des prêtres ?

— C'est à votre tour de devenir amusante ! Se marier ? Non ! Ce serait contre les lois divines. Cependant, si nous pouvions échanger plus souvent, collaborer, hommes et femmes de religion pourrions apprendre beaucoup, améliorer tous les aspects de nos devoirs. »

Peu après Pâques, le pensionnat est ébranlé par des hurlements en provenance du dortoir des normaliennes. Si intenses qu'ils tirent Marie de son sommeil. Plusieurs religieuses accourent pour prêter main forte à la surveillante, incapable de contrôler la crise hystérique de Jacinthe, vociférant, blasphémant, bousculant les meubles, lançant avec furie tout ce qui lui tombe sous la main, pleurant telle une folle, hurlant le nom de l'amoureux qui, croit-on comprendre, l'aurait quittée pour une fille qui ne passe pas neuf mois par année enfermée chez des « maudites pisseuses ».

Sœur Marie-Aimée-de-Jésus réussit à approcher, à la calmer pendant une minute, jusqu'à ce que la jeune fille se remette à crier. La force devient nécessaire pour neutraliser la rebelle. Voilà Jacinthe agenouillée à la chapelle, entourée de quatre religieuses la sommant de demander pardon à Dieu pour cet inqualifiable écart de conduite.

«Comment a-t-elle pu apprendre une telle chose? interroge Marie, le lendemain matin.

— Son frère est venu en visite au cours de l'après-midi. Il a sans doute réussi à déjouer la surveillante et à donner à l'élève une lettre de ce garçon. Elle a attendu l'heure du coucher pour en prendre connaissance.

— Je vois. Ma mère, ne pourriez-vous pas faire preuve de tolérance? Mademoiselle Mercier est une élève très douée, vous savez.

— Non, sœur Marie-Aimée-de-Jésus. Les règles existent pour toutes nos pensionnaires et faire preuve de favoritisme sèmerait la graine de la bisbille. Prenez bonne note de cette réalité, au cas où vous auriez à faire face à des situations extrêmes à Sept-Îles. La rigueur et la discipline ont toujours été les règles d'or pour la réussite de nos pensionnats, depuis une centaine d'années.

— Vous avez raison. Pardonnez-moi pour cette suggestion. Mademoiselle Mercier pourra-t-elle revenir l'an prochain?

— Après une rigoureuse enquête, c'est possible. Cependant, ce court instant lui aura fait perdre une année scolaire entière.

— Puisse Notre Créateur la réconforter dans son tourment pour que Lucifer ne fasse pas la conquête de son cœur. Je ne me suis pas couchée, ma mère. J'ai prié pour elle toute la nuit, tout comme je jeûnerai. Me donnez-vous l'autorisation de lui parler, avant son départ? Quelques mots affectueux, de la tendresse maternelle l'encourageront sûrement.

— Je sais que vous êtes douée pour mettre en confiance. Je vous donne la permission, mais pas entre nos murs. Soyez brève. Vous savez, je suis moi-même triste de ce renvoi, mais les règles m'empêchent de songer une seule seconde à toute concession. »

Jacinthe, toujours en larmes, engourdie par sa nuit blanche, attend l'arrivée de ses parents face à la grande porte, une valise à ses pieds. Marie la rejoint, montre l'autorisation de la révérende aux deux sœurs qui surveillaient la fautive. Elle prend la valise et l'invite à la suivre jusqu'à la rue.

« Votre cœur est serré, prêt à exploser.

— Oui.

— Cela peut durer longtemps et n'a rien d'agréable. La souffrance nous grandit, bien qu'elle ne soit pas souhaitable. Ayez confiance en la vie. La vôtre sera belle, mademoiselle Mercier, car vous êtes bonne et intelligente. Cependant, je vous le dis en toute amitié, les semaines suivantes seront difficiles, surtout qu'en plus de votre mal, vous devrez affronter les remontrances de vos proches. Alors, vous penserez à moi, à votre futur métier.

— Vous êtes gentille, mais plus rien n'existe pour moi. Vous ne pouvez pas savoir ce que je ressens, ma sœur.

— Oui, je le sais, car je l'ai vécu, il y a... il y a longtemps.

— Mais vous pleurez, ma sœur !

— Car je me souviens de tout et je vous vois.

— Ce seront bien les seules larmes versées pour mon malheur.

— Gardez en souvenir mes larmes et mon amitié.

— Vous êtes si belle et bonne, le seul rayon de chaleur parmi toutes ces… religieuses.

— Pisseuses ? C'est ce que vous alliez dire ?

— Ma sœur, tout de même…

— Nous aimons toutes nos élèves, chacune à notre manière. Allez en paix, jeune amie, je ne vous oublierai pas.

— Vous ne m'avez même pas parlé de religion. Vous n'avez pas dit que vous alliez prier pour moi ou me demander de le faire.

— D'autres s'en chargeront. Moi, je suis une femme, votre amie.

— Merci, ma sœur… Je me sens mieux…

— Et si vous désirez me revoir, venez cogner à ma porte à Sept-Îles. Il y aura de la place ! »

CHAPITRE 6

1951-1953

L'arrivée de sœur Marie-Aimée-de-Jésus au modeste établissement de Sept-Îles, au cours de l'été 1950, a d'abord donné lieu à des touchantes retrouvailles entre la religieuse et sa grande amie sœur Véronique-du-Crucifix. Celle-ci a assuré la pédagogue que la vie est moins exigeante dans ce coin perdu de la province de Québec et que la révérende mère se montre très souple sur les règles de la communauté. Ensuite, il y a eu une fête de bienvenue donnée par les vingt religieuses du couvent, professes et converses. Seulement vingt ? « Ici, chacune a plusieurs tâches. Il faut savoir tout faire », avait précisé sœur Véronique-du-Crucifix. La supérieure ne cachait pas sa grande joie de recevoir la prodigieuse enseignante parmi ses filles. Quand il en avait été question avec sa consœur de Trois-Rivières, la révérende avait manifesté clairement son étonnement : « Québec, Montréal, Sherbrooke, d'accord ! Mais à Sept-Îles ? » Marie a préféré ne pas se lancer dans des théories hasardeuses pour satisfaire la curiosité de cette nouvelle supérieure.

Rapidement, la nouvelle a évalué le personnel enseignant et donné quelques cours de pédagogie, en plus de tenir des entrevues pointilleuses avec chacune des maîtresses. Au début de septembre, la surprise de Marie quintuple quand elle voit arriver cinquante élèves, tous niveaux confondus. En sixième année, elle ne compte que deux fillettes. Quant aux normaliennes, elles atteignent la quinzaine, dont une Indienne et plusieurs qui proviennent de très loin.

La première lettre à Charles Gervais a été écrite le soir même de son arrivée, comme si sœur Marie-Aimée-de-Jésus brûlait depuis si longtemps de lui expliquer son silence. Le matin venu, elle a demandé à la révérende une accompagnatrice pour aller déposer l'enveloppe dans une boîte postale. « Mais, allez-y, ma sœur ! Poussez la porte et marchez. » La réponse de l'ancien chapelain est arrivée six jours plus tard. Marie a lu cette lettre tant de fois ! Fidèle en amitié et plein d'optimisme face à l'idée d'échanger avec elle sans contraintes. Depuis, Marie collectionne ses envois, qu'elle lit avant la prière précédant le coucher.

Marie, il va de soi, s'est octroyé la classe d'histoire du Canada des petites et les leçons de pédagogie aux normaliennes. Rapidement, la tradition s'est poursuivie et voilà de nouveau la religieuse surnommée « Sœur Parenthèse. » Le fait que le groupe du primaire ne soit formé que de six filles la porte à beaucoup réfléchir sur ses méthodes. On ne peut enseigner à si peu d'élèves de la même façon qu'avec une classe de vingt-cinq pensionnaires. Il y a pourtant beaucoup de maîtresses dans les campagnes qui font face à des situations semblables. Y aura-t-il autant de méthodes que de types de groupes d'élèves ? Sûrement ! Un distingué professeur, responsable d'une chaire universitaire et devant donner des explications à soixante jeunes hommes, n'utilise sûrement pas la même approche qu'un frère d'une école de quartier ouvrier. Quelles réflexions passionnantes en perspective !

Les unités villageoises, surtout dans des régions isolées comme les nôtres, sont très différentes de celles d'un secteur comme celui de la Mauricie ou des Cantons-de-l'Est. Les individualités deviennent plus fortes et sont portées davantage vers les émotions que vers la raison. Il faut aussi considérer que chacun se connaît intimement, que la solidarité peut apparaître autant puissante que dangereuse. Tout semble grossi à la loupe. J'ai rencontré un confrère d'une paroisse de Rouyn-Noranda et il agit envers ses fidèles d'une façon qui me paraîtrait impossible dans mon hameau. Je crois que c'est pourquoi mon prédécesseur, originaire de Montréal, a rencontré tant de problèmes. Mon village, sœur Marie-Aimée-de-Jésus, ressemble à votre pensionnat de Sept-Îles. Il vous apprendra beaucoup sur la psychologie des groupes et des individus.

Les échanges portent sur ce terrain de réflexions. Charles parle de Jésus face à la foule et du fils de Dieu solitaire dans le désert, sans oublier ses relations avec le petit groupe de ses disciples. Marie lui fait part de son expérience nouvelle et des problèmes rencontrés par des religieuses peu formées à la pédagogie. Elle considère maintenant les élèves selon la densité démographique de leur milieu de provenance. Les pièces du puzzle sont lentes à assembler.

* * *

« Vous sortez souvent, sœur Marie-Aimée-de-Jésus. Où allez-vous ? Dans des *grills* d'hôtels ?

— Non, sœur Véronique-du-Crucifix. Je vais plutôt dans les bas-fonds pour convaincre les filles perdues des bienfaits de notre communauté. J'en profite pour jouer au billard avec des marins tatoués.

— Quelle merveille que votre vie !

— La révérende s'est plainte ?

— Non. Vous connaissez ma curiosité, tout simplement.

— Je me rends au bureau de poste.

— Pas très spectaculaire, comme vérité. Je préférais votre mensonge. C'est vrai que vous avez maintenant beaucoup de correspondance. Vous devez aussi écrire à vos frères et à vos parents. Je ne manque jamais à ce devoir. Mon père et ma mère sont maintenant âgés et je ne les ai pas vus depuis longtemps.

— Je vais vous révéler un secret, sœur Véronique-du-Crucifix. Vous souvenez-vous du jeune chapelain du couvent de Trois-Rivières ?

— Celui avec la balle de baseball ?

— Vous vous en rappelez ! Eh bien, je lui écris. Il est devenu prêtre d'un village en Abitibi.

— Ce secret demande des précisions. Je peux vous accompagner ? Nous en parlerons devant un grand verre de whiskey pur dégusté dans un *grill* d'hôtel des bas-fonds de Sept-Îles. Les marins tatoués sont des amis intimes. »

Cette chère religieuse ! Marie avait été attristée par son départ de Trois-Rivières, mais n'y avait pas pensé longtemps grâce à la présence de Charles Gervais. La joie de la revoir dans un milieu où elle connaît peu les autres sœurs la ravit. Sœur Véronique-du-Crucifix a déjà eu le temps de lui faire le coup du sel dans le sucrier et du sucre dans la salière. En plus d'enseigner les arts ménagers et la musique, elle s'occupe de la chorale du pensionnat, laquelle, au départ, ne comptait que quatre membres, si bien que la révérende mère a dû accepter de faire appel à des jeunes filles ne fréquentant pas l'institution.

« C'était un savant, ce prêtre. Je ne comprenais pas pourquoi il n'était que chapelain et encore moins qu'il soit devenu curé de village. Il aurait dû enseigner la théologie à l'Université Laval.

— Personne ne choisit les affectations de nos évêques. Il apprécie cette cure. Par contre, je vous le dis en secret, je crois que monsieur Gervais a un caractère parfois un peu rebelle. J'ai toujours eu le sentiment qu'il a été envoyé si loin comme une punition.

— Comme vous êtes autant savante et turbulente, je comprends votre bonne entente. Puis, il était bel homme.

— Oh oui… Oh! je veux dire que…

— Qu'il était une habile création du Divin. »

En constatant la vie bon enfant du couvent et, dans une certaine mesure, celle du pensionnat, Marie ne peut s'empêcher de comparer ces nouveaux lieux au village de Charles. Ce dernier a maintenant gagné le respect de ses paroissiens en se servant des approches de mise en confiance des méthodes de la religieuse. Le prêtre l'en remercie à chaque lettre, si bien que cela commence à devenir banal pour elle.

La discipline n'est cependant pas relâchée pour les élèves. Silence de rigueur en tout lieu, horaires précis, dévotions à chaque heure du jour et une multitude de règles appliquées avec la plus stricte sévérité. Marie multiplie les conseils aux enseignantes, ne passe pas une journée sans leur demander si elles ont rencontré des problèmes. À Trois-Rivières, les sœurs aimaient poliment ses méthodes, mais peu d'entre elles les utilisaient. Pas le cas à Sept-Îles. Les résultats deviennent probants à la remise des prix en juin : améliorations pour toutes !

* * *

Au cours de cet été 1951, Marie atteint la quarantaine. Charles n'a surtout pas oublié la date et lui fait parvenir un livre d'histoire sainte, sans oublier des photographies des Parfaits. Une tournée a été préparée pour affronter des équipes d'autres villages, le tout dans une ambiance amicale décontractée et de bon voisinage. Marie retient une leçon de l'expérience sportive de l'ancien chapelain et décide d'organiser un événement culturel où toutes les élèves du pensionnat, sans aucune exception, seront impliquées. Charles l'a assuré que chaque citoyen du village travaille pour l'équipe de baseball. Par exemple, les femmes ont fabriqué les uniformes, les casquettes, sans oublier de les laver! Les musiciens locaux font partie de tous les voyages et s'occupent de l'ambiance avant et après les parties. Les enfants travaillent à la confection de fanions, d'affiches. Un honorable rentier agit comme statisticien. Il y a autant de tâches que de villageois.

« Un bon spectacle, ma mère! Pas un spectacle de sœurs.

— Comment, pas un spectacle de sœurs? Que voulez-vous dire par là?

— Que c'est toujours la même chose : musique classique au violon et au piano, chant choral d'un air de folklore canadien, réciter un poème de Crémazie, pièce de théâtre à consonance religieuse. Vous voyez?

— Mais cela plaît aux gens depuis toujours et rend les élèves fières, leur permettant de vaincre la timidité.

— Oui, mais ce ne sont pas là des activités artistiques qui rejoignent leurs jeunes cœurs. Ce serait plus précieux pour nos élèves si elles exprimaient ce qui leur plaît, ce qui représente les jeunes filles de leur époque. Cela servirait aussi à faire croître la confiance qu'elles nous témoignent et prouverait à la population que les communautés religieuses sont dynamiques et ouvertes à la jeunesse.

— Je… Je… Présentez-moi un dossier détaillé de ce projet et j'étudierai la question.

— Je vais le chercher tout de suite.

— Quoi ? Vous avez tout préparé sans mon autorisation ?

— Ça permet de rêver, ma mère.

— Oui… Évidemment, le rêve…

— Attendez-moi.

— Spectacle de sœurs… Spectacle de sœurs… »

L'été a été plus froid et venteux qu'à Trois-Rivières. À quelques occasions, les religieuses allaient en promenade à la campagne ou sur le bord de la mer. Scènes magnifiques que celles des humbles pêcheurs prenant la mer avec un grand respect. Marie n'a pas vu le temps passer, mais peu avant la rentrée scolaire, elle a ressenti de la nostalgie pour sa ville natale et pour le couvent où elle avait fait ses premiers pas en enseignement. Pauvre monsieur Vaillancourt ! Pauvre Jacinthe ! L'adolescente n'a pas répondu à ses lettres. La religieuse est certaine que son père l'a expédiée dans un pensionnat lointain pour la punir.

Les Parfaits ont gagné huit parties et ont été déclassés à six reprises. Quelle importance ? Beaucoup d'amitié, de partage, du respect pour nos semblables, d'échanges chaleureux entre hommes et femmes de tout âge. Mes paroissiens venaient à la messe sourire aux lèvres. Pour les enfants, j'ai organisé un concours de dessin, des joutes. Comme vous me l'avez conseillé, j'ai feint l'embarras devant leurs œuvres pour finalement attribuer un premier prix à tous. Je vous envoie un article

*publié sur les Parfaits dans le journal de Rouyn-Noranda. La popula-
tion de Lac-Parent était très fière de voir la photographie surplom-
bant cet écrit. La foi est revenue grâce à notre équipe de baseball.
Grâce à vous, chère amie… Le beau projet de spectacle dont vous
m'avez parlé m'enchante. Je souhaite que votre supérieure approuve
l'idée. Tout le monde devient gagnant quand il y a réunion des cœurs
vers un but commun. Puisse mon expérience ici vous inspirer dans la
réalisation de cet événement. Je prie pour votre succès.*

Marie plie délicatement la lettre qu'elle glisse dans
l'enveloppe qui rejoint les autres dans une boîte. Charles
lui a fait parvenir plusieurs photos où le prêtre est toujours
entouré de ses paroissiens. Ces images, parfois un peu
floues et toujours prises de loin, ne lui permettent pas de
voir comme il faut son visage. Que peut-elle lui donner
de semblable, en retour ? À quelques occasions, il lui a
avoué que son visage pétillant, son sourire, représentent
un bon complément à ses méthodes pédagogiques. « Une
sœur ressemblant à un bull-dog n'y arriverait pas. » Bien
qu'en désaccord avec cette remarque, Marie avait tout de
même éclaté de rire en la lisant.

Charles lui a raconté sa joie d'enseigner le catéchisme à
l'école du village. Celle-ci ne compte qu'une seule pièce et
une maîtresse enseigne pêle-mêle à des enfants de chaque
âge. Par la force des choses, garçons et filles fréquentent le
même lieu. La maîtresse se nomme Georgine et, écrit-il, *Elle
vous ressemble beaucoup.*, sans préciser si cette jeune femme a le
même physique ou si elle utilise des méthodes d'enseignement
semblables. Au fil des lettres suivantes, Marie finit par
comprendre que Georgine n'est pas plus haute qu'elle.

* * *

« Vous faire photographier ?

— Pour mes vieux parents, que je n'ai pas vus depuis
longtemps.

— C'est légitime, sœur Marie-Aimée-de-Jésus. Vous travaillez si fort que je serais fort cruelle de vous refuser ce petit privilège. C'est à eux que vous écrivez si souvent?

— Oui, ma mère. »

Mensonge! Tout petit... Après tout, elle écrit *aussi* à ses parents. Marie pense souvent à tous ces mensonges non confessés et elle se sent étourdie. Comme si la révérende n'avait pas fini par apprendre que sa sœur entretient une relation épistolaire avec un prêtre! Le rendez-vous est pris rapidement avec un photographe. Marie se rend à son studio un vendredi soir. Il y a une quinzaine d'années, un homme était passé au couvent de Trois-Rivières pour quelques photographies du personnel enseignant. Photos pieuses, il va de soi! Quel décor choisir, cette fois? Un paysage? Un ciel bleu? Car le photographe lui promet une épreuve en couleurs! Les fougères seront du meilleur effet.

« Vous ne me demandez pas de sourire? De dire *cheese*?

— Est-ce de mise, ma sœur?

— Une religieuse peut sourire, monsieur. Je veux paraître belle, sur cette photographie.

— Alors, fromage! »

Marie a du mal à sourire. On lui a pourtant souvent répété que le sien était naturel. Elle craint que le résultat ne la mette pas en valeur. Charles l'a connue jeune et maintenant qu'elle a atteint le début de la quarantaine, que va-t-il penser en la voyant sur ce bout de papier? En sortant du studio, elle ne se sent pas convaincue, certaine que la photographie ne l'avantagera pas. La religieuse oublie l'heure et flâne un peu en regardant les vitrines. « Ça ne s'améliore pas, les chapeaux. » Quand le résultat du travail du photographe arrive entre ses mains, Marie se trouve abominable.

« Pas mal, sœur Marie-Aimée-de-Jésus.

— J'ai l'air d'un singe.

— Pire qu'une guenon, j'imagine. C'est une photo pour votre ami le curé de village de l'Abitibi?

— Oui. Non! C'est pour mes parents, sœur Véronique-du-Crucifix.

— Vilain mensonge! L'enfer vous guette! Et ce sera très chaud!

— Mais oui, c'est pour lui. Il m'en a fait parvenir plusieurs de lui.

— Que vous regardez en cachette chaque soir après la prière.

— Vous êtes odieuse, sœur Véronique-du-Crucifix. Si vous désirez voir ces photos, vous n'avez qu'à me suivre. La plupart du temps, il n'y est pas seul.

— Malheureusement.

— Comme vous êtes agaçante, ce matin, mon amie.

— Ne vous fâchez pas! Vous ressemblez à une nonne, dans ce temps-là. »

* * *

Charles se rend au bureau de poste tous les jours. La postière collectionne les calendriers depuis trente ans et en épingle sur tous les murs, ce qui donne au lieu une apparence étrange. Curieuse, la femme veut tout le temps savoir qui peut écrire au curé. Charles aimerait la corriger de ce défaut, mais il se dit que cette attitude fait un peu partie du folklore de ce métier, dans les campagnes. Ce qui vient de l'extérieur fascine ses paroissiens, éveille leur curiosité. La femme a remarqué que le prêtre se presse de regarder la provenance des lettres et quand il s'agit de Sept-Îles, il sort toujours rapidement. Elle le voit alors accélérer le pas vers son presbytère. Aujourd'hui : une grande enveloppe ! La postière pense que le prêtre va sûrement courir à toutes jambes. « Not' bon curé, c'est un savant ! J'te dis qu'y moisira pas longtemps en Abitibi pis qu'un monseigneur va l'envoyer dans un grand séminaire, pour montrer le bon Dieu aux jeunes », assure-t-elle à son mari, habile joueur de troisième but des Parfaits. Une enveloppe ! Mais que Marie peut-elle donc lui faire parvenir ? Sans doute un article de revue qu'elle a signé. Quand il voit la photographie de la religieuse, il sursaute en s'exclamant « Oh ! » Il la regarde longtemps, heureux. Il a l'impression que les yeux souriants de Marie le saluent avec chaleur.

« Regardez, Georgine. C'est elle.

— Voilà une belle photographie, monsieur le curé.

— Je ne sais pas comment elle a pu obtenir l'autorisation pour se rendre chez un photographe, mais comme je vous l'ai souvent fait remarquer, personne ne peut lui résister.

— Sauf la révérende mère du couvent de Trois-Rivières.

— Sœur Marie-Aimée-de-Jésus deviendra un jour une directrice de couvent. C'est une femme très intelligente.

— Votre joie fait plaisir à voir, monsieur le curé.

— Vous savez, des relations aussi passionnantes entre un homme et une femme sont si rares, encore plus entre un prêtre et une religieuse. Je remercie souvent le bon Dieu de m'avoir fait connaître une personne aussi extraordinaire.

— Vous trouvez qu'elle me ressemble ?

— Regardez ses yeux. Les mêmes beaux yeux que les vôtres.

— Monsieur le curé, vous m'embarrassez. Depuis quand regardez-vous les yeux des maîtresses d'école ? »

L'humble enseignante sent que l'affection du prêtre ne lui est pas réellement destinée. Il pense plutôt à cette sœur. L'homme retourne vite au presbytère, se demandant s'il devra afficher la photographie dans son bureau. La décision surgit rapidement : ce serait plus sage de ne pas prendre cette initiative. Des curieux poseraient trop de questions. Il regarde encore et encore ce précieux cadeau, avant de le ranger dans un tiroir, se promettant d'aller à la ville pour acheter une vitre et un cadre. Il s'empresse de prendre la plume pour la remercier. Pas trop vite, tout de même… Des débordements de sentiments ne seraient pas dignes d'un prêtre.

Quelle belle surprise, ma très chère amie… Non ! Il vaut mieux enlever le *Très*. Charles réfléchit, le bout de la plume entre les dents, bougeant les pieds, les yeux vers le plafond. Puis, rapidement, le religieux écrit qu'il a trouvé qu'elle avait l'air en paix. *La vie dans un milieu isolé nous fait le plus grand bien. Notez que vous avez tout de même une ville à votre portée. Quand je dois me rendre à Amos, c'est une véritable excursion. Je me sens pionnier de la colonisation, alors que mes paroissiens vivent bel et bien en 1951, avec les goûts et les espoirs que colportent la radio et les journaux de Montréal. Je me réjouis des points communs que nous partageons, nous permettant de discuter avec intelligence et de nous entraider dans nos missions différentes, mais qui, à bien y penser, servent avant tout à suggérer la bonté de Dieu dans les cœurs. Comment se déroule l'organisation de votre spectacle ?*

Marie et les religieuses savent tempérer les émotions des élèves dans l'élaboration de ce vaste projet. Il faut de la discipline et de l'ordre, définir des objectifs précis, répartir les élèves selon leurs aptitudes et leurs goûts. Les sœurs doivent aussi affronter celles qui affichent des complexes, se persuadant qu'elles ne servent à rien dans toute cette organisation. Ce fait étant courant, sœur Marie-Aimée-de-Jésus a donné quelques leçons de base en psychologie de l'enfance à ses enseignantes, leur proposant quelques formules aidant à faire naître la confiance et l'estime de soi. À l'opposé, certaines élèves pèchent par un excès de confiance. Humilité avant tout ! La seule chose non prévue par Marie a été certains parents taxant les religieuses de communistes, à cause de la mise en commun du travail, de l'obligation à toutes de participer. Elle a su leur répondre que ce spectacle est fondé sur l'entraide, le respect de soi et des autres, l'amour du prochain, qui sont l'apanage de la parole divine et non ceux de politiciens de Moscou.

Chansons populaires, sketches comiques inspirés du cinéma, récitation de créations poétiques et d'extraits de romans canadiens-français, tours de magie, danse folklorique, exposition d'artisanat feront partie du programme. Celles qui ne sont pas impliquées dans ces démonstrations publiques s'occuperont du casse-croûte, de l'accueil des visiteurs, de la publicité et même du ménage à la fin des deux journées de réjouissances. Sept-Îles ne parle que du spectacle des élèves du pensionnat du couvent des Sœurs de l'Adoration-du-Sacré-Cœur.

* * *

« Hé ! La vedette ! Vous sortez encore ?

— Quelle est la nature de cette interjection, sœur Véronique-du-Crucifix ?

— Un H, un E accent aigu et un point d'exclamation, formé d'un cure-dent et d'une olive à sa base.

— C'est ce que j'avais cru comprendre. Oui, je sors.

— Puis-je vous accompagner ?

— Et ainsi découvrir l'identité de mon amoureux secret ?

— Je n'en parlerai pas, Dieu m'est témoin. Je dois renouveler ma ration de tabac à chiquer. Par pitié, la vedette, permettez-moi de sortir avec vous. »

La boîte aux lettres est posée près du couvent, mais Marie préfère se rendre au bureau de poste, dix rues plus loin. Ce lieu, tout petit, lui fait penser à celui de Lac-Parent, les calendriers en moins. Le long du trajet, il y a un parc miniature et elle aime s'asseoir sur un banc et regarder les allées et venues des gens. Tout le monde salue avec respect la religieuse. « Le ferait-on à une laïque de mon âge ? » demande-t-elle à son amie.

« Bref, vous vous sentez fière d'être sœur.

— Malgré les contraintes. Il y en a toujours, dans la vie, et sans aucun doute beaucoup plus pour des laïques.

— Est-ce que vous songez à l'amour, sœur Marie-Aimée-de-Jésus ?

— Je ne suis qu'amour. Pour mon métier, pour mes élèves, pour mes prochains, pour Dieu.

— Je voulais dire…

— Je sais ce que vous voulez dire. Eh bien, il y a des mauvais et des bons mariages. Des coups de dés. Je pense parfois à ce garçon qui m'avait légèrement fréquentée, quand j'avais quatorze ans.

— Il vous avait embrassée ?

— Fort innocemment, deux fois.

— Agréable, n'est-ce pas ?

— Ça vous est arrivé ?

— Je vais vous raconter, mon amie ! Comme deux gamines qui se confient des secrets, en riant comme des idiotes. »

Souvenirs amusants ! Lors du renoncement, Marie y avait songé. Parfois, dans la solitude de sa cellule, elle touche ses lèvres du bout des ongles. Un autre péché que le chapelain ne connaîtra pas. À une occasion, à Trois-Rivières, elle avait décidé d'en parler à Charles Gervais, mais avait changé d'idée en entrant dans le confessionnal. Comme elle s'ennuie des confessions avec son ami… Ces moments intimes paraissaient si doux ! Quand les deux n'avaient pu échanger pendant quelques semaines, la fin des confessions se ponctuait toujours de diverses paroles amicales. Peut-elle se confesser à lui par la poste ? Sûrement pas… La religieuse aimerait tant entendre la voix de Charles à nouveau. Un coup de téléphone? Comment pourrait-elle justifier la facture d'interurbain?

Ce soir-là, la femme recommence ce manège de toucher à ses lèvres. Quand Marie enlève sa guimpe, elle tire sur ses courtes mèches de cheveux. Tant de ses élèves ont de jolies crinières, dont elles retirent de la vanité. «Monsieur Gervais complimente souvent mes yeux… Ne sont-ils pas le miroir de l'âme? Ça suffit, sœur Parenthèse! La prière et au lit! Il y a du travail demain!» Elle n'a pas perdu son habitude de se lever avant les autres, afin d'écrire. De sa fenêtre, il n'y a plus les lumières de Trois-Rivières pour rendre la nuit mystérieuse, pas même le grondement d'usines. Un calme serein et doux règne sur Sept-Îles. Parfois, elle entend le meuglement d'un lointain cargo passant dans l'estuaire du fleuve Saint-Laurent.

Il lui semble que cela fait une éternité qu'elle écrit ce roman secret. Tant de corrections et d'améliorations à apporter! Au départ, il y avait une histoire. Elle s'est depuis agrémentée d'une âme. Marie a gommé les références religieuses non nécessaires pour les remplacer par des sentiments humains, bons ou mauvais, propres à son enfance à Trois-Rivières. Charles lui a parlé de l'existence pénible dans les filatures des villes de Nouvelle-Angleterre et elle l'a remercié pour ces précisions enrichissant le récit. Elle a aussi consulté de nombreux ouvrages sociaux et historiques. Avant tout, la romancière sent de l'amour quand sa plume dessine la destinée des personnages. Elle est touchée par leurs espoirs et leurs déceptions, comme s'ils étaient au-delà d'elle-même, pourtant leur créatrice. Sa main tremble de bonheur et elle parle à ces cœurs de papier et d'encre.

* * *

« Pourquoi n'écrivez-vous plus ces courts romans glorifiant notre foi et notre histoire et qui plaisaient tant à notre jeunesse ?

— Parce que notre histoire serait à réécrire en donnant une place aux femmes, au petit peuple, aux gens de courage qui ont bâti ce pays à l'ombre de ceux affichés maladroitement dans nos manuels scolaires et qui les rendent ennuyeux. Aussi parce que notre foi devrait s'exprimer par le cœur de chacun au lieu d'être cloisonnée dans des formules qui ne rendent pas justice à la parole du Divin. Voilà pourquoi, ma révérende. »

La mère supérieure demeure bouche bée, tandis que Marie reste droite comme un point d'exclamation. La religieuse sait qu'elle n'aurait jamais pu répondre de cette façon à Trois-Rivières. Marie n'ignore pas que malgré les règles sévères de la communauté, cette femme se montre ouverte, prête à discuter, et qu'elle ne déteste pas ses polémiques.

« Au fond, vous êtes une rebelle, sœur Marie-Aimée-de-Jésus.

— J'ai toujours observé les règles qui ont fait la grandeur de notre communauté, ma mère.

— Il y a des autoritaires, des pleureuses, des optimistes, des amusantes et aussi des rebelles. Nous portons toutes le même uniforme et avons prononcé les mêmes vœux pour servir Dieu, mais au-delà de tout cela, nous sommes des êtres humains différentes les unes des autres. Les laïcs croient que toutes les sœurs sont pareilles. Maintenant, voulez-vous répondre à ma question ?

— Je n'écris plus ces histoires car leur trop grand nombre était devenu un fardeau. Je crois aussi que même

au moment de leur publication, ces romans ne corres-
pondaient pas aux goûts des enfants, mais à celui
d'adultes croyant avoir des caractéristiques d'enfants de
moins de dix ans. Je pense qu'ils sont devenus aujourd'hui
très démodés. Tout allait bien au début et je prenais
certes un sain plaisir à raconter ces histoires, terrain
propice à faire démonstration de mes théories pédagogiques. Par contre, après le quatrième roman, l'éditeur
désirait diriger le contenu, ainsi que de nombreux
membres de notre clergé. Cependant, ma mère, en toute
confiance, je vous avoue que j'écris un roman depuis
quelques années. Un roman pour les adultes.

— Dans quel but ?

— De me faire plaisir et de retrouver la fin de la nuit à
chaque jour. Je veux aussi relever le défi de devenir une
romancière libre de toute influence de son milieu. Ceci
ne veut pas dire que notre religion n'est pas à l'honneur
dans cette fiction. Il s'agit d'un catholicisme populaire,
présent dans le quotidien d'une famille ouvrière, et non
de la religion des voies officielles.

— Vous me dites que vous prêchez dans le désert.

— Pas notre congrégation, pas plus que les frères des
Écoles chrétiennes, les petites sœurs du ménage ou les
bons curés de campagne. Pas ceux dont le cœur bat avec
la simplicité et l'honnêteté de notre peuple.

— Sœur rebelle ! Vous me montrerez ce texte. Vous
savez comme j'aime la belle littérature. Vous avez lu
Bonheur d'occasion ?

— Non, ma mère. Ce roman est à l'index.

— Je vous prêterai ma copie.

— Et c'est moi que vous qualifiez de rebelle ? »

* * *

Le spectacle de fin d'année ne semble peut-être pas à la hauteur des attentes car, très à propos, beaucoup trop de gens de l'extérieur affichaient des objectifs élevés pour ces jeunes. Les maladresses, les blancs de mémoire, les fausses notes n'ont pas raté le rendez-vous. Lors du souper de remerciement, sœur Marie-Aimée-de-Jésus y est allée d'un discours à l'emporte-pièce laissant plus d'un pantois. Il était question de la réussite, du désir de bien faire, du sens du devoir, mais surtout de l'exploit d'avoir impliqué toutes les élèves du pensionnat, sans exception. Elle a aussi souligné qu'aucune note scolaire n'a eu à souffrir à cause de ce spectacle, crainte avouée de plusieurs parents. « Les finissantes d'il y a dix années vous diraient : oui, nous avons réussi, mais les sœurs étaient si sévères ! Celles de cette année répèteront, quand elles seront devenues mères : oui, nous avons réussi, mais nous avons aussi appris à aimer notre prochain, à s'entraider grâce aux religieuses. Voilà qui me semble plus sage ! »

Les lettres de Charles représentent l'écho de ce discours. Marie veut tout savoir de l'équipe de baseball. L'humble village, déjà isolé dans une région peu peuplée, fait parler de lui partout en Abitibi. Ses habitants sont les ambassadeurs de l'amitié. Le bon curé marie et baptise. Ses descriptions de mariages émeuvent Marie. *Je lis encore les notes de mes études en théologie, beaucoup plus par habitude que par goût. Le Christ est amour, mais je vois mal de quelle façon il peut s'exprimer par la plume d'un moine savant. L'amour du Divin, chez moi, se manifeste par le son des bâtons frappant une balle, par la joie d'hommes, de femmes et d'enfants heureux de leur implication dans un projet de partage.*

Marie lui confie que le secret de la création de son roman n'en est plus un. *La révérende mère a apprécié ce qui a été écrit jusqu'ici. Pour parler honnêtement, je crois qu'elle pense surtout aux revenus que pourrait apporter la mise en marché de ce texte. Elle croit que les romanciers font fortune, comme en France !* Charles lui fait part d'une suggestion que la religieuse juge étrange : utiliser un pseudonyme. Pourtant, signer sœur Marie-Aimée-de-Jésus serait gage d'un certain succès car les enfants de jadis, ayant aimé les romans pour la jeunesse, sont devenus des adultes touchant salaire.

« Après le succès du roman de Gabrielle Roy, de la pièce de théâtre *Tit-Coq*, des recueils de poésie des auteurs de l'Hexagone, des chansons de Félix Leclerc, signer un roman d'un nom de religieuse paraîtrait anachronique dans ce mouvement.

— Sœur Véronique-du-Crucifix, je doute que monsieur Gervais ait eu une telle pensée. Que vous l'exprimiez ne vous honore point.

— Vous m'avez demandé mon opinion. Pas nécessaire de vous fâcher.

— Que je sois religieuse ne change en rien le contenu de ce roman.

— Je pensais plus à l'effet sur le public. Souvenez-vous des goûts exprimés par nos élèves lors du spectacle de l'année dernière. Il n'y était pas question de religion.

— Mais ce n'est pas un roman sur le catholicisme. »

L'expérience d'un grand spectacle sera répétée pour cette nouvelle étape scolaire. Marie a passé une partie de l'été à réfléchir aux moyens de corriger les écueils de la première année. Elle a aussi tenu des réunions avec les religieuses et demandé l'opinion de Charles. Parallèlement, Marie a sans cesse reçu la visite de la révérende mère, désireuse de lire les nouvelles pages du roman à mesure qu'elles sont rédigées. Elle abasourdit son enseignante en faisant part de la même opinion que monsieur Gervais et que sœur Véronique-du-Crucifix. « Écrire des romans ne fait par partie de notre mission, sauf dans le cas de textes servant à instruire les enfants ou à faire grandir la foi dans les cœurs. Que dirait le public ? Que les sœurs se la coulent douce en écrivant des romans, au lieu de soigner, prier, aider, instruire, faire la charité ? » C'est ainsi qu'en octobre, le manuscrit, copié en quatre exemplaires à la machine à écrire par des religieuses, part pour autant de maison d'éditions, sous le nom de Françoise Gervais, son propre prénom civil et le nom de famille de l'ancien chapelain.

« Hé, Françoise la vedette ! Ce soir, il y a une conférence de notre chapelain sur saint Joseph ! Vous viendrez ? Ce sera sensationnel !

— Oui, Véronique, j'y serai.

— On nous servira de l'excellente bière Black Horse, comme la dernière fois. Saint Joseph, c'était un gars du peuple, un ouvrier de la construction. Tout cela n'empêche pas, ô vedette, que Françoise Gervais soit un nom pour faire rêver.

— Que voulez-vous dire par là, sœur Véronique-du-Crucifix ?

— Moi aussi, je vais me trouver un pseudonyme et avec ma chorale, je vais enregistrer un disque, recevoir des invitations de la radio et…

— Sœur Véronique-du-Crucifix, répondez à ma question.

— Vous voilà encore en colère, mon amie? Vous devriez pourtant savoir que Dieu m'a créée joyeuse. Quand j'entrerai au Paradis, le Divin et tous les anges auront le sourire fendu jusqu'aux oreilles en imaginant les incroyables soirées d'éternité que tout le monde va passer grâce à mon magnifique sens de l'humour. Certains anges, dit-on, sont de véritables casse-pieds qui ne rient jamais. »

Marie la zyeute avec insistance, avant que son amie n'éclate de rire. Cela fait oublier à l'enseignante de répéter sa question. « La révérende mère est au courant de la signification de ce pseudonyme et n'émet pas d'allusions malsaines, elle. »

Les réponses arrivent rapidement : Non, non, non et peut-être. La lettre d'explication de cet indécis fait sursauter Marie. Cet éditeur demande à la romancière de gommer « quelques bondieuseries ». S'il connaissait la véritable identité de la créatrice, le pauvre serait certes embarrassé d'avoir utilisé ce mot. Marie lui répond qu'elle fera en sorte de le satisfaire, tout en lui précisant que beaucoup de gens de l'époque du déroulement du roman étaient friands de bondieuseries.

Mon roman sera publié. Je ne sais cependant pas s'il s'agit d'une bonne idée. C'était plus satisfaisant quand je faisais tout en secret. J'ai dû révéler mon identité à l'éditeur. Je l'ai senti blanchir d'embarras au bout du fil. Je crois que vous avez eu raison : une religieuse ne peut pas être une romancière. Pourtant, plusieurs prêtres ont publié des romans sans faire face à ce préjugé. Monsieur l'éditeur m'a dit que ce sera une bonne stratégie de promotion de miser sur le mystère de l'identité de la créatrice, comme si j'étais une honte. D'un autre côté, la révérende mère m'a fait part des problèmes de l'épiscopat quand il se rendra compte que Françoise Gervais est une sœur, même si le chèque de droit d'auteur rendra service à ma communauté. Et tout à coup que je suis punie? M'envoyer plus loin? Sept-Îles est déjà le bout du monde! Quel dommage de ne pas avoir de couvent en Abitibi! J'aurais pu donner des leçons aux lanceurs des Parfaits. À bien y penser, ce serait sans doute inutile, car monseigneur vous enverrait alors à Sept-Îles. Puisse arriver le jour où nous rirons de cette situation.

CHAPITRE 7

1954-1956

Sœur Marie-Aimée-de-Jésus remarque que les écolières de sa classe d'histoire sont beaucoup plus instruites qu'autrefois. Pour elles, Jacques Cartier n'est ni un nom de rue ni de pont. Sans doute est-ce là l'effet de la loi de l'école obligatoire : leurs grands frères et sœurs ayant fréquenté l'école plus longtemps que les jeunes de la génération précédente, les matières scolaires ont été évoquées et discutées à la maison. C'est peut-être aussi à cause de la radio, présente dans maintenant presque la totalité des foyers.

La modeste JEC du pensionnat ne compte que quatre jeunes filles. Les bulletins de cette association sont fort bien rédigés. Instructifs, ils présentent aussi une ouverture sur le monde, alors que des jécistes de France, d'Italie, de Suisse et de nombreux autres pays donnent de leurs nouvelles. Deux des adolescentes correspondent avec des amies françaises. La révérende mère a permis l'entrée de ce courrier au pensionnat, demandant aux étudiantes d'essayer de trouver des jeunes de France désireux d'écrire avec les autres élèves. Si la discipline traditionnelle demeure vigoureuse, Marie admet que la direction de Sept-Îles se montre plus souple qu'à Trois-Rivières, sans doute parce que le milieu est davantage isolé. Certaines élèves de sœur Marie-Aimée-de-Jésus rêvent tout haut de Montréal, alors que celle-ci tente plutôt de leur faire aimer leur petite patrie.

« Il n'y a rien ici, ma sœur.

— Il manque des éléments que d'autres villes possèdent et nous avons ce que d'autres lieux rêvent d'avoir.

— Par exemple ?

— La mer ! Vous savez, avoir la possibilité de la voir danser le long des golfes clairs, avec ses reflets d'argent… C'est superbe ! Plus d'un Montréalais, le temps des vacances venu, se presse ici ou en Gaspésie pour admirer la mer. Je vais ouvrir une parenthèse et vous parler de Trois-Rivières.

— C'est si beau ce que vous en dites dans votre roman, ma sœur ! »

Charles lui a raconté que la jeunesse de Lac-Parent pense aussi que l'herbe resplendit plus verte ailleurs. Pas à Amos ou à Rouyn-Noranda ! Montréal devient le seul Eldorado possible. Le prêtre remarque aussi que l'équipe de baseball ne rassemble plus autant les jeunes qu'aux premiers jours. À la radio et à la loi de l'école obligatoire de Marie, Charles ajoute les salaires assurés. La plupart de ces familles ont vécu de grandes privations pendant la dépression économique de la décennie 1930 et au cours des années de la Seconde Guerre mondiale. Maintenant, ces tristes jours font partie du passé et tout le monde touche salaire, ce qui permet de consommer. Pour les jeunes du village, l'argent représente l'assurance de fréquenter le cinéma à Amos chaque samedi soir, ou de pousser les portes des salles de danse. À la ville, ils trouvent tout ce que leur village ne peut leur donner. « Il faut s'adapter au lieu d'imposer. » Tel a toujours été le credo pédagogique de sœur Marie-Aimée-de-Jésus. Le rappel du bon conseil est noté par le prêtre. Il réfléchira à des solutions pour que les jeunes aiment leur village. Marie échange aussi quelques lettres avec des religieuses du couvent de Trois-Rivières. Il semble que la jeunesse de cette ville n'ait pas les mêmes attitudes que celle de la Côte Nord et de l'Abitibi. Il s'agit tout de même d'une ville prospère à la démographie abondante. En somme, les milieux modestes influencent les jeunes négativement.

Les parents d'une de ses élèves possèdent un téléviseur. Ils sont d'ailleurs les premiers à avoir procédé à un tel achat à Sept-Îles. Voisins et amis sont passés par leur salon pour regarder ce que la jeune fille a qualifié de « lointaines images obstruées par des points saccadés faisant penser à une bourrasque de neige grise et noire. » Parfois, le père doit grimper sur le toit pour orienter l'antenne. « Peut-être que les images paraissent plus belles à Montréal, où elles sont filmées. Ce n'est pas une bonne invention pour Sept-Îles. » Marie a trouvé ce récit fort amusant. La religieuse se souvient qu'au cours de son enfance, elle s'était rendue, très endimanchée, chez un voisin ayant acheté un appareil de radio. « Tout le monde tendait l'oreille, sauf une grand-mère qui bouchait les siennes, jugeant horrible qu'une personne puisse être enfermée dans une boîte semblable. »

Ces aspects de la vie sociale font aussi partie de l'histoire, même s'ils ne trouvent jamais place dans les livres officiels et les manuels scolaires. Depuis longtemps, Marie se sert d'un récit de traversée d'un français venu ici au temps de la colonie, afin de pimenter les descriptions ternes et convenues du livre d'histoire du Canada. Les élèves ont toujours apprécié les passages sur le mal de mer, la mauvaise nourriture et les conditions pénibles sur le navire.

À la suite de cette discussion, Marie décide d'ouvrir les portes du pensionnat aux grands-parents des élèves. Aucun père, pas une mère : que les vieux ! Ainsi, l'histoire parlera par les voix de ces braves personnes. Les élèves chanteront, joueront la comédie et auront préparé un goûter afin de leur plaire. Petites et grandes poseront des questions précises, afin de préparer une composition, qui servira autant à Marie qu'aux enseignantes de français.

«C'est une bonne idée que de répéter cette initiative enrichissante dans tous les pensionnats de notre congrégation et de faire publier les résultats. D'une part, ce sera un beau souvenir pour les familles impliquées et beaucoup de ventes assurées. D'autre part, ce sera une expérience pratique pour tout ce que nous leur enseignons : avoir l'esprit de concision, écrire un français de qualité, sans oublier que cette activité jettera un pont d'amitié entre les jeunes filles de régions éloignées les unes des autres. Les gens de tous les coins de la province verraient que les Sœurs de l'Adoration-du-Sacré-Cœur font davantage qu'instruire leurs filles.

— Savez-vous ce que j'ai noté dans tout ce que vous me dites, sœur Marie-Aimée-de-Jésus ?

— Je vous écoute, ma mère.

— Vous n'avez pas dit que ce serait une bonne idée, mais que c'est une bonne idée.

— Je n'avais pas pensé à cette nuance.

— J'ai aussi remarqué ce désir de s'extérioriser.

— Il y a peu de gens qui viennent vers nous. Alors, il faut aller vers eux. Je vous en parle, révérende mère, car je sais que vous êtes une femme de progrès.

— Contrairement à ma collègue de Trois-Rivières, n'est-ce pas ?

— Elle avait aussi des qualités. Cependant, pour être franche, mon assignation ici est la meilleure chose qui me soit arrivée.

— Les idées se bousculent, sœur Rebelle.

— Les idées ont besoin de latitude afin de porter fruits. Cependant, si vous me permettez, ma mère, je n'aime pas tellement ce surnom de sœur Rebelle dont vous m'affublez. Mes idées sont avant tout positives.

— Peut-être préférez-vous alors sœur Baseball?

— Heu…

— Mettez-moi tout ça sur papier et j'étudierai la question dans des délais raisonnables. N'oubliez pas qu'un tel projet implique aussi la direction de tous les autres pensionnats et les diocèses de leurs régions.

— J'ai des lettres préparées pour ces personnes, ma mère.»

Cette idée de Marie, en plus de l'influence de son élève de l'École normale, est aussi une réponse à l'initiative de Charles Gervais, ayant décidé que son modeste village aurait un journal. Voilà une façon d'occuper les jeunes et les femmes, pendant que les pères sont partis au chantier de coupe de bois. Comme dans l'équipe de baseball, il cherche à impliquer le plus grand nombre de paroissiens. Le prêtre raconte que le renouvellement est sans doute plus difficile dans un village que dans un pensionnat de couvent, où les élèves, déjà instruites et faisant partie de classes sociales privilégiées, sont encadrées avec discipline. *Vous n'avez pas à affronter une femme qui remet à plus tard son travail pour le journal, car elle doit absolument faire cuire des biscuits.*

Charles a conscience que sa tâche touche à sa fin et que les évêques, au courant du succès de sa cure, pourraient l'envoyer vers une autre paroisse à problème. Marie ressent la même impression à Sept-Îles. *En priant fort le bon Dieu, nous pourrions devenir voisins. Vous écrire m'apporte une grande satisfaction, mais vous me permettrez de me montrer honnête, je n'ai pas oublié votre voix et j'aimerais l'entendre ailleurs que dans mes songes. Il me plairait tant d'assister à une de vos messes et d'avoir l'honneur de vous voir bénir un mariage.*

Pendant ce temps, le roman de pseudo-Françoise Gervais suit une route très discrète, au grand étonnement de l'éditeur et de la révérende mère, qui voyaient dans cette œuvre un apport important pour la littérature canadienne-française. Il semble que ce ne soit pas le cas. Sœur Marie-Aimée-de-Jésus ne ressent pas de blessure à son amour-propre. Sa plus grande joie est de savoir que ce travail a été fait avec plaisir, qu'elle a ressenti une grande paix en écrivant cette histoire. Cependant, elle se voit flattée que Charles dénonce cet échec. Il ne lui a jamais évoqué l'histoire, se contentant de dire que la lecture fut agréable. De quelle façon a-t-il réagi en voyant qu'un des fils de la famille en vedette lui ressemble un peu ? Qu'importe, après tout. Deux amis ne sont pas obligés de tout se raconter. *Le prochain livre sera plus important, car je ne serai pas la seule personne impliquée. Quelle joie ce sera pour tant d'élèves de nos pensionnats !* L'organisation de ces rencontres avec les grands-parents des élèves n'est cependant pas une mince tâche. Beaucoup de lettres à écrire et le tout en n'oubliant pas d'accomplir son propre travail. Il arrive même à la religieuse, à l'occasion, de donner des conférences pour des enseignantes laïques de la Côte-Nord.

Les mois filent au cœur du labeur incessant autour de ce projet. Un jour, Marie a la surprise de recevoir un coup de téléphone d'une enseignante en histoire du pensionnat de Montréal. Elle désire des précisions de vive voix. En raccrochant, sœur Marie-Aimée-de-Jésus demeure pensive. «Elles ont beaucoup d'argent à dépenser, pour des appels si lointains. Et si je… Non! Chimère! La révérende ne me le permettrait jamais.» Parler ainsi à Charles, renouer avec sa voix! Toute dépense doit être justifiée pour des causes administratives relatives au couvent ou au pensionnat. Sûrement pas pour les fantaisies d'une religieuse désireuse d'entendre la voix d'un ancien chapelain.

«Je vous confie ce secret, sœur Véronique-du-Crucifix et je vous assure que je me sens un peu honteuse.

— Mais non, sœur Vedette. Je vous envie d'avoir un ami fidèle. Un prêtre fort intelligent, de surcroît! Le souvenir que j'ai de lui demeure excellent. En pensant à tout ce que vous m'avez dit à son propos, je serais portée à croire que l'évêque de Trois-Rivières l'a puni pour une raison mystérieuse en l'envoyant dans un village lointain. Pourquoi un homme si instruit, spirituellement si évolué, près d'être un théologien, bref, pourquoi est-il devenu un curé de campagne? Il me semble qu'il serait plus utile à notre clergé dans un grand séminaire ou dans une université. L'idée est la même en ce qui vous concerne: pourquoi est-ce qu'une sœur si intelligente œuvre dans le plus petit couvent de notre communauté?

— Je vous fais remarquer que je suis arrivée ici avec une promotion et dans le but d'acquérir de l'expérience. Je ne me suis jamais sentie punie.

— Un jour, vous serez révérende mère, sœur Vedette! Ce sera la joie partout! Des chips et des galettes à la mélasse pour toutes!

— Sans oublier le Coca-Cola.

— Du Coke, sœur Vedette ! Mon rêve ! En ce qui concerne le coup de téléphone interurbain, je peux vous arranger ça en criant lapin.

— Hein ?

— L-A-P-I-N. »

Après l'explication, Marie, émue, se précipite vers les mains de son amie pour la remercier. Le coup monté devient digne d'un roman de détective. La religieuse a recours à une de ses élèves externe, douée pour le violon et fille d'un médecin, très reconnaissant pour la patience et l'intérêt de la sœur à l'endroit de son enfant. Le médecin participe généreusement aux œuvres de bienfaisance de la congrégation. Payer une communication lointaine pour une des bonnes sœurs du couvent ? Peu de choses, pour cet homme, d'autant plus qu'il s'agit de Marie-Aimée-de-Jésus, qui écrivait de si belles histoires pour les enfants.

Charles a été averti par courrier du moment de l'appel. En ce samedi, la ménagère se demande pourquoi il lui donne congé. Les réunions ont été annulées et le bedeau se voit prié de passer l'après-midi chez lui. Le prêtre attend, dans un profond silence, les yeux rivés à son téléphone. Quand enfin il sonne, le curé se précipite si rapidement vers le récepteur qu'il l'échappe. À l'autre bout du combiné, Marie profite de la solitude de ce bureau pour déposer la main sur son cœur, tant elle se sent remplie d'émotion en entendant la voix de son ami. Il lui demande des nouvelles de sa santé. Et le spectacle annuel ? Et les messes ? Le journal, l'équipe de baseball ? La nature est-elle toujours aussi belle, en Abitibi ? Et les paysages de la mer de la Côte-Nord ? Toutes ces choses dont ils parlent pourtant dans leurs lettres! Un si long dix minutes… En raccrochant, Marie sourit béatement, puis essuie une larme, tandis qu'à l'autre extrémité de la province, Charles, devenu hypnotisé, sursaute et crie quand on cogne à sa porte.

Sœur Marie-Aimée-de-Jésus n'en finit plus de remercier le médecin et son amie pour cette fantaisie. L'écho de la voix de Charles l'empêche de dormir. «Mon Seigneur, je vous remercie de m'avoir fait connaître cet homme si aimable, votre plus dévoué serviteur. Vous savez comme il me parle sans cesse de votre règne dans ses lettres. Il fait de moi une religieuse plus dévote et… Je vous remercie, ô Tout-Puissant.» Marie se voit confuse de ne pas avoir pu terminer sa prière, car elle la sentait peu sincère.

La lettre suivante tarde à arriver. La religieuse croit alors que le prêtre a réalisé l'importance de la transgression de Marie et qu'il regrette d'avoir participé à cette mise en scène téléphonique. Qu'a-t-il pensé, les jours suivants? Marie, si inquiète, pleure trop en se posant sans cesse la question. Il doit la juger frivole. Il se passe deux mois avant l'arrivée d'un… colis? Marie craint de l'ouvrir, d'autant plus que la secrétaire de la direction et la révérende mère attendent en fronçant les sourcils. «La curiosité est si humaine…» Marie sourit d'embarras. Elle n'a guère le choix que de délier avec délicatesse les ficelles.

«C'est un livre. *Théologie monastique au Moyen Âge dans la péninsule italienne.*

— Lecture sans doute pointilleuse et apte à vous plaire, sœur Marie-Aimée-de-Jésus.

— Je le lui avais demandé, révérende mère. Il m'en avait parlé. Monsieur Gervais connaît beaucoup de lectures

édifiantes, bien que pointilleuses, en effet. Il a une bibliothèque très fournie.

— Voilà notre curiosité satisfaite. Puis-je le voir ? »

La supérieure feuillette doucement et déclare : « Tiens !
Un mot… » Alors Marie, telle une enfant prise sur le fait,
se précipite vers ses mains pour lui arracher la feuille.
Réalisant sa maladresse, elle rougit et se confond en
excuses. Tout le reste de la journée, la religieuse agit avec
nervosité, impatiente de lire ce billet.

*Voilà le livre dont je vous ai parlé, le 20 janvier dernier. Je vous le
prête avec joie. Ne vous attardez pas aux deux premiers chapitres, qui
ne sont qu'une mise en situation un peu lourde. Le reste est passion-
nant. Nous en reparlerons.* Rien d'autre ! « Je n'ai jamais reçu
de lettre en janvier. Est-ce possible qu'elle ait été intercep-
tée ? Que la révérende mère ait entendu parler de l'aventure
du coup de téléphone et que, maintenant, telle sa consœur
de Trois-Rivières, elle se méfie des relations amicales entre
une religieuse et un prêtre ? » Marie crispe les mains, prise
d'une affreuse angoisse, ne pensant pas que la lettre ait pu
être égarée par le service de poste. Elle prie sans cesse, ne
pense pas à ouvrir le livre, du moins jusqu'à ce que la
supérieure lui demande de le lui prêter quand elle aura
terminé sa lecture. Sœur Marie-Aimée-de-Jésus parcourt
l'ouvrage à toute vitesse. De plus, elle se dit que ce ne serait
pas poli de le garder trop longtemps. Charles a eu raison :
une lecture passionnante !

Marie pense surtout que le prêtre a apprécié tous ces
propos savants. Quelles ont été ses réflexions, à la fin de
chaque chapitre ? Les points qui l'ont charmé ? Ceux
méritant des approfondissements ? Quelle leçon en a-t-il
tiré ? « La vie spirituelle semble si complexe. Moi, je ne suis
qu'une enseignante perdue dans ces dédales… J'ai parfois

du mal à vivre ma foi comme il faut. Monsieur Gervais le sait. À Trois-Rivières, il m'avait dit que je n'étais pas assez éveillée aux mystères saints. Sans doute croit-il encore la même chose. Que doit-il penser de moi ? » Pendant que la révérende se penche sur cette lecture, Marie prépare une lettre de réponse quelque peu intellectuelle. Ses questions appelleront de longues réflexions. Il vaut mieux laisser croire à la supérieure que cet échange ne relève que du domaine religieux.

Et puis vint ce jour… « Sœur Marie-Aimée-de-Jésus, passez à mon bureau à dix heures. Je dois vous parler sérieusement. » L'enquête ? Les questions ? Ce ne sera pas le moment de se montrer rebelle. Marie se sent si nerveuse ! Rien de tel ne se produit. La sœur avait oublié son destin pourtant prévisible : une affectation vers un autre couvent. Une nouvelle tâche l'attend à Roberval : redresser le niveau pédagogique des religieuses. Ce déménagement sera entrecoupé de quelques voyages au cours de l'été, afin de rencontrer les enseignantes des autres pensionnats de la communauté.

* * *

Marie se sent triste de quitter ce coin de la province, mais heureuse en pensant que des tâches plus importantes l'attendent. Elle confie ces sentiments à son amie sœur Véronique-du-Crucifix.

« Je me suis beaucoup épanouie à Sept-Îles. La petitesse du lieu m'a apporté plus de liberté, idéale pour faire grandir la confiance. Pourtant, humblement, je n'en manquais pas à Trois-Rivières. Maintenant, je me sens davantage autonome. De plus, le fait qu'il y avait si peu d'élèves dans les classes m'a permis de pousser plus loin mes réflexions sur les approches pédagogiques et sur ma stratégie concentrée sur les élèves au lieu de la matière d'enseignement.

— Je suis très heureuse que vous ayez de belles pensées pour notre couvent. Je me sens honorée d'être votre amie, sœur Marie-Aimée-de-Jésus. Je vais m'ennuyer de vous.

— Merci, sœur Véronique-du-Crucifix. Nous nous écrirons.

— Ou un coup de fil interurbain en secret…

— Une fois suffit, dans une vie.

— Laissez-moi vous embrasser. »

Les deux baisers sur les joues sont assortis d'une étreinte qui se prolonge, rendant Marie mal à l'aise. Délivrée, la religieuse pose les yeux vers le plancher, et quand elle regarde en direction de son amie, c'est pour voir ce regard franc et ce sourire satisfait.

« Vous relèverez d'autres défis dans un nouveau milieu. Le couvent de là-bas sera plus imposant et Roberval est une ville plus dense. Vous aurez un plus grand choix de *grills* d'hôtels afin de tirer du poignet avec des ouvriers tatoués, tout en participant à leurs concours pour ingurgiter des bouteilles de bière Black Horse en moins de dix secondes.

— J'y ai pensé, soyez-en certaine.

— Je ferai vos salutations à Jos, ce marin chauve qui vous aimait tant comme partenaire de billard.

— Ce cher Jos !

— Dans tout ce tourbillon, n'oubliez pas votre statut de vedette. Françoise Gervais doit écrire un autre roman. Un beau roman d'amour! Car l'amour, c'est ce qui habite le cœur de chaque femme, de toutes conditions.»

Marie se sent troublée par ces adieux par anticipation. Après tout, il reste six semaines avant son départ. Le travail lui fait tout oublier. Le spectacle collectif sera assurément supérieur à celui de l'année scolaire précédente. De nouveau, toutes les élèves ont été de la partie et chacune a compris qu'une baisse dans leurs notes nuirait aux sœurs, qui se faisaient reprocher par les parents d'organiser des divertissements au lieu d'instruire leur progéniture. En même temps, Marie reçoit les lettres et appels des religieuses des autres pensionnats qui se sont impliquées dans le projet de ces réunions avec des grands-parents des élèves, afin de mener des enquêtes sur la vie du passé. La plupart de ces rencontres auront lieu en juin et les résultats arriveront à sœur Marie-Aimée-de-Jésus au cours de la saison estivale. Les responsables de chaque lieu lui ont confirmé l'effet très positif sur toutes les élèves.

Charles accueille ces bonnes nouvelles avec joie. Le journal de Lac-Parent paraît chaque mois. Marie aime le parcourir, s'attardant aux conseils culinaires, aux potins, aux avis des experts menuisiers, à l'éditorial. Tout cela la fait sourire, lui apparaît naïf, mais le prêtre lui a expliqué que le plus important consistait à créer quelque chose de rassembleur. *Nous apprenons l'un de l'autre, même si nous sommes éloignés. C'est une voie positive à développer. Je suis en train d'écrire un article expliquant les réussites de mes initiatives. J'espère que vous m'aiderez, ma chère sœur Marie-Aimée-de-Jésus. Malgré tout, je demeure persuadé que je serai assigné à une autre mission, à cause de ce qui a été accompli ici. Souvenez-vous qu'à mon arrivée, le blasphème régnait, ainsi que l'absentéisme à la messe. Peut-être irai-je au Lac-Saint-Jean. Je pourrais alors vous inviter de nouveau au restaurant.*

Les élèves, les religieuses et quelques personnes distinguées de la ville offrent à Marie une modeste réception d'adieu, où les adresses succèdent aux témoignages. «Votre œuvre doit se poursuive dans chaque diocèse de la province.» La sœur part le cœur un peu lourd, pensant beaucoup à ces beaux moments des dernières années. Alors que ses malles vont vers Roberval, Marie se dirige vers Montréal, sans oublier un arrêt à Trois-Rivières pour revoir son père, devenu veuf. Tous ses frères et ses amies du couvent auront droit à sa présence.

La voilà accueillie à la gare par une délégation de religieuses. La ville semble avoir peu changé, tout comme le couvent. Marie retrouve des visages familiers et réclame quelques minutes à la chapelle, pour se recueillir en pensant à Léo Vaillancourt. Le temps qui fuit ne semble pas avoir atteint les sœurs présentes lors de son séjour. Les plus jeunes lui sourient avec timidité. En leur parlant, Marie se sent vieille. La voilà dans son ancienne salle de classe, où tant de jolies parenthèses ont été ouvertes. Que sont devenues toutes ses élèves? Sûrement de braves mères de famille. La femme souhaite en croiser dans la rue. La révérende mère lui donne les résultats écrits de la soirée des grands-parents, un vif succès. «Nous sentions votre présence, lors de cette heureuse soirée. Quelle belle initiative!»

Le père de Marie habite maintenant chez Rodolphe, devenu grand-père. Le vieil homme se berce, une pipe éteinte entre ses mains, comme s'il attendait le retour de sa fille pour qu'elle dise, comme aux jours de l'enfance: «Laissez-moi allumer votre pipe, papa.» Le pauvre ne semble avoir que la mémoire du passé, Marie devant répéter très souvent quelques phrases à peines prononcées. De retour au couvent, la religieuse va flâner le long de la clôture, là où elle avait rencontré Charles Gervais la première fois. «C'est fou comme je ne peux oublier cet instant, comme s'il était gravé dans mon cœur à jamais.»

Courte vacance! Du travail l'attend à Montréal. Dans la grande ville, elle a l'impression que surgira, du coin d'une rue, ce soldat qui avait perdu un bras, rencontré au casse-croûte de la gare il y a longtemps et qui a inspiré un fort beau personnage de son roman. Lors de la conférence à un parterre de Frères des Écoles chrétiennes, Marie a l'impression de répéter les mêmes formules sur sa philosophie de l'enseignement. Comme jadis, elle sent un vent de scepticisme se mêler à des signes d'approbation.

Elle arrive à Roberval fatiguée, mais très heureuse de cet été enrichissant en rencontres. Cependant, une surprise désagréable l'attendait: les deux lettres que Charles lui a fait parvenir ont été ouvertes. Marie explique à la supérieure qu'elle entretient depuis quelques années cette relation épistolaire avec un prêtre aux connaissances théologiques exceptionnelles.

«Il y avait peu de religion, dans ces lettres.

— Pouvez-vous me les remettre, ma mère?

— Nous en parlerons demain. Vous êtes exténuée.»

Marie découvre sa cellule, encore plus petite qu'à Trois-Rivières et à Sept-Îles. Elle se couche et a du mal à dormir, voyant de vilains oiseaux au-dessus de sa tête. À son réveil, elle se sent perdue dans ce lieu inconnu. Elle suit les autres. Le chapelain, qui a au moins soixante-quinze ans, célèbre la messe avec une voix de crécelle. Le petit-déjeuner, frugal, est avalé lentement, au son du timbre monocorde d'une lectrice ignorant que les virgules doivent marquer une pause. Ce n'est qu'après la période de prières suivantes que les religieuses peuvent faire connaissance avec la nouvelle à la forte réputation. Sœur Marie-Aimée-de-Jésus rencontre avec joie l'enseignante qui s'est occupée de l'activité avec les grands-parents pour ce pensionnat. Il ne lui manque maintenant que deux résultats afin de mettre en place ces textes et de les proposer à un éditeur. Cependant, Marie n'ignore pas qu'il faudra remettre cette tâche à plus tard, car il y a du travail plus urgent afin de préparer la rentrée scolaire.

Elle doit rencontrer et évaluer les enseignantes, discuter de leurs méthodes pédagogiques, suggérer des améliorations. Le travail de bureau se fait dans un silence rigoureux. La supérieure a un visage glacial. Marie sait qu'il vaut mieux attendre avant de lui reparler de cette correspondance avec Charles Gervais. Le temps qu'il faudra pour qu'elles se connaissent et s'apprécient. Sans être aussi froide, la révérende de Sept-Îles avait gardé ses distances au cours des premiers mois. Cependant, la femme la déjoue en déposant sèchement le livre des règles de la communauté sur son bureau. Le même qu'ailleurs, il va de soi, mais même à Trois-Rivières, il y avait des petites désobéissances sans trop de gravité et chacune fermait les yeux en esquissant un sourire timide.

Interdiction de sortir sans autorisation et sans accompagnatrice. Même chose à Sept-Îles, mais parce que Marie avait un poste dans le bureau de direction, elle se le permettait après avoir expliqué à sa supérieure les buts de chaque sortie. Il semble que ce sera plus rigide à Roberval. Pendant deux semaines, Marie se lève avant tout le monde afin de commencer à travailler. Certaines enseignantes ne paraissent pas contentes de la voir s'infiltrer dans leur routine. Soudain, elle a l'impression de se retrouver dans un couvent du dix-neuvième siècle.

«Je sais ce que j'ai à faire, ma sœur. Mes méthodes ont toujours réussi. Rien ne m'oblige à vous obéir.

— Non, mais il y a toujours moyen de faire mieux et…

— Je garde ce qui a fait ma réputation de bonne enseignante. »

Cette religieuse, parlant comme une expérimentée de la première heure, doit à peine avoir trente ans. Elle tourne les talons sans saluer Marie, secouée par tant de froideur. Dans ce climat quelque peu austère, sœur Marie-Aimée-de-Jésus accomplit ses tâches administratives avec l'impression de devenir elle-même plus rigide. «Les jeunes sœurs sont ravissantes et enjouées. Les plus âgées touchantes et gentilles. Je me situe entre les deux, avec mes quarante-quatre ans, adoptant le style traditionnel de la nonne canadienne-française : pâle avec un visage sans émotions. Qu'est-ce que dirait Charles s'il me voyait ? Pire que tout, je n'ai même pas droit aux sourires des petites et au charme des adolescentes. Je suis devenue une sœur de bureau. »

* * *

Marie entretient de bonnes relations avec les deux enseignantes des classes d'histoire. Elles parlent du sujet, selon les propos du manuel obligatoire, qu'elles connaissent par cœur. Marie leur recommande de lire entre les lignes et de mettre un peu du leur dans ces leçons, mais le duo ne sait pas trop ce que cela signifie. «Et dire que je pourrais faire aimer l'histoire à ces jeunes, alors que… Oh ! pardonnez-moi, Tout-Puissant, pour cette pensée qui ne m'honore point. » La pédagogue leur suggère des lectures enrichissantes, proposant un point de vue plus profond sur le passé du Canada et des civilisations européennes. «Mais, sœur Marie-Aimée-de-Jésus, nous enseignons à des enfants…» Les deux religieuses se regardent, estomaquées, quand l'autre leur répond que les enfants se montrent très souvent intelligents et curieux.

La révérende mère du couvent de Trois-Rivières n'a jamais su que Marie révélait à ses élèves certaines questions de l'examen final, ayant à peine effleuré le sujet au cours de l'année scolaire, le jugeant futile ou parce qu'elle avait ouvert une parenthèse trop longue. «Cette histoire est si bête! Celle que l'on nous cache recèle des montagnes de réalités palpitantes et de sentiments.» Depuis longtemps, Marie rêve de réécrire ce manuel scolaire, en se servant de documents témoignages des époques, en accordant une plus grande place aux femmes, au petit peuple. «Ce n'est pas le temps… Personne n'en voudrait.» Seul Charles a eu droit à des pages entières d'idées et d'exemples.

Cependant, un pas dans la bonne direction arrive avec les derniers rapports des réunions des élèves avec les grands-parents. Voilà l'histoire qui prend vie grâce aux paroles des anciens. Une élève du pensionnat de Sherbrooke a colligé mot pour mot les propos de son grand-père, ancien bûcheron: *On mangeait du ragoût de poche. Ça, c'était du ragoût fait d'avance en ville pis qui arrivait au* camp' *gelé dans des poches. C'était mis dehors dans le banc de neige, proche de la cambuse. Le* cook *découpait ça avec une hache pis il faisait bouillir le bloc. Ça goûtait plus la poche que le ragoût.* Quel charme! Une grand-mère fait frémir Marie avec une recette de remède à base d'urine de vache, de crotte de cheval, de moutarde, *pis j'ajoutais du vinaigre, pour que ça ait meilleur goût.* Ces élèves, sans le savoir, viennent d'écrire des textes aussi importants que le furent ceux d'Édouard-Zotique Massicotte, présentés il y a maintenant longtemps, et qui révélaient la vie au cœur du dix-neuvième siècle. Marie verrait très bien, dans son manuel d'histoire, les témoignages des anciens bûcherons, charretiers et de toutes ces mères de famille. *En enlevant un peu de missionnaires, on aurait de la place pour les vraies gens, qui ont aussi bâti ce beau pays. Apprendre l'histoire deviendrait drôle, alors que pour la plupart des élèves, c'est une corvée parce que trop de sœurs et de frères font apprendre par cœur ces textes de propagande. Vous me pardonnerez ce petit moment de vantardise, monsieur Gervais, mais mes élèves ne se sont jamais embêtées dans mes classes. J'en ai rencontré plusieurs, devenues mères, qui se souvenaient avec une étonnante précision de mes parenthèses, de mes gestes enthousiastes, de mes mimiques et de toutes les connaissances historiques s'y rattachant. Voilà la fierté de ma vie.*

* * *

Dès décembre, le manuscrit est prêt. Voilà un peu plus d'une centaine de pages de témoignages regroupés selon des thèmes : le travail, la famille, les saisons, les pratiques religieuses, les fêtes, l'agriculture, la vie urbaine, les loisirs et les amusements, les transports, etc. Quel beau document venant de la bouche des vieillards, avec leurs paroles recueillies avec amour par des adolescentes. Ce projet, qui a semé tant de bonnes graines dans tous les pensionnats de la congrégation, tire même un sourire du visage austère de la révérende mère, qui accorde à Marie l'autorisation de se rendre à Montréal pour présenter le manuscrit aux Éditions Fides, toujours intéressées par les écrits provenant du clergé de la province.

Immédiatement après s'être installée sur un banc du wagon de train, sœur Marie-Aimée-de-Jésus se presse de sortir sa tablette de papier afin d'écrire à Charles pour lui expliquer son silence. Elle se dit pourtant persuadée qu'il a très bien deviné ce qui s'est passé, mais la religieuse doit exprimer la situation avec ses mots, ses sentiments. Après trente minutes, elle chiffonne le papier et recommence aussitôt.

En descendant à la gare de Québec, Marie cherche vite un comptoir pour acheter un timbre et une enveloppe. La boîte aux lettres engloutit avec rapidité cet envoi. Installée dans un autre train en direction de Montréal, elle se met tout de suite à l'œuvre pour un second message, cette fois sur des aspects spirituels qui la tenaillent. « Monsieur Gervais m'a si souvent aidée dans cette sphère de ma vie. Il est toujours *mon* chapelain », se dit-elle, en prenant une courte pause, avant de poursuivre : *La lumière de Dieu m'éclaire tout le temps dans mes tâches, mais son rayonnement a peine à entrer dans ce lieu étouffant où notre communauté m'a assignée. Il était de mise au cours de ma vingtaine, mais je sais que le monde change, pendant que nous restons figés dans un passé archaïque. Comment rejoindre la population avec notre foi, si nous demeurons si éloignés d'elle ? Je voudrais renouveler le monde de l'éducation, les manuels d'histoire et notre religion, mais je ne fais pas le poids devant cette hiérarchie perchée dans une tourelle d'un château doré. Je sais qu'on a souvent montré des largesses à mon endroit, à cause des réussites de mes élèves et de mes idées sur la pédagogie, mais depuis que j'œuvre à Roberval, j'ai l'impression de régresser. J'ai tant besoin de vos conseils pour trouver le courage nécessaire à poursuivre ma route grâce à l'amour du Tout-Puissant. Le chapelain de notre couvent ressemble à un fonctionnaire de la foi et je ne puis ouvrir mon cœur à un tel homme. Il n'y a que vous, dans ma vie.*

Voilà Montréal. Une religieuse et le chapelain du couvent de la métropole attendent Marie. Il y a la fatigue de la journée, sans doute un peu de faim… « Avez-vous assisté à la messe, avant votre départ ? » Marie hoche la tête, ajoutant que le train est parti du Lac-Saint-Jean à sept heures quinze. Elle montre son chapelet, dans le creux de sa main. Dans la cellule mise à sa disposition, la religieuse écrit une troisième lettre à Charles, mais ne peut la terminer, remplie d'une mélancolie la faisant éclater en sanglots. *Je voudrais être un homme pour servir Dieu! Je serais un frère des Écoles chrétiennes, un curé de campagne, mais je pourrais marcher où bon me semble, je cesserais d'être toujours attendue et surveillée. Oh, je sais… Vous avez aussi vos chaînes, mais, en toute sincérité, avouez qu'elles semblent moins lourdes que celles attachées aux pieds des femmes depuis si longtemps.* Mauvais! Larmoyant! Déchire le papier, Marie… Autres pleurs! Cinq heures: lever. Messe. Petit-déjeuner et adresse à la distinguée invitée.

Sœur Marie-Aimée-de-Jésus se présente au rendez-vous à l'heure convenue. Elle a prié pour que son abandon des petits romans historiques destinés à la jeunesse ait été oublié par cet éditeur, qui lui en avait voulu à ce moment-là. Les jeunes filles ayant préparé ces textes seraient les victimes de la vengeance de Fides. Marie présente le manuscrit, évoque les circonstances ayant mené à sa création. Elle a pourtant déjà expliqué tout cela par lettre. «Avec tant de gens impliqués, vous avez l'assurance de beaucoup d'achats, sans oublier toutes les bibliothèques de la province, autant les civiles que les religieuses. Qui refusera d'encourager une saine jeunesse? Ce manuscrit, monsieur, devenu un livre attrayant, remportera un succès intéressant dont vous pourrez vous enorgueillir.» L'éditeur sent qu'il se frotte à une femme très confiante. En fin de compte, l'affaire est conclue, à condition que les textes rencontrent les politiques éditoriales de la maison. Sans doute que tout cela aurait pu se faire sans ce voyage et cette rencontre, mais la révérende mère du couvent de Roberval n'ignore pas que sa nouvelle collaboratrice semble malheureuse. Reconnaissant que Marie a accompli un travail impeccable en peu de temps, la supérieure a jugé que cette sortie ferait le plus grand bien à cette travailleuse infatigable.

À Québec, sœur Marie-Aimée-de-Jésus jette une autre lettre à la poste. Quelle tristesse de penser que tous ces envois demeureront sans réponse ! Dans son esprit, le doute valse avec la confiance. Oui, elle croit en la sincérité de l'amitié de Charles, mais parfois, elle pense que cet échange n'aura été qu'une parenthèse dans sa vie alors que, au contraire, ce silence dans leurs échanges ne sera qu'une parenthèse dans le chemin sans fin de leur amitié.

Morose, Marie rentre au couvent, mais elle retrouve vite des couleurs quand les élèves ayant participé au projet la regardent avec de grands yeux avides d'une information sur leur futur livre. « Sans doute que oui, mes enfants. Donnons une chance à l'aimable éditeur de lire le manuscrit. Tout bon travail devient inévitablement récompensé. Croyez que dès que j'aurai une confirmation, je vous la communiquerai. » Visages joyeux et excitation contenue qui se manifeste en sourires francs lors de la récréation.

« Voilà des élèves maintenant motivées à toujours étudier et à travailler fort parce qu'elles se sentent valorisées. La méthode est simplement au goût du jour. Jadis, une image sainte suffisait, ou un angelot collé sur la page couverture d'un cahier, et maintenant, elles vivent l'ère de la consommation. La récompense doit devenir plus grosse pour les satisfaire. Il faut de l'inédit. J'imagine leurs vantardises quand elles verront leurs noms dans le livre. Ce sera avant tout de la fierté. Il faut toujours se pencher sur celles à qui on s'adresse. Voilà le secret tout simple d'une pédagogie vivante qui ne peut se cantonner à la routine.

— C'est magnifique, sœur Marie-Aimée-de-Jésus. Plusieurs d'entre elles ont mis leur foi en Dieu, lors de votre absence, sans que personne ne le leur impose.

— Je vais leur demander qu'elles écrivent à leurs compagnes des autres pensionnats pour les informer des développements. Ce serait plus simple de passer par les religieuses coordonnatrices des soirées de rencontre, mais si nos élèves remplissent cette mission, elles communique-ront aussi leur bonheur et leur espoir aux jeunes filles des autres régions. J'ai le goût de raconter une fable, révérende mère. Il y a, en Abitibi, un village dont les habitants n'avaient plus aucune confiance en leur curé et qui négli-geaient leurs devoirs envers le Créateur. Lorsqu'un nouveau prêtre est arrivé, il a fait en sorte que tous soient revalorisés et, très rapidement, chacun et chacune a retrouvé le chemin de l'église. J'ajoute une seconde fable sur un prêtre de Trois-Rivières ayant fait en sorte que ses paroissiens, petits salariés, deviennent propriétaires de maisons qu'ils ont bâti ensemble. Cette approche est semblable à la mienne.

— Le curé Chamberland?

— Oui. Il faut que notre façon d'agir suive cette voie pour que toujours la confiance règne envers nous. La religion ne doit pas s'éloigner des gens. Elle doit devenir celle de l'espoir et non s'imposer comme celle de la crainte, sinon le peuple se tournera vers d'autres idoles à adorer, lesquelles seront sans fondement moral. »

L'exemple de Lac-Parent n'émeut pas la révérende mère. La religieuse n'ignore pas que l'amitié que porte sœur Marie-Aimée-de-Jésus pour ce curé est trop forte. Elle se garde bien de lui révéler que sa consœur de Sept-Îles a fait une erreur de jugement en laissant trop de liberté à Marie dans cet échange épistolaire. La femme lui a révélé que la pédagogue avait toujours une lettre à la main, qu'elle sortait plus de temps que prévu pour se rendre au bureau de poste. S'il n'avait été question que de spiritualité dans ces échanges, la situation aurait pu être tolérée, mais des attitudes de Marie laissaient croire que leur relation semblait trop personnelle. Alors, il ne faut pas que cela se reproduise à Roberval. La révérende mère doit aussi ne pas considérer Marie comme une religieuse d'exception et lui accorder trop de privilèges, car cela entraîne de la jalousie et même de la mesquinerie chez les autres. Dans cette communauté, toutes demeurent égales et doivent obéir à des règles. À chacune ses qualités et ses défauts. Si Marie excelle en pédagogie, d'autres sont des musiciennes prodigieuses, des grammairiennes accomplies. Elles ont autant d'importance que la plus humble jeune sœur.

« Vous avez passé du bon temps à Montréal ?

— Je me suis rendue dans la métropole pour rencontrer l'éditeur, ma sœur.

— Et se permettre ce que la règle interdit à toutes, sauf à vous ?

— Je… C'est horrible, une telle accusation ! »

Pour oublier ses soucis et son chagrin, Marie se lance tête première dans le travail en organisant les nouvelles rencontres avec les grands-parents, afin d'aborder des sujets qui formeront le cœur d'un second livre. Quand elle reçoit la confirmation de publication, en janvier 1956, certaines élèves oublient toute mesure et crient de joie, malgré l'obligation du silence au réfectoire. Les voilà privées du temps de parloir et de récréation pour leur faute.

Sœur Marie-Aimée-de-Jésus se demande pourquoi elle doit se rendre au lancement du livre en compagnie de sept premières de classe, alors que ce travail représente le fruit de toutes. «Toujours ces classements, cette hiérarchie que je combats sans cesse depuis si longtemps» se dit-elle, se rendant compte qu'il devient de plus en plus difficile, malgré le temps qui file, de changer une mentalité aussi ancrée dans des habitudes, malgré les timides ouvertures dont elle a été l'initiatrice, depuis une dizaine d'années. Tout de même, un tel projet aurait été impensable au cours de la décennie 1940.

C'était plaisant de voir le bonheur de ces privilégiées, de se perdre dans leurs sourires quand elles ont mis la main sur le livre la première fois. Pour couronner ce voyage princier à Montréal : une entrevue à la radio d'État. Même Marie a été impressionnée. Elle était loin de se douter que dans un hameau lointain de l'Abitibi, un prêtre écoutait dans le plus profond silence la voix de son amie, tout en gardant les mains jointes sur son chapelet. Saura-t-elle un jour qu'à la fin de l'émission, Charles Gervais a versé une larme ?

CHAPITRE 8

1957-1959

Charles croit que son affectation à ce hameau gaspésien de Ruisseau-Danseur est le résultat de son article sur l'importance de la participation laïque au message d'amour de Dieu par des voies populaires modernes. Pourtant, cet écrit avait été approuvé par les religieux responsables de la revue de liaison entre prêtres de différents diocèses. À la suite de son succès à Lac-Parent, il avait été question que l'ancien chapelain soit muté dans un quartier ouvrier de Valleyfield. Il ne s'attendait vraiment pas à se retrouver dans une paroisse de trois cents âmes située à une vingtaine de milles de la poudrière de Murdochville, ville minière au cœur d'une grève violente. Le voilà humainement isolé, dans un village géographiquement solitaire et au cœur d'une situation catastrophique où la population doit penser à manger, à se vêtir, à panser ses plaies, mais n'a surtout pas besoin d'un nouveau prêtre. La route est étroite et voit passer dans un sens les briseurs de grève engagés par le gouvernement et les patrouilles de policiers, alors que dans l'autre sens roule à toute vitesse la jeunesse pressée d'atteindre Gaspé pour se rendre au cinéma ou pour danser au son des disques d'Elvis Presley.

Ce n'est sûrement pas le bon moment pour mettre sur pied un journal ou une équipe de baseball. En réalité, Charles n'a plus beaucoup de goût pour quoi que ce soit depuis la cessation de sa correspondance avec Marie. Les quelques lettres que la religieuse a réussi miraculeusement à lui envoyer lui ont surtout fait réaliser le fossé existant

entre leurs deux situations. Voilà une religieuse très intelligente poursuivant des œuvres d'éducation avec brio, alors
qu'il est un prêtre lui empruntant ses idées et que l'épiscopat
envoie là où jamais il ne pourra faire éclairer les lumières
de ses savoirs religieux. Elle n'a pas besoin de lui. Souvent,
l'homme se demande s'il a réussi à rendre sa foi plus
sincère. Elle était déjà tiède à Trois-Rivières.

Cette belle époque trifluvienne ! Trop souvent, il
entend la voix de ce pauvre Léo Vaillancourt, tant amusé
par son rôle de messager. Le visage radieux de sœur
Marie-Aimée-de-Jésus, ses sourires engageants, ses
envolées doucement colériques… Il revoit aussi la ville.
La rue des Forges pleine de jeunes gens un peu criards,
la grande Exposition agricole, l'équipe de baseball.
Quand il se rendait à Amos ou à Rouyn-Noranda avec
les Parfaits, Charles se sentait heureux de marcher dans
les rues. Ses paroissiens voyaient facilement qu'il était
un homme de la ville.

« J'sais pas pourquoi on nous envoie un aut' curé. C'est
vrai que l'autre s'est vite découragé. Il prenait un coup, le
saint homme ! Je ne m'en cacherai pas : c'était un maudit
baveux, prêt à tout pour défendre son Duplessis. On a
surtout besoin d'argent, de nourriture et, pas un gars ne
s'en cachera, on a besoin de femmes. J'suis ici parce que
ma femme m'y oblige parce que sans ça, elle va me priver
du seul loisir qu'il nous reste dans cet ostie de trou perdu !
Envoyez, nouveau curé ! Confessez-moé ! » Quel défi…
Surtout que ces paroles radicales sont dites au confessionnal par nul autre que le maire du village.

Charles se souvient de ses agréables promenades le
long de la route, en Abitibi. Ce paysage sauvage si beau !
Il y trouvait la paix pour lire son bréviaire. Il croisait
souvent un adolescent à bicyclette, avec sa canne à

pêche, qui le saluait avec courtoisie et lui montrait ses poissons. À Ruisseau-Danseur, il n'y a que des moustiques et cet aura de fatalité au-dessus de la tête de tout le monde. Ce jour-là, le prêtre cherche le ruisseau qui a donné un aussi joli nom au village. Ne le trouvant pas, un citoyen lui apprend que ledit ruisseau est à sec depuis une trentaine d'années et que la nature l'a recouvert. Symboliquement, Charles reçoit un autre soufflet.

« Qu'est-ce que je fais ici ? Servir Dieu ? Pour quelques femmes embourbées dans leurs prières radiophoniques à répétition ? Pour des hommes en grève dont la plus grande ambition consiste à se rendre à Gaspé chaque samedi soir pour boire de la bière dans une taverne ou regarder le hockey à la télévision ? L'évêque m'a dit que j'étais expert pour relever les paroisses guettées par le diable. Je lui ai pourtant fait remarquer que je ne l'ai fait qu'à une seule occasion, et cela, en suivant les théories pédagogiques de sœur Marie-Aimée-de-Jésus. La seule fois où j'ai pris la plume pour écrire un article poli sur la démocratisation de la foi, ces messieurs pourpres m'envoient prêcher dans un baril de dynamite. Ça donne le goût de jeter ma soutane et de me faire mendiant. Au moins, je verrais le vrai visage de ma religion par la générosité de mes frères et sœurs. »

Charles rentre et pleure dans le froid de son presbytère, qui n'a pas vu un coup de pinceau depuis fort longtemps. « Comment a réagi sœur Marie-Aimée-de-Jésus devant les difficultés du couvent de Roberval ? Au moins, elle se trouve au chaud. Elle possède une admirable vitalité d'esprit pour s'adapter à tout. Moi, je ne suis qu'un séminariste prolongé, un dévoreur de bouquins. Et de livres moyenâgeux ! Comme j'ai de sombres pensées… Je devrais prier, au lieu de me plaindre. Si je pouvais recevoir une lettre de mon amie, une seule ! J'aurais alors plus de courage pour affronter cette grisaille. L'homme a tant besoin d'une femme, dans de pareils moments. »

* * *

Marie reçoit la revue avec l'article de Charles dix mois après sa parution. Elle était cachée au fond d'une boîte de dons destinée à la bibliothèque du pensionnat. En premier lieu, la religieuse ignorait que son ami avait signé un texte dans cette publication. Cependant, elle se souvenait de son intention d'écrire quelques réflexions sur son expérience. Marie a demandé à la bibliothécaire de lui prêter la revue, avec la promesse de la remettre dès le lendemain. Enfin seule face à ce flot de mots, son cœur a fait des bonds, comme si la femme retrouvait enfin celui dont elle s'ennuie tant. Elle a renoué avec le beau style concis, les mots choisis avec soin, puis toutes ces pensées partagées. La religieuse a eu l'impression qu'il lui parlait. Quelques jours plus tard, Marie a songé que de tels propos, souvent approuvés par beaucoup de prêtres de la province, étaient peut-être aptes à déplaire à l'épiscopat et à ses hommes d'un conservatisme affligeant. Par conséquent, Marie a eu l'idée de consulter les annuaires ecclésiastiques, et c'est ainsi qu'elle a appris que son ami avait hérité d'une cure en Gaspésie. Pas celle des pêcheurs, déjà pauvres, mais celle des mineurs de l'arrière-pays. « Mais c'est tout près du lieu de cette grève terrifiante ! Je dois absolument lui écrire ! Coûte que coûte ! » Pas une mince affaire… Tout courrier envoyé par la religieuse doit être approuvé par la supérieure, qui a même rechigné un peu parce que Marie avait écrit à deux de ses frères en un seul mois, alors qu'une seule lettre pour le duo aurait été suffisante. Elle a déjà tenté d'approcher l'homme à tout faire du couvent, mais n'est pas Léo Vaillancourt qui veut. Le chapelain ? Fidèle à sa tâche, un point c'est tout. La seule solution consiste à trouver une mission à l'extérieur, d'écrire la lettre et de déposer discrètement l'enveloppe dans une boîte.

Alors, Marie se sert des lettres des maîtresses d'école qu'elle reçoit de temps à autres. Organiser une conférence pour les enseignantes rurales lui semble une bonne idée, mais la révérende mère l'assure que répondre à ces envois suffira. L'idée de se proposer comme accompagnatrice d'une autre sœur est exclue, car la supérieure a déjà assigné des religieuses particulières pour cette tâche et a eu écho de bavardages contre les faveurs de voyage octroyées à cette « snob » de Sept-Îles. « Et elle se vante que notre communauté n'est pas cloîtrée ! »

La lettre brûlante de questions a été écrite depuis longtemps, bien qu'elle ait connu quatre versions différentes. *Vous êtes un homme de valeur pour notre religion et, pardonnez ma franchise, nos évêques ne sont guère éclairés à votre sujet. Je dirais même que monseigneur du diocèse de Trois-Rivières n'a pas pris une bonne décision quand il vous a nommé chapelain du couvent de notre communauté. Bien sûr, cela m'a permis de vous voir souvent et de vous parler, mais vous auriez été plus utile comme professeur de théologie dans un grand séminaire. Les intellectuels font peur, dans la province de Québec. Ils sont respectés en France, dans beaucoup d'autres pays, alors qu'ici, ils deviennent sujets de méfiance.* Marie demande à Charles de garder confiance en Dieu et l'assure qu'elle prie chaque jour pour qu'il affronte cette cure difficile avec sagesse. La religieuse a peu de nouvelles d'elle-même à donner. *Je fais ce qu'on me demande. Tout me semble cependant plus lent et morose qu'à Sept-Îles. Certaines religieuses semblent me mépriser en douce. C'est difficile pour mon moral… En demeurant obéissante, je sais qu'on me récompensera en m'envoyant ailleurs.*

Sœur Marie-Aimée-de-Jésus pense beaucoup au texte de son ami. Il s'agissait d'un bilan de son action à Lac-Parent.

Quant à ses propres réflexions des dernières années, elles ne sont que des prolongements ou de légères modifications de son guide pédagogique publié au cours de la décennie 1940. Heureusement, depuis quelques années, ses supérieures lui ont toujours laissé lire des études pédagogiques de différentes sources et, depuis trois ans, celles signées par des penseurs protestants. Marie a toujours assuré que toute bonne idée pouvait être adaptée au catholicisme. Depuis longtemps, elle pense qu'une réforme en profondeur des matières scolaires serait nécessaire à mesure que la société change. *Tout bouge et nous demeurons en place, les pieds dans le ciment. Dans beaucoup de matières scolaires, nous sommes encore en 1900, alors que les jeunes vivent en croquant dans leur époque. Vous savez ce que je pense de nos piètres manuels d'histoire, cher ami. Je suis heureuse de constater que, dans votre article, nous partageons beaucoup de points communs sur la société et le rôle actif que notre religion doit y tenir. J'ai pensé vous imiter en suggérant noir sur blanc ces changements, mais nos évêques m'enverraient dans le Grand Nord. Je devrais le faire pour moi-même. Cela sera utile un jour.* Trois jours plus tard, la révérende mère trouve sa religieuse préoccupée. Sentant un peu de compassion, Marie ose lui confier ces dernières réflexions.

« Pourtant, les enfants sont instruits plus longtemps, sœur Marie-Aimée-de-Jésus.

— En effet, mais pas de meilleure façon. Une élève de 1915 qui fréquenterait l'école aussi longtemps qu'une fillette d'aujourd'hui serait au même point, à sa sortie. Il y a plus d'inscriptions dans nos Écoles normales, à cause de la loi de l'obligation de fréquentation scolaire, mais les élèves apprennent la même chose que leurs mères.

— La grammaire sera toujours la grammaire, deux et deux feront toujours quatre.

— Je ne veux pas changer la grammaire, mais faire en sorte qu'elle soit plus intéressante. En le devenant, elle sera comprise avec plus d'efficacité par les jeunes. C'est là le rôle de l'enseignante, mais aussi de ceux qui conçoivent les manuels scolaires.

— Vous avez pourtant introduit de nouvelles méthodes, il y a quelques années, approuvées par notre épiscopat.

— Elles ont été appliquées par seulement vingt pour cent du personnel enseignant religieux et, pour être franche, mes réformes ont aujourd'hui quelques aspects désuets, car je m'adressais à des personnes de la décennie 1940, alors que nous approchons des années 1960. Dans la province de Québec, beaucoup de choses ont changé, en vingt ans. Sauf l'éducation. Accordez-moi la permission d'écrire un article sur cette situation, ma mère.

— Avec droit de regard.

— Faites-moi confiance. C'est bel et bien pour améliorer la pédagogie que j'ai été assignée ici. Aussi pour être plus près des autres couvents qui auraient besoin de mes services.

— Je ne suis pas rétrograde, sœur Marie-Aimée-de-Jésus. Vous travaillez avec dévouement et plusieurs de nos élèves ont amélioré leurs résultats. Je vous donne la permission d'écrire cet article, mais je ne serais pas sage de ne point le regarder avant de penser à une publication.»

Marie se retire avec humilité, tout en pensant: «Hmmmph! Pas rétrograde!», s'amusant tant de cette remarque qu'elle se cogne contre un homme.

«Qui êtes-vous? Que faites-vous ici?

— Je suis le peintre engagé pour aider votre employé, ma sœur. Je m'excuse pour ma maladresse.

— Ah oui… Le peintre… »

Elle le regarde si étrangement qu'il fronce les sourcils. « Il doit croire que je suis folle. Pas tout à fait… À peine têtue ! » Il ne fallait que cette anecdote pour faire entrer la religieuse à toute vitesse dans sa cellule et se donner beaucoup de mal à coincer un missel entre le mur et le calorifère, s'assurant qu'elle ne puisse le rejoindre avec ses mains. Le pourra-t-il ? Certes ! Après une insistance de la part de Marie.

« Je ne peux pas, ma sœur.

— Pourquoi ?

— On m'a ordonné d'accomplir mon travail, de regarder devant moi. Je ne suis même pas autorisé à vous parler.

— Vous ne me parlez pas. Vous chuchotez et c'est agaçant. Est-ce que je chuchote, moi ? Ne faites pas l'enfant et rendez-moi ce petit service. Ça ne prendra que quelques minutes. »

Et c'est ainsi que la lettre destinée à Charles, cachée depuis deux mois, trouve une main charitable pour être déposée dans une boîte. Marie, les jours suivants, prouve sans cesse sa reconnaissance au jeune peintre par quelques sourires radieux, ceux qu'elle réservait au chapelain du couvent de Trois-Rivières, au cours de sa vingtaine.

* * *

« Enfin une lettre de ma chère amie ! J'ai tant besoin de ses bons mots ! » Cette exclamation, tellement inattendue, sidère la veuve qui s'occupe du bureau de poste du village de Ruisseau-Danseur. Le prêtre marche toutes jambes devant, ne quittant pas des yeux l'enveloppe tenue serrée entre ses mains nerveuses, craignant de l'échapper dans la boue. Malgré cet empressement, il la dépose sur le bois de son bureau et l'ignore, prenant son temps pour faire bouillir l'eau et préparer un café, comme si la lecture allait devenir meilleure grâce à cette boisson.

Le prêtre se délecte de tous les mots si bien choisis et réconfortants. Parfois, il lit la même phrase trois fois de suite, puis sourit de satisfaction. Il devine que sœur Marie-Aimée-de-Jésus a dû rencontrer beaucoup de difficultés pour réussir à lui faire parvenir cette lettre de sept pages, écrite en petits caractères, recto verso. Elle mentionne toutes ces lettres rédigées lors de son voyage à Montréal, il y a déjà longtemps. L'homme ne les a jamais vues! Où sont-elles? Peut-être que son successeur à Lac-Parent les a en sa possession. Il se promet d'enquêter, nerveux en pensant à tout ce qu'il n'a pu lire. À la fin de ce délice, Charles plie délicatement les feuilles, indique la date de réception sur l'enveloppe et la place dans la plus récente boîte du courrier de Marie. L'homme a lu ses lettres si souvent qu'il les connaît par cœur. Cherchant une pensée précise de la religieuse, il sait quelle boîte consulter. «Quelle tristesse que ces interdictions sévères! À quoi pensent nos supérieurs? Sœur Marie-Aimée-de-Jésus est ma meilleure amie et ne m'a jamais écrit rien de répréhensible. Nous parlons de Dieu, échangeons des idées, évoquons nos tâches quotidiennes.»

Charles se sent bercé par une grande paix. Il ferme les yeux et le visage de Marie lui apparaît. L'homme aimerait posséder le don de dessiner afin d'illustrer son sourire, ses yeux pétillants. Ceux de sa jeunesse. «Je suis certain qu'elle est demeurée agréable à regarder, malgré sa quarantaine», se dit-il, en bourrant la cuve de sa pipe. Aussitôt allumée, il la délaisse pour se rendre à l'église. Il s'agenouille, joint les mains et remercie le Tout-Puissant pour cette belle lettre. Le lendemain, le prêtre célèbre la messe pour deux paroissiennes qui notent rapidement que leur pasteur semble avoir l'esprit absent. « Deux personnes ! Ridicule ! Cette grève sauvage et la pauvreté qu'elle a entraînée a fait perdre la foi à plus d'un. » Charles en perd le souffle, échappe la clef de la porte de son presbytère et fait nerveusement les cent pas, alertant la femme de ménage.

* * *

Charles se dépêche de cogner à la porte de la maison du maire pour lui communiquer une idée :

« Nous allons écrire à la Chambre de Commerce de Gaspé pour tenter d'attirer ici une industrie, une manufacture, un atelier.

— Qu'est-ce que vous me racontez là, curé ? Faire une telle chose serait donner raison au patronnat de la mine et à la police de Duplessis, ainsi qu'aux *scabs* qui nous enlèvent le pain de la bouche. Et puis, le commerce de Gaspé ne fonctionne que pendant la saison touristique. Le reste de l'année, ce n'est pas la mer à boire. Il n'y a pas d'autres industries en Gaspésie que la pêche et les Montréalais qui viennent en auto pour photographier des pauvres.

— Monsieur le maire, vous êtes de mauvaise foi. Quand on ne bouge pas le petit doigt, vous pouvez être assuré qu'il se passera moins que rien.

— Ne vous mêlez pas de nos affaires.

— Ce qui se passe ici est autant de mes affaires que les vôtres. Des épreuves, j'en ai vécues en Abitibi et je les ai surmontées pour le bien de tous mes paroissiens. Il ne faut jamais baisser les bras.

— Vous parlez dans les nuages. Écrivez tant que vous voudrez. Ils vont vous rire en pleine face. Personne à Gaspé ne veut se frotter aux *bums* de Murdochville. »

Au fond, Charles sait que ce maire retors a raison. À la fin des années 1940, le prêtre s'était intéressé à la grève de l'amiante à Asbestos et, comme beaucoup d'autres hommes de Dieu, il s'était senti scandalisé de l'attitude du gouvernement de Maurice Duplessis dans cette affaire. Ses paroissiens de Lac-Parent avaient souscrit avec générosité aux quêtes pour aider les familles des grévistes. La même attitude déplorable, avec encore plus de violence, a été de mise à Murdochville, dans une région déjà beaucoup plus misérable que celle d'Asbestos. Pire que tout, des vivres ont été livrées à Murdochville même, sans s'arrêter à Ruisseau-Danseur. Charles se frotte chaque jour au désarroi des hommes, à la désaffection de la jeunesse du village, ne pensant qu'à s'exiler dans une grande ville, Montréal de préférence.

Au cours de cette soirée, le prêtre prépare sa valise, décidé à remuer mers et monde à Gaspé pour qu'on vienne en aide à ses paroissiens. Il profitera de ce voyage pour chercher des conseils chez les curés de la ville, habitués à la mentalité gaspésienne. Il rencontrera la direction de la Chambre de Commerce et demandera la liste des petites entreprises à qui il écrira pour leur vanter les travailleurs et l'emplacement de Ruisseau-Danseur. Avant tout, cette démarche servira à prouver à ses fidèles qu'il se préoccupe d'eux. Quatre jours plus tard, il revient au village, rentre chez lui et prend une décision étonnante.

Une paroissienne monte les marches de l'église alors que Charles descend, faisant voler la clef du lieu d'une main à l'autre.

« L'église fermée ! Ça n'a pas de bon sens, monsieur le curé !

— Pourquoi ?

— Je devais faire mes dévotions et…

— Vous n'avez pas besoin d'une église pour prier, madame. Dieu entend toutes les prières, qu'elles lui soient offertes dans un salon, une grange, en automobile ou dans une église. Je vous invite à passer au presbytère. Je vais vous en parler, moi, de vos dévotions.

— Vous… Vous êtes fâché, monsieur le curé ?

— Vous répétez comme un perroquet les prières du petit catéchisme sans que votre cœur ne s'ouvre au Divin. Si vous tenez à le savoir, j'y ai bien réfléchi et l'église va demeurer fermée.

— Quoi ? Vous ne pouvez faire une telle chose ! »

* * *

Pour sœur Marie-Aimée-de-Jésus, l'accès au monde extérieur demeure aussi difficile à Roberval qu'à Trois-Rivières. Par quel miracle a-t-elle entendu parler de la grève de Murdochville ? Son poste dans le bureau de direction ne lui donne même pas les légers privilèges qui lui rendaient la vie si agréable à Sept-Îles. Notamment, les journaux consultés librement là-bas doivent maintenant être contrôlés par la supérieure, qui rappelle souvent que le but premier des religieuses consiste à prier et à servir Dieu par la voie de l'éducation des enfants. Dans un moment fantaisiste, Marie a demandé à la révérende mère si l'achat d'un téléviseur figurait dans ses projets. « La plupart des élèves l'écoutent, au cours de l'été, et reviennent ici en septembre avec des connaissances que vous auriez eu peine à imaginer il y a dix ans » avait-elle expliqué à la femme. Illusion ! C'est à peine si les sœurs disposent d'un appareil de radio, dont l'écoute se trouve sévèrement contrôlée.

En douce, certaines élèves se plaignent de l'univers clos qui devient le leur de septembre à juin. Jadis, elles auraient gardé ces pensées pour elles-mêmes. Les premières récréations de la rentrée voient les étudiantes, grandes et petites, piaffer sans cesse sur le cinéma hollywoodien, la musique du palmarès, la mode, mais aussi sur tout ce qui se passe en Europe ou aux États-Unis. C'est par l'entremise d'une normalienne que Marie apprend qu'un curé d'un minuscule village gaspésien a fermé son église. La religieuse a relevé le sourcil, avant de poser des questions à l'adolescente. « Ils en ont parlé tout l'été, ma sœur. À la radio, à la télé, dans les journaux. Ils se sont rendus filmer là-bas. Il célèbre la messe le long de la route et confesse les gens dans la cuisine de son presbytère. Il prétend que la compagnie minière a jeté ses paroissiens à la rue et que c'est maintenant là que tout doit se faire. Il craint que le village ne soit abandonné par sa population. Alors, il fait ça pour attirer l'attention et espère que des hommes d'affaires vont établir une manufacture dans son village, pour que les pères de famille puissent travailler. »

Marie, très inquiète, se demande quelles sont les véritables motivations derrière tout ça. Elle trouve ce geste symbolique très protestataire. Pourtant, quand elle y réfléchit bien, la religieuse constate qu'il y a une certaine logique avec les propos de l'article de Charles. Elle craint que son ami écope, certaine qu'il sera réprimandé et muté loin, très loin. Cherche-t-il à se rapprocher de ses paroissiens ? Tant de questions lui brûlent l'esprit !

À Ruisseau-Danseur, la population s'accommode avec humour de cette situation. De ce fait, Charles n'a jamais vu tant de gens à la messe. Il y a même des personnes de la côte qui voyagent jusqu'au village pour assister à cette messe, où passe un camion près du desservant.

« La foi renaît et...

— Mais l'automne est là, curé.

— Vous n'aurez qu'à porter un chandail, monsieur le maire. Je disais que la foi renaît et vous redonne le courage que vous aviez perdu. Ce n'est pas un reproche que je vous fais, considérant les humiliations terrifiantes que vous avez subies à la mine, sans oublier les inquiétudes et les souffrances des mères et des enfants demeurés ici, qui vous voyaient partir sans savoir si la police de Maurice Duplessis n'allait pas vous molester. Notez avant tout, cher maire, que le bon peuple de la province, avec l'aide de ses prêtres, s'est montré généreux envers tous les grévistes d'Asbestos, de Louiseville, de Murdochville. À la place de notre premier ministre, je cesserais ce jeu cruel, car il en sera à son tour victime dans un proche avenir et l'histoire le jugera sévèrement. C'est la nouvelle Église, celle de la sincérité, du cœur. Un jour, les autorités cléricales, qu'elles soient du Canada ou du Vatican, se rendront compte et adopteront des changements qui seront bénéfiques pour tout le monde. Nous n'en sommes pas là. Il y a une hiérarchie, dans notre religion, et le sommet se situe très loin de la base. Je vous parie que d'ici deux mois, une entreprise se sera établie ici, parce que les caméras de la télévision de Montréal sont venues filmer une messe.

— Parier, monsieur le curé ?

— Je vous gage cinq sous ! Ce n'est pas un gros péché. Si dans deux mois personne n'est venu, je vous donnerai cinq sous. Si le contraire arrive, je vous poursuivrai pour que vous rencontriez cette dette à mon endroit.

— Vous êtes un curé à la mode. Je m'excuse si je me suis montré impoli lors de votre arrivée.

— Vous aviez de plus graves soucis que de penser à me dérouler un tapis rouge.

— On dirait que vous parlez de tout ça au passé.

— Ça me surprendrait beaucoup qu'on me garde au village, après tout le bruit causé au cours de l'été. Pourtant, c'est dans le but de redresser une situation qu'on m'avait ordonné de venir. J'ai le sentiment que je vais voir du pays.

— Nous irons protester chez les évêques s'ils osent envoyer un curé *scab* à la place de notre bon Charles Gervais. »

Au début de l'hiver, Charles gagne son cinq sous grâce à l'annonce qu'un fabriquant de canots va s'installer à Ruisseau-Danseur. Quinze hommes seront engagés. Bien sûr, il ne s'agit pas de l'entière population masculine du village, mais ce premier pas sert d'encouragement à tous les autres. C'est à ce moment que le prêtre rouvre les portes de l'église. Pour les sermons, il en a subi quelques autres, après avoir ignoré quelques lettres de recommandations de l'épiscopat. Malgré l'attention portée à la situation, son exemple est jugé mauvais pour d'autres prêtres, car ce qu'il a fait demeure contraire au respect commandé aux autorités politiques de la province.

Le prêtre apporte la parole de Dieu aux êtres humains. Pour la lui communiquer, il doit se considérer aussi comme un être humain, à l'écoute des joies et peines de ses frères et sœurs. Un prêtre passif devient inutile à la religion. Les actions à envisager pour que la foi grandisse doivent devenir les reflets des réalités sociales d'un monde en changement perpétuel, sinon il ne peut y avoir échange et communication entre un pasteur et la population. Dieu a envoyé son fils sur Terre pour que sa Parole rejoigne davantage ses enfants. Jésus était un messager. N'a-t-il pas agi en turbulent en chassant les marchands du temple? Son action a cependant porté fruit. Là où des injustices sont commises, le prêtre doit demeurer debout et les affronter avec ses paroissiens. Pendant quelques mois, l'église de Ruisseau-Danseur en était une de vent, de pluie, de canicule et le peuple l'a davantage fréquentée.

C'en est trop! Ces pensées, en premier lieu une lettre destinée à sœur Marie-Aimée-de-Jésus, se sont retrouvées à la une du journal *Le Devoir*, offrant ainsi une réponse à une question posée par le directeur de cette publication. Voilà donc l'ancien chapelain en route vers un collège de Moncton, au Nouveau-Brunswick, où il sera assistant du bibliothécaire, c'est à dire que sa tâche principale consistera à replacer les volumes sur les étagères.

Charles avait oublié les règles pointilleuses des séminaires, surtout celle du silence. Pour entendre sans cesse parler des gens, il a été fort bien servi, ces dernières années. L'écho des voix de plusieurs de ses paroissiens de l'Abitibi le fait encore sourire. Il pense un peu moins à ceux de la Gaspésie. L'homme ne regrette cependant pas ce qu'il a fait, car les résultats ont été à la hauteur de l'objectif confié. Cependant, il sait que son passage là-bas, moins de deux années, n'aura été qu'une parenthèse dans sa vie.

Puni? Il ne sait trop! Sa tâche subalterne n'a rien d'humiliante. Servir les livres représente un noble travail. Dans sa cellule, Charles peut méditer et écrire. Il n'a pas à s'inquiéter pour un sermon ou une messe. Il se contente d'y assister. Les garçons de l'institution lui rappellent ceux du séminaire de Trois-Rivières, à la fin de la décennie 1930. Rien ne semble avoir changé. Pourtant, il sait que ces étudiants, eux, ne sont plus les mêmes. Discrètement, l'homme cherche à saisir ce qu'ils pensent, afin de comparer avec tout ce que sœur Marie-Aimée-de-Jésus lui a dit sur les filles des pensionnats de Roberval et de Sept-Îles. Difficile de tenir des enquêtes quand il est tenu loin de la cour de récréation.

En mai, Charles trouve quelques feuilles au milieu d'un livre. Une lettre d'amour! Hors les roucoulades innocentes, le garçon parle à sa belle de son désir de lire des véritables livres, *ceux que les abbés nous interdisent*. Il parle aussi de télévision et de musique rock and roll. *Les Soviétiques ont envoyé Spoutnik dans l'espace et mes professeurs me parlent encore du rigorisme de saint Thomas d'Acquin. J'ai hâte de sortir d'ici, afin de m'instruire.* Charles se sent un peu coupable d'avoir lu cette lettre, qui l'a pourtant informé de la nouvelle réalité de la jeunesse. Quand il retrouve l'auteur et tend le papier, le garçon rougit sans pouvoir s'arrêter.

«Bien sûr que je l'ai lue. La curiosité, vous savez…

— Pardonnez-moi, monsieur l'abbé. Je sais que le règlement interdit d'écrire des lettres personnelles.

— Vous me prenez pour un censeur et un délateur?

— C'est embarrassant, monsieur l'abbé.

— Pour moi, surtout.

— Je… Vous êtes nouveau ici?

— Je suis une ombre à la bibliothèque depuis sept mois.

— Il me semble pourtant que je vous ai déjà vu quelque part.

— Sans doute dans votre téléviseur. J'ai mené un beau tapage dans un village gaspésien l'été dernier.

— Je ne sais pas. La province de Québec, vous savez…

— Je vais vous raconter.

— Pourriez-vous me redonner ma lettre, s'il vous plaît ? Et qu'il n'en soit plus question. »

Jamais un élève n'aurait osé dire une telle chose à un prêtre à l'époque du séminaire de Trois-Rivières ! Charles sourit, car il a maintenant la réponse à ses interrogations sur l'immobilisme de certaines institutions de la religion catholique. Il pense aussi que sœur Marie-Aimée-de-Jésus doit avoir constaté la même chose des dizaines de fois. S'il pouvait en discuter avec elle !

L'intervention du prêtre déchu auprès du garçon porte des fruits inattendus. Les séminaristes chuchotent entre eux que le gaillard placeur de livres est un rebelle à soutane qui a pris position en faveur des ouvriers de la mine de Murdochville et contre la conduite scandaleuse du premier ministre de la province de Québec qui engageait des briseurs de grève et envoyait la police pour user de violence contre la classe laborieuse. Charles, cependant, ne répond pas à leurs questions, avec un air de dire : « Attendez que je sois loin d'ici pour en parler. » Il se contente d'accomplir son travail et de méditer dans le calme de sa cellule.

Souvent, Charles se demande de quelle façon Marie a perçu cette aventure. Sait-elle qu'il n'est plus en Gaspésie ? Au fond, ce silence signifie sans doute que la religieuse l'a oublié. Cette sœur est une femme d'importance dans sa communauté, un penseur respecté dans le domaine de l'éducation, alors qu'il n'a été que curé de campagne et maintenant employé mineur d'un séminaire. L'homme espère que cette pensée soit fausse. Parfois, il a l'impression de se trouver dans une impasse dans sa foi. Trop de réflexions ! Une certaine lassitude… La religion représente une routine pour tant de gens.

Charles admire le second livre de témoignages de vieillards que les élèves des pensionnats des Sœurs de l'Adoration-du-Sacré-Cœur ont recueillis, sous la direction de Marie. Cette fois, quelques jeunes filles douées ont illustré le volume. Il n'ignore pas que ces deux ouvrages se vendent très bien. La religieuse doit les considérer avec la plus grande fierté. Il arrive à Charles de lire le roman de son amie avec une belle joie, mais aussi avec une certaine tristesse en pensant que cette magnifique fiction a été ignorée par le public.

Voilà les vacances estivales et la direction du séminaire assigne Charles à la reliure et à la réparation des livres endommagés. Le soir venu, il va se promener au centre-ville de Moncton en compagnie d'un confrère. Les deux hommes aiment regarder les enfants jouer dans les parcs. C'est lors d'une de ces occasions que Charles retrouve deux étudiants bouillonnant de questions à lui poser sur cette histoire de Ruisseau-Danseur. Depuis tous ces mois, le maire du village lui a écrit à deux occasions pour l'informer que la manufacture de canots emploie maintenant deux hommes de plus, ainsi que cinq jeunes filles. Avant, il n'y avait rien d'autre que le désespoir. À présent, le travail redonne de la dignité à tous ces gens et ravive l'espoir de ceux qui n'ont rien trouvé. Charles se sent fier de cet état de fait. Les séminaristes veulent savoir quels sont les « prochains plans d'action » du prêtre, comme s'ils s'adressaient à un général de l'armée. Cette rencontre le porte à réfléchir davantage sur le rôle actif que l'Église devrait tenir dans la société moderne.

Les deux prêtres terminent cette soirée dans un restaurant de quartier, avec son long comptoir et ses bancs à tourniquets. Une pointe de tarte et un café les ravivent. En feuilletant un journal, Charles a la surprise de voir sœur Marie-Aimée-de-Jésus. La voilà supérieure pédagogique de tous les pensionnats de sa communauté. Cette nouvelle ne surprend guère le prêtre. Elle est dans la logique de la démarche de Marie. C'est plutôt la photographie qui l'enchante. Inchangée ! Ce sourire… Peut-être que le visage est légèrement plus rond et que la photographie camoufle les signes normaux d'une femme approchant de la cinquantaine. Charles se presse d'acheter ce journal, afin d'étudier cette question de près.

De retour dans sa cellule, l'homme découpe délicatement la photographie. Il la compare avec celle qu'elle lui avait fait parvenir à l'époque de Sept-Îles. Il se permet d'utiliser le matériel de la bibliothèque pour plastifier le cliché du journal, afin de le protéger du jaunissement. Quelle grande nouvelle ! Avec une telle promotion, Marie n'aura plus à se frotter aux rigueurs du couvent de Roberval. Il devine qu'elle s'installera à Québec et disposera d'un grand bureau avec une secrétaire à son service. Peut-être que si Marie pense encore à lui, elle écrira. Est-elle heureuse ? Voilà si longtemps qu'elle n'a enseigné l'histoire aux enfants. Il aimerait tant la revoir. À quand date leur dernière rencontre ? Trop d'années ! Pourtant, il se souvient de tout. Des confessions jusqu'à cet humble repas à Sainte-Anne-de-Beaupré, de ses légères révoltes quand elle osait se rendre seule à sa maison de chapelain. Ses sourires, sa voix, ses gestes… Tout de suite, Charles prie pour que sœur Marie-Aimée-de-Jésus lui écrive. Et pourquoi pas pour une rencontre ? Une seule ! Il voudrait tant…

Un mois plus tard, Charles sent son cœur prêt à bondir hors de sa poitrine quand on lui tend une lettre. Décachetée… Des phrases entières ont été biffées au crayon gras. Il ne proteste pas, se souvenant que cette pratique existait quand il œuvrait au séminaire de Trois-Rivières. Ce qui reste l'enchante et il est en mesure de deviner les phrases interdites. Il voit parfaitement que Marie était entrée en conflit avec la supérieure du couvent de Roberval. Elle se dit heureuse de déménager dans une belle ville comme Québec, se demande si… Mais qu'a-t-elle pu écrire ?

« Il s'agit d'une religieuse fort aimable que j'ai connue lorsque j'œuvrais comme chapelain au couvent des Sœurs de l'Adoration-du-Sacré-Cœur à Trois-Rivières, au début des années 1940.

— Nous en avons entendu parler.

— Je… Comment, vous en avez entendu parler ?

— Ne posez pas de questions.

— Une seule : puis-je avoir l'autorisation de lui répondre ?

— Bien sûr, monsieur Gervais.

— Je vous remercie, mon père.

— Cependant, vous devrez soumettre ces écrits, avant leur envoi. C'est la règle.

— Je sais. »

Quelle ironie ! Alors qu'en Gaspésie il pouvait lui écrire, c'est elle qui en était empêchée. Maintenant : situation inverse ! Il n'y a pas de Léo Vaillancourt pour servir d'intermédiaire. Cependant, le religieux se dit certain que sœur Marie-Aimée-de-Jésus a deviné cette situation. Qu'écrire, sinon des généralités sur la santé, le travail et la foi ? Charles remercie le Seigneur qui a entendu ses prières : il va de nouveau pouvoir communiquer avec son amie. Plein d'optimisme, l'homme sort de sa coquille et commence à se montrer aimable envers ses semblables. Il n'avait guère parlé, jusqu'ici… Peut-être que dans une année, on lui confiera un poste de professeur de religion. Il aimerait s'occuper de la JEC du collège, de plus en plus abandonnée par les étudiants. Non, il ne demeurera pas longtemps le faire-valoir du bibliothécaire. Il est un prêtre d'action et un expert des Écritures. Il faut coûte que coûte qu'il redevienne important aux yeux de sœur Marie-Aimée-de-Jésus.

Deux mois plus tard, Charles est stupéfait de voir dans le journal *Le Devoir* un article signé par Marie, dans lequel elle fait en douce le procès du monde de l'éducation et suggère des avenues pour que cette sphère sociale soit plus au diapason de la réalité urbaine et moderne de la province de Québec. Elle désire que les études secondaires deviennent accessibles à tous les jeunes. Avec une certaine politesse, son procès fustige le statu quo, la formation incomplète des maîtres. La religion devrait devenir une matière scolaire et cesser de s'infiltrer dans les leçons de français, d'anglais, d'histoire, de géographie et même de mathématiques. Les sciences humaines devraient servir à former l'esprit de concision et le sens de la réflexion, au lieu d'être des *seaux vides dans lesquels on verse à toute vitesse l'eau tiède d'un savoir superficiel*. Le Latin et le Grec devraient devenir des cours optionnels, car ces langues s'avèrent inutiles pour tout jeune ne désirant pas se consacrer à une carrière ecclésiastique.

Charles demeure abasourdi, constatant que cet article ressemble à celui qui l'avait mené vers son exil gaspésien. À plusieurs égards, les suggestions de la religieuse rejoignent certaines actions du prêtre. Ces propos représentent aussi la maturation de pensées émises jadis par la sœur. Le prêtre craint que son amie ne soit réprimandée à son tour et qu'elle devienne un faire-valoir dans un couvent situé très loin. Dans les numéros suivants du journal, les commentaires des lecteurs se bousculent entre un conservatisme outré et un progressisme tout autant exagéré. L'article de Marie ne laisse personne indifférent et la voilà invitée par la télévision et la radio. Cinq mois plus tard, elle occupe toujours son poste à Québec.

Je me sens dans une position privilégiée. Je crois qu'il est difficile de m'en vouloir pour quoi que ce soit, après les réussites dans les pensionnats pour lesquels j'ai travaillé. La révérende m'a dit qu'il y avait des bons aspects dans ce que j'avais écrit. J'imagine que celle de Roberval pense le contraire. Voilà le plaisir d'alimenter un débat, écrit-elle en introduction à une longue lettre, qui est surtout consacrée à sa joie d'avoir accès à des archives historiques pour la première fois de sa vie. Elle répète pour la centième fois son désir d'écrire un manuel scolaire d'histoire, avec une place donnée aux femmes et au petit peuple. *Les héros, c'est fort bien. Cependant, ils dégagent trop d'ombre.* L'ancien chapelain sent dans cette lettre une grande sérénité, un immense désir d'aller de l'avant et de changer le monde de l'éducation. C'est du moins ce qu'il devine entre les lignes qui ne sont pas noircies par la direction du séminaire.

CHAPITRE 9

1960-1962

Voici une nouvelle décennie et peut-être le début d'un temps de changements. Voilà ce que Marie et Charles entendent parfois dire à la suite du décès du premier ministre Maurice Duplessis. Le prêtre pourrait certes en discuter avec la religieuse. Elle s'est souvent plainte qu'on ne lui laissait que la politique du passé, sous prétexte qu'elle était historique, en lui recommandant de ne pas s'attarder au présent. La société dans laquelle la femme évolue porte la marque et même la blessure de cette sphère sociale. Il y aura peut-être changement car, il y a dix années, pour avoir écrit cet article sur l'état du monde de l'enseignement, on l'aurait exilée. Maintenant, elle voyage dans tous les couvents de la communauté de la province de Québec pour en parler.

Quant au destin de Charles, une nouvelle mission lui est tombée dessus sans crier gare, tout en le surprenant beaucoup. En effet, l'épiscopat a cru qu'il représentait l'homme idéal pour mener une enquête sur la situation des œuvres sociales de l'Église pour la jeunesse, en constant déclin depuis quelques années. Si personne ne redresse les situations des JEC, JOC, JAC et des OTJ[1], ces foyers de foi et d'action laïque pourraient disparaître. Charles devra suggérer des avenues, après son enquête, sans aucun pouvoir de décision, laissé à ses supérieurs. Le voilà donc

---

[1] Jeunesse agricole catholique, Jeunesse étudiante catholique, Jeunesse ouvrière catholique, Œuvre des terrains de jeux.

à Montréal, résidant dans un séminaire, où on lui a demandé de superviser les activités sportives et récréatives des étudiants.

Sœur Marie-Aimée-de-Jésus marche nerveusement sur le plancher de la gare de Québec. Elle se calme en prenant place sur un banc de wagon. Le petit garçon à l'air espiègle, face à elle, ne la fait même pas sourire. Dans quelques heures, la femme rencontrera son ami en toute liberté, sans surveillance, et le temps qu'elle le désirera. La religieuse se souvient avec douleur de ces adieux au couvent de Trois-Rivières. Philosophe, elle se dit que cette absence de relations de personne à personne lui aura appris à mieux connaître cet homme, surtout à cause de leur échange soutenu quand elle œuvrait à Sept-Îles. Il en aurait été autrement s'ils avaient pu continuer à se voir pendant toutes ces années. Elle a tant de questions à lui poser, surtout à propos des secrets de son expérience gaspésienne. Lors de leurs récents échanges de lettres, Marie a noté comme Charles semble devenu terre-à-terre, plus direct, ancré dans la réalité. Il a été très peu question de catholicisme.

Charles verra une femme à quelques mois d'atteindre la cinquantaine. Le nouvel uniforme de la congrégation la fera peut-être paraître son âge. La guimpe, plus légère, encadre le visage plus légèrement. *On veut coûte que coûte montrer que je commence à avoir des rides!* Le prêtre a bien ri en lisant ce paragraphe sur la nouvelle mode vestimentaire des sœurs de l'Adoration-du-Sacré-Cœur. Charles a passé la matinée à se coiffer, même si, hier, le barbier lui a enlevé beaucoup de cheveux. Et ces tempes grises… Marie sera-t-elle déçue, en les apercevant? Il a aussi pris un peu de poids… Pensera-t-elle qu'il se complaît dans le péché de gourmandise?

Charles se sent étourdi, en attendant dans la gare. Le voilà obligé de s'asseoir, afin de reprendre ses sens. Soudain, il se lève d'urgence et file aux lavabos, pour se passer de l'eau sur le visage et desserrer librement son col romain. Il brûle d'entendre Marie parler de cette expérience avec les jeunes filles et leurs grands-parents, des mystères du couvent de Roberval et de cet article choc du journal. Il y a tant et tant à dire mais, avant tout : la voir. Le prêtre lui tendra la main, afin de la toucher. Charles n'a jamais oublié cette fois unique où cela est arrivé.

Un mal de ventre surgit quand il la voit approcher de loin. Il se sent soudainement très mal, mais soupire d'aise en se rendant compte qu'il ne s'agissait pas de la bonne sœur. L'homme n'a pas trop de temps pour soupirer une seconde fois quand trois coups rapides sur son épaule le font sursauter. En se retournant, il voit le sourire de Marie, puis met une main sur son cœur. « Vous croyiez vraiment que j'allais arriver par le bon chemin ? Les retrouvailles deviennent plus inoubliables lorsqu'elles se produisent de façon imprévue, ne penses-vous pas, monsieur Gervais ? » Cette voix ! Ce sourire ! Il éclate de rire, comme si ce moment l'exaltait. Il ne note pas que sœur Marie-Aimée-de-Jésus rougit comme une collégienne. Il tend la main droite. Elle y dépose la sienne avec grâce. Le prêtre la garde prisonnière en la tapotant gentiment avec sa gauche.

« Vous n'avez pas changé, ma sœur.

— Vous non plus.

— Quelle joie de retrouver cette jeunesse éternelle dans votre sourire.

— Cessons ce petit jeu des compliments trop longtemps pensés. Je suis à quelques semaines de ma cinquantaine, chiffre que vous avez franchi il y a six mois. Vous grisonnez et, heureusement, mon uniforme cache les rides de mon cou, même si la nouvelle guimpe vous en révèle quelques unes sur mon visage. Nous ne sommes plus jeunesse, mais sûrement pas des vieillards. Nous avons vécu beaucoup de joies et d'épreuves. Nous voilà trop sages pour se lancer des compliments un peu vides. Le cœur, par contre, est demeuré jeune et je me sens toujours capable, et pour longtemps, d'ouvrir des parenthèses pour les enfants et même les petits-enfants de mes premières écolières.

— Vous avez raison! Cependant, le prêtre va céder le pas devant l'homme qui ne s'en confessera pas à un confrère : vous êtes radieuse.

— La religieuse que je suis ne s'en offusque pas, mais la femme que je suis sent qu'elle rougit. Je vous rends le compliment de tout mon cœur et croyez bien que jamais je ne le ferais pour le chapelain du couvent de Québec, qui est gras comme un bœuf et chauve comme un œuf, sans oublier qu'il lui arrive de bégayer en confession.

— Je vous invite au restaurant, selon mes modestes moyens.

— Ah! mais je ne suis venue que pour cela, monsieur Gervais!»

Ils marchent côte à côte, en se regardant. Soudain, Charles se rend compte de son étourderie impolie en laissant la religieuse porter sa valise. L'objet, pas très lourd, libère Marie, qui se met à gesticuler en ne cessant de parler. Le prêtre ne sait pas qu'il invite son amie au comptoir où elle avait jadis rencontré ce soldat démobilisé ayant perdu un bras.

Il prend sa relève dans le flot incessant de mots, qu'elle entretient avec des questions vives. Après vingt minutes, l'homme cesse, embarrassé de s'accaparer toute la place. Un étrange silence bourdonne jusqu'à ce qu'elle confie, la voix un peu triste : « Je n'ai pas enseigné depuis mon départ de Sept-Îles. Je m'ennuie de mes enfants. » La femme ajoute qu'il ne lui reste que trente minutes de temps libre, car elle doit se rendre donner une conférence pédagogique dans un couvent.

« Notre système d'éducation est-il en si piteux état, ma sœur ?

— Les statistiques le prouvent, monsieur Gervais. Nous sommes la dernière province canadienne pour la moyenne de réussite scolaire et la première pour les analphabètes. Nous accusons un retard si gênant sur le reste du pays et sur les États-Unis qu'une génération, une autre, sera ainsi sacrifiée. Pour avancer, il faut se décider à bouger les jambes, alors que les nôtres sont enrobées de ciment depuis très longtemps. Et nos OTJ ? Nos JOC et nos JEC ?

— Cela semble de moins en moins intéresser les jeunes, sauf dans le cas des OTJ où, malheureusement, les équipements sont souvent délabrés.

— Nous avons donc des points communs dans nos missions respectives. Avançons main dans la main.

— Main dans la main ?

— Symboliquement. Nous pourrons nous entraider grâce à quelques lettres.

— Le problème est que même si nos pieds quittent le ciment, nous sommes encore très loin du Vatican.

— Je vois ce que vous voulez dire, monsieur Gervais. »

Une brève rencontre mais une immense constatation : leur amitié demeure profonde. C'était peut-être la première véritable rencontre, sans cadre institutionnel pour les entourer, sans crainte de se faire surprendre et sans l'enrobage parfois littéraire des lettres. Quand sœur Marie-Aimée-de-Jésus se présente au couvent, une multitude de courbettes l'attendent, avec les politesses d'usage qui ressemblent en tous points à celles qu'on lui offrait au cours des années 1940. « Le renouvellement urgent du monde scolaire et le rôle progressif du clergé dans cette tâche nous tend les bras pour cette nouvelle décennie. L'avenir social de la province de Québec en dépend. » Marie connaît son discours. Plus d'une religieuse de l'assistance lève les sourcils en voyant cette petite sœur intelligente parler tout en marchant et en bougeant sans cesse les bras. Les plus jeunes l'admirent, alors que les âgées préféreraient un peu plus de retenue. Demain, il y aura des entrevues privées et la remise de rapports d'études sur la situation dans le pensionnat de ce couvent.

Après cette journée éreintante, Marie ressent un peu d'insomnie. La voix de Charles résonne dans son esprit et dans son cœur. Comme elle se souvient de chaque mot du prêtre ! De nouvelles questions surgissent. « Pourquoi ne lui ai-je pas parlé de cela ? » Pour sa part, Charles a aussi de la difficulté à s'endormir, regrettant de s'être montré trop volubile. « J'aurais dû me taire et l'écouter. » Il sent que sa chère amie aura de nouveau une influence dans la mission qu'on lui a confiée. Il y aura d'autres rencontres ! Le prêtre en connaît la nécessité. Cependant, avant tout : le bonheur de la correspondance retrouvée.

Le lendemain soir, seule à la gare, sœur Marie-Aimée-de-Jésus regarde furtivement en tous sens dans l'espoir de voir surgir Charles pour lui souhaiter bon voyage. En vain! «Pourquoi n'est-il pas venu? J'ai dû lui dire quelque chose de déplaisant… Qu'a-t-il pensé de moi? Je sais… Je ne lui ai pas beaucoup parlé de notre religion… Monsieur Gervais qui est si dévot et instruit sur le saint sujet… Je l'ai vexé, c'est certain. Il a dû croire que mes tâches pédagogiques passaient avant mon devoir envers Dieu. J'ai agi en égoïste, ne parlant que d'éducation. Je vais prier pour que le Divin me pardonne mon attitude et pour que monsieur Gervais n'en tienne pas rigueur. Je serais fort attristée de ne pas le rencontrer à nouveau.»

* * *

La tâche de Charles l'appelle aussi à des déplacements dans les principaux centres urbains de la province. Il devine de futurs séjours à Québec et espère que son amie sera disponible à ce moment-là. Peut-être qu'une saine promenade dans la vieille ville, tant imprégnée par l'histoire, lui ferait plaisir. Le prêtre met deux semaines à écrire une lettre qu'il veut parfaite, mais Marie le déjoue en faisant précéder la sienne. *Je fus charmée par vos propos. Vous me permettrez l'odieux de l'utilisation de ce verbe, mais je ne peux en imaginer un autre. Bien sûr, vous avez un peu plus parlé que moi. Croyez bien que si j'en avais pris l'initiative, vous n'auriez pu me faire taire. Mon désir, cher ami, était de vous entendre et tout ce que vous m'avez dit était si intelligent que je ne peux faire autrement que de garder un magnifique souvenir de cette première retrouvaille.*

Le reste de l'année se déroule au rythme de nombreuses lettres toujours très attendues. Marie répète souvent sa grande joie d'avoir accès à des documents des siècles passés. *Les toucher me procure une sensation précieuse et étrange, que j'aurais du mal à vous décrire. Je connais l'histoire, certes! Mais je ne suis point historienne. Quel métier extraordinaire cela doit être! Cette sphère de la pensée, vous ne l'ignorez pas, a toujours eu une place dans mon cœur. J'ai tant trouvé de merveilles, notamment dans les actes notariés suite à un décès. L'inventaire des biens du défunt était toujours décrit et cela nous révèle la façon de vivre de nos ancêtres, l'intérieur de leurs maisons. C'est d'une intimité touchante de voir les noms de tous ces objets. Il y a là quelque chose de très émouvant. C'est aussi une histoire si éloignée de nos manuels scolaires avec sa propagande et ses héros poussiéreux. Si les jeunes élèves de nos pensionnats pouvaient voir un seul de ces documents, la perception négative qu'elles ont souvent de l'histoire s'effriterait rapidement. Tout cela fait remonter en moi le goût romanesque, mais j'ai tant de travail dans d'autres domaines que je manquerais de respect à mes personnages de les délaisser quelques jours à cause de la fatigue ou de mes devoirs. En revanche, vous l'aurez deviné, je prends chaque découverte en note et je saurai m'en souvenir le jour où enfin je réaliserai mon rêve d'écrire un manuel scolaire d'histoire qui laisserait place aux petites gens et aux femmes. Parfois, cher ami, je me plains à notre Seigneur d'avoir inventé des journées si courtes. Ma soif de découvertes n'a pas assez de temps devant elle.*

Il semble, à tous les deux, que les plus récentes lettres deviennent passionnées à propos de leurs tâches respectives. Charles et sœur Marie-Aimée-de-Jésus se laissent transporter par l'optimisme qui habite la société canadienne-française. Tout devient maintenant possible pour aller de l'avant avec, en premier lieu, les politiciens libéraux qui ont succédé au régime conservateur de Maurice Duplessis. Marie n'aurait cependant pas pensé qu'elle serait convoquée par le premier ministre Jean Lesage et par l'honorable Paul Gérin-Lajoie, ministre de la jeunesse.

« J'imagine que ces hommes distingués désirent me rencontrer pour savoir de quelle façon je tiens mon chapelet.

— Bonne amie, ce rendez-vous prouve votre valeur dans le domaine de l'instruction. Vous êtes une autorité incontournable depuis plusieurs années.

— Vous voilà en verve, monsieur Gervais. Je saluerai monsieur le premier ministre de votre part. Je ne peux vous parler longtemps… J'ai un peu de liberté avec les appels téléphoniques, mais je ne veux pas abuser des interurbains. Je tenais simplement à vous le dire. »

Quand Marie entre au parlement, elle se voit impressionnée. Le décor imposant vaut bien celui d'une cathédrale. Des couloirs et des couloirs ! Elle fait une révérence de fillette quand elle voit les deux hommes. La discussion s'avère aussi longue que les propos de mise en place. « Je vais réfléchir », dit-elle, après quatre heures d'échanges.

Au couvent, toutes les sœurs pressent Marie pour apprendre ce qui s'est passé. La religieuse grimace un peu, ne sachant pas comment leur apprendre le désir du gouvernement de prendre en main le monde de l'éducation. « Ils m'ont demandé de me joindre à une équipe pour analyser la situation et pour proposer des avenues nouvelles pour le bien de la jeunesse. » C'est au tour de la supérieure de grimacer.

« Nous nous occupons avec dévouement de l'éducation des enfants depuis des générations et voilà que ces révolutionnaires veulent nous enlever ce droit sacré.

— Ne soyez pas alarmiste, ma mère. Je suis demeurée très ferme auprès de ces messieurs : le clergé ne doit pas être écarté, car il possède des qualités et des compétences dans le domaine. Cependant, je ne vois pas pourquoi une collaboration financière et humaine entre l'État et nous serait néfaste.

— Nous ne sommes pas aussi rétrogrades qu'ils le pensent. Vos connaissances, vos réflexions et vos suggestions ont toujours été bien reçues par nos évêques. Votre présence ici, avec des pouvoirs et des responsabilités, indiquent que nous favorisons le progrès pour l'instruction des jeunes.

— Je vous remercie, ma mère. Cependant, il faut toujours aller de l'avant. Si le clergé peut collaborer avec le gouvernement pour tout améliorer, c'est la jeunesse de demain qui deviendra gagnante. Je pense que l'honorable Gérin-Lajoie et le premier ministre sont de bonne foi, car l'équipe désirée serait présidée par un membre important du clergé, monseigneur Alphonse-Marie Parent.

— Ah! Mais il fallait le dire tout de suite, sœur Marie-Aimée-de-Jésus. »

Même si Marie avait dit qu'elle allait réfléchir, en réalité, elle avait accepté avec enthousiasme dès que la proposition a été faite, sans pourtant l'avouer aux deux politiciens. La sagesse lui recommandait de ne pas provoquer les susceptibilités, comme celle de la supérieure. Dans sa lettre suivante à Charles, la religieuse se montre pourtant hésitante à accepter et lui demande conseil. C'est une façon de l'encourager, car tout ne va si bien dans les enquêtes du prêtre, surtout parce qu'il affirme ce que les autorités ecclésiastiques ne veulent pas entendre : que ces œuvres sociales de l'Église destinées à la jeunesse, si populaires au cours des décennies 1930 et 1940, sont condamnées à la disparition si elles ne se renouvellent pas en profondeur. Face à ce résultat, certains hommes haut placés ont fait savoir à Charles qu'il ne remplissait pas comme il faut sa tâche.

Sœur Marie-Aimée-de-Jésus apprécie que le gouvernement compte sur la présence d'une femme au sein du comité d'étude. Elle sait que les politiciens du régime précédent auraient refusé cette idée. Si ce n'est pas elle, ce sera une autre. Or, le premier ministre et son acolyte ont beaucoup apprécié l'article de Marie, qui avait fait tant de vagues. Ils ont mené des enquêtes sur cette femme pour se rendre compte qu'elle a toujours cherché à améliorer le milieu de l'éducation, cela depuis des années. Qui d'autre pourrait prendre sa place ? Siéger au comité lui apportera une notoriété publique utile, elle qui avait tout accompli dans la sphère fermée du monde religieux. Marie pense aussi qu'en travaillant avec soin, ce sera facile pour elle de faire publier un manuel scolaire d'histoire qu'elle rédigera.

Son acceptation, remise une semaine avant le délai convenu, sème l'inquiétude au couvent. Marie répète aux sœurs que peu importe ce qui arrivera, une enseignante compétente, qu'elle porte le voile ou non, aura toujours sa place dans une classe. Heureuse, elle a de nouveau téléphoné à Charles pour lui apprendre la nouvelle. Dans un élan de cœur, le prêtre l'a appelée Marie, pour la deuxième fois de sa vie.

Un mois plus tard, la religieuse fait les premiers pas d'un rituel qui durera des mois : elle part tôt le matin avec une petite valise remplie de dossiers pour aller retrouver les membres du comité d'enquête. En après-midi, elle accomplit son travail pour les pensionnats de la communauté et, après la prière du soir, elle se penche sur l'élaboration de son manuel scolaire. Quelles journées ! D'autant plus qu'au cours de ce maelström de travail, elle doit honorer ses devoirs religieux. Pourtant, la femme ne se sent pas épuisée. Au contraire ! Elle déborde d'énergie, portée par des torrents d'optimisme.

Marie communique ces sensations à Charles dans des lettres qui atteignent parfois dix pages. Elles deviennent une inspiration pour le prêtre. Lors de ses enquêtes, il aime côtoyer les étudiants adolescents, qui lui parlent inévitablement de son passage dans le village ouvrier de la Gaspésie. Il sent chez ces jeunes personnes un désir de s'ouvrir sur le monde, de partager avec autrui, peu importe leurs races et leurs croyances spirituelles. Voilà une jeunesse réellement différente de celle que Charles a connue autrefois. Cependant, les JEC les font fuir. Les aumôniers rencontrés par le prêtre lui révèlent que leurs membres sont parfois ridiculisés par ceux qui n'ont pas adhéré. Quant aux OTJ, les prêtres ont du mal à se faire entendre par les enfants et les animateurs qu'ils forment. « Ils veulent certes jouer au ballon, utiliser les glissoires, mais pour la messe, c'est le dimanche avec leurs parents et rien d'autre. » À la manière du désir d'infiltration de l'État dans le monde de l'éducation, Charles croit que les municipalités devraient s'impliquer dans les OTJ, comme elles le font dans le cas des arénas, des terrains de balle et d'autres loisirs.

« S'ils n'acceptent pas le résultat de mon travail, c'est qu'ils portent des ornières. J'ai rempli ce devoir avec le plus grand sérieux, avec toute mon âme.

— Qu'attendez-vous du proche avenir, monsieur Gervais ? Une nouvelle cure ?

— J'aimerais travailler à mettre en application les changements suggérés pour ces organismes destinés à la jeunesse. Pour être honnête, ma sœur, je crois qu'une nouvelle cure ne serait pas souhaitable, bien que je m'ennuie d'un bon petit mariage à célébrer.

— Que me dites-vous là ?

— Vous savez, si tout change, notre religion, pour sa part, semble très figée.

— Monsieur Gervais, j'ai aujourd'hui des libertés de mouvement qui étaient inimaginables il y a à peine dix années. C'est aussi votre cas, je crois. Je puis aussi vous assurer qu'hors quelques cas isolés, les religieuses du pensionnat de Québec veulent s'adapter à ce que le gouvernement proposera comme changements dans le monde de l'éducation. La vie dans les communautés évolue. Plus lentement que dans d'autres sphères sociales, mais elle le fait tout de même.

— J'ai parfois des crises de conscience concernant ma foi. Elle est devenue routinière. Quant à la théologie et à l'analyse des saintes Écritures, dont j'étais passionné, je crois que cela ne me touche plus pleinement.

— Voilà un aveu terrible, monsieur Gervais ! Une bonne retraite fermée vous ferait le plus grand bien.

— J'en ai animées et je crois que ces manifestations sont le plus bel exemple de ce que je qualifie de routinier. Je vous précise, chère amie, que je crois toujours profondément en Dieu et que le Tout-Puissant demeure au cœur de ma personne, de mes devoirs. C'est l'Église qui me lasse un peu. Au fond, je suis devenu comme vous étiez lors de nos rencontres à Trois-Rivières. Vous étiez avant tout une enseignante portant un habit religieux et je suis devenu un homme dont le métier consiste à être prêtre. Je me sens cependant beaucoup plus homme que prêtre. Peut-être est-ce dû à mes actions auprès des gens humbles de l'Abitibi, des grévistes de la Gaspésie et des étudiants qui sont tellement ouverts sur toute chose. »

Sœur Marie-Aimée-de-Jésus garde le silence, étonnée par cette confession. À bien y penser, son ami a parlé peu de religion depuis leurs retrouvailles. Pas même dans les lettres. Celles de jadis en débordaient et, plus que souvent, il avait réussi, à son insu, à faire grandir la foi de Marie.

* * *

Six mois plus tard, Charles ne sait toujours pas si le résultat de son travail aura des suites. C'est à ce moment qu'on lui confie une tâche non désirée : curé d'une paroisse cossue de Victoriaville. Sans doute que de le replonger dans un milieu ouvrier ou rural aurait ravivé sa flamme protestataire. Célébrer la messe et confesser des avocats et des médecins ne lui donnera pas le goût de vouloir tout changer. Il écrit sans grand enthousiasme sa satisfaction à sœur Marie-Aimée-de-Jésus, sans doute pour lui plaire, car ses plus récentes lettres concernaient surtout des questions d'ordre spirituel, comme si elle cherchait à rehausser la flamme qui habitait l'homme auparavant.

Pour la première fois de sa vie, Charles a un bedeau à son service, un gaillard qui lui rappelle Léo Vaillancourt. L'homme affirme, avec découpure de presse à l'appui, qu'il a jadis évolué pour l'équipe locale de la ligue provinciale de baseball. Il n'en fallait pas plus pour voir le nouveau curé lancer une balle avec son bedeau, spectacle qui étonne tout le monde dans le quartier. *Ce bon monsieur me fait oublier que mes paroissiens, tous riches à craquer, font tinter un vingt-cinq sous lors de la quête dominicale. Ils possèdent tous deux automobiles, des téléviseurs et s'envolent en Floride chaque hiver. Pendant que leurs maris vont au travail, leurs épouses reçoivent un amant en n'ignorant pas que leurs hommes ont une lady quelque part dans un hôtel de la ville.*

Marie sursaute en lisant cette remarque. Décidément, les mois qui passent voient son ami changer à vue d'œil. La religieuse ne sait pas si elle doit se réjouir. Elle prie avec ferveur pour que Charles retrouve le sens du devoir et que sa curiosité théologique ressuscite. Elle tente encore de lui confier quelques états d'âme face à la foi, mais les réponses deviennent de plus en plus brèves, pour ne pas dire expéditives. Marie est persuadée que si elle assistait à une de ses messes, Charles serait très heureux.

Ah! Les messes de Charles! Il y a si longtemps… Quelle voix! Quelle inspiration! La jeune Marie avait du mal à se concentrer pour prier, trop occupée à le regarder, luttant avec force pour ne pas sourire. Il y a quelques mois, son amie sœur Véronique-du-Crucifix lui a écrit une lettre dans un élan de nostalgie pour souligner les messes de l'ancien chapelain du couvent de Trois-Rivières. *Avec sa voix, il savait tellement nous émouvoir et faire grandir notre foi.* Aux messes s'ajoutent les confessions. Les leurs avaient des moments si particuliers… Marie a depuis longtemps confessé que ces instants lui procuraient des sensations odieuses, à cause de la douceur de la voix du prêtre. Le chapelain de Sept-Îles s'était montré fort délicat pour comprendre ce sentiment et savoir quelle était la teneur du péché non avoué pendant tant d'années par la religieuse.

Il faudrait tant que sœur Marie-Aimée-de-Jésus assiste à une autre messe et qu'elle se confesse à Charles. Elle en rêve! Au fond, elle accomplit tant de travail que les autorités ne lui refuseront pas un congé, d'autant plus que certaines règles de sa communauté se sont adoucies depuis le début de la décennie 1960. Il n'y a pas longtemps, des religieuses se sont rendues au cinéma, idée qui aurait été impensable dix années plus tôt. Marie croit que cette situation sert à contrer la baisse de nouvelles vocations, qui s'accroît de façon inquiétante d'année en année.

Charles veut connaître les résultats des réunions du comité présidé par monseigneur Parent, alors que la religieuse ne tient pas à tout révéler. Elle se contente d'écrire que ces messieurs se montrent ouverts à la nouveauté et ont conscience de la nécessité de remodeler le monde de l'éducation pour que la province de Québec devienne égale aux nations modernes. Elle ajoute que deux d'entre eux l'ont invitée à manger dans leurs foyers.

* * *

Marie voit arriver le moment tant souhaité au cours de l'été 1962 : une petite vacance méritée, après tant de travail. Charles est enchanté par cette visite. Voilà plus d'une année qu'il n'a vu son amie. Parfois, le prêtre sent qu'il la déçoit. Au fond, c'est normal que des moments de doute surgissent dans une relation aussi longue. Il désire tout mettre en œuvre pour que ces retrouvailles fassent renaître la bonne entente. Quand il l'aperçoit sur le quai de la gare, Charles sourit généreusement et se permet le geste le plus inattendu : un baiser sur la joue. « Comme au Jour de l'An », explique-t-il, sans la convaincre. « Oui, surtout au mois de juillet. » Son sourire sort le prêtre de l'embarras.

« Une belle région, avec une campagne fort jolie. Je n'étais jamais venue.

— La ville est très bien aussi. Celle où Sir Wilfrid Laurier a travaillé, comme vous le savez sans doute. Beaucoup de lieux portent encore la marque du grand premier ministre. Je vous ferai visiter les coins qui lui sont consacrés.

— Avec joie, monsieur Gervais, mais je veux surtout voir votre église.

— Modèle 1941 ! Je ne suis que le troisième prêtre de cette paroisse.

— Vous êtes-vous réconcilié avec le statut social de vos fidèles ?

— Après les bûcherons de l'Abitibi et les chômeurs de la Gaspésie, ce fut difficile de se frotter à des gens qui affichent avec vantardise tout ce dont les braves gens de mes deux cures précédentes ont été privés. Tous demeurent cependant des enfants de Dieu. »

Voilà un beau temple. Charles nomme les artistes responsables des sculptures et des peintures. « Les Bois-Francs regorgent de gens de talent dans ces domaines. » Le presbytère, de la même époque, est spacieux. En y pénétrant, sœur Marie-Aimée-de-Jésus devine que la ménagère a dû faire du zèle en sachant que son curé recevait. « Au fond, les prêtres connaissent-ils leur chance de pouvoir disposer d'une véritable cuisinière ? Nos sœurs converses sont très dévouées, sauf que j'ai souvent l'impression d'avoir passé ma vie à manger de la cuisine de cafétéria. Lors de mes sorties, quand j'entre dans un restaurant, je vous le confesse à voix haute, monsieur Gervais, je pèche ! » Le curé éclate de rire, mais se presse de lui rappeler qu'il vient de passer les dernières années dans deux séminaires et qu'en fait de gastronomie, il a vécu la même situation.

Marie et Charles se promènent sur le trottoir d'une rue aux maisons imposantes. Certains paroissiens sont étonnés par ce tableau d'échange de sourires entre un homme et une femme de Dieu. Un chauve ventru désire être présenté. « Je suis la seule sœur employée par le gouvernement de la province de Québec. Cela fait sans doute de moi une religieuse libérale. » La remarque déplaît à cet homme, « nostalgique de Maurice Duplessis et organisateur politique de l'Union Nationale dans le comté », de préciser Charles.

« Vous me semblez triste, monsieur Gervais.

— Comment pouvez-vous savoir cela ?

— Un cœur de femme ne peut se tromper.

— Considérant que l'on a ignoré mon travail sur les œuvres sociales pour la jeunesse et que les journées toujours étonnantes passées à Ruisseau-Danseur ne sont pas disparues de ma mémoire, ce quartier me paraît un véritable tombeau.

— Vous êtes un homme de valeur qui sait toujours s'adapter. Il y a toujours des âmes à conquérir, chez les pauvres comme chez les riches. Le diable ne choisit pas ses sujets en se penchant sur les classes sociales. D'ailleurs, faites-moi vraiment plaisir.

— Avec joie, ma sœur. Je suis votre serviteur ! De quelle façon ?

— Une confession.

— Je ne sais trop.

— Comment ? Vous refusez ? Moi qui ai péché plusieurs fois depuis ce matin pour la grande joie de vous avoir de nouveau comme confesseur. Je n'ai pas oublié ces moments à Trois-Rivières, vous savez… »

Charles hoche la tête et se gratte les tempes, puis l'invite à le suivre. En approchant de l'église, il ressent une soudaine nervosité. Lui aussi pense souvent aux moments d'autrefois, au souffle murmuré de sœur Marie-Aimée-de-Jésus. L'homme ressentait tant de frissons… Il ne peut oublier non plus leurs courtes conversations à la fin de chacune de ces séances.

L'instant venu, Charles oublie qu'il est un prêtre et se laisse bercer par cette voix retrouvée. Il ne doute pas qu'elle désire entendre la sienne. Dans un scénario prévisible, elle conclut en avouant que sa plus grave faute consiste à avoir inventé tous ces péchés. Après l'absolution, les deux s'entretiennent pendant une minute, retrouvant ainsi leur vingtaine. En sortant de la cabine, la religieuse garde la tête baissée. Elle avance vers le grand crucifix, s'agenouille, se signe, joint les mains et récite les prières ordonnées par le prêtre. Ses yeux se mouillent, ses doigts tremblent, son esprit chavire et la voilà en train de pleurer doucement. Pendant ce temps, à l'extérieur, Charles a du mal à allumer sa pipe. Quand il y arrive enfin, le feu s'éteint rapidement dans la cuve. Il ne trouve rien d'autre à faire que de regarder l'horizon. Il ne salue même pas deux enfants à bicyclettes qui lui envoient la main. Quand elle sort, il sursaute, puis sourit brièvement.

«Je me sens toujours si bien après une pénitence.

— Vous avez un bon chapelain, au couvent de Québec?

— Un prêtre fort juste et aimable, qui accomplit son devoir consciencieusement. Vous savez, monsieur Gervais, j'ai beaucoup péché. Plus qu'aucune autre religieuse, je crois. Je voulais vous dire que vous avez souvent cimenté ma foi, au cours de ma vie. Je vais vous avouer un secret: j'ai gardé toutes vos lettres et je les relis très souvent, surtout celles qui parlent des saints, des mystères de la foi, de la Vierge et de la Sainte Trinité.

— Je suis flatté de l'apprendre, mais je vous renvoie le même secret: j'ai conservé toutes vos lettres et je les ai lues à maintes occasions. Elles ont été une inspiration pour mon apostolat social.

— Je ne vous ai cependant jamais conseillé de fermer votre église.

— Non ! Par contre, quand vous évoquiez vos stratégies pédagogiques et psychologiques auprès des élèves des pensionnats, j'appliquais ces principes à mes paroissiens. Je ne suis pas surpris de savoir que le premier ministre de la province ait fait appel à vos services. Vous êtes un grand esprit dans le domaine de la pédagogie.

— Suffit, les fleurs ! Allons ensemble croquer dans le péché de gourmandise pour faire honneur à votre ménagère qui a travaillé si fort.

— Confessez-vous ce péché ?

— Voulez-vous dire que je suis grosse ? »

Délices et retenue ! Sœur Marie-Aimée-de-Jésus n'oublie pas que trop manger n'apporte que des soucis. Jeune fille, elle se montrait déjà frugale. En revanche, elle note que son ami n'a plus le physique athlétique du jeune prêtre. Sa servante fait sans doute trop de zèle. Marie recommande au curé de lancer souvent une balle de baseball avec son bedeau.

Après ce repas, Charles l'invite sur le perron pour d'autres discussions enrichissantes. Elle a de la difficulté à le faire parler de spiritualité, tout comme de ses aspirations populaires, comme si l'affectation dans cette paroisse riche avait cloué au silence ses ambitions. La religieuse se sent déçue, mais s'efforce de ne rien laisser paraître. Il l'invite à coucher au presbytère, où la chambre d'amis a été astiquée, mais elle croit que ce ne serait pas convenable. Une chambre d'hôtel a été réservée aux limites de la ville, « gracieuseté du budget accordé aux membres de la commission d'enquête sur l'éducation ».

Seule dans ce lieu, Marie fait couler l'eau de la baignoire. Elle se souvient de l'affreux rituel pudique de mise pour se laver en toute hâte, lors de ses premiers jours de religieuse. Au couvent, le temps de l'hygiène demeure encore réglementé, mais il y a eu dans ce domaine beaucoup de progrès. La religieuse ne sait pourtant pas pourquoi elle éteint la lumière de la chambre de bains. Rafraîchie et propre, elle enfile rapidement sa tenue de nuit. Face au miroir, elle regarde son visage, touche les quelques rides discrètes, mais sourit en constatant que ses cheveux ont gardé le noir de leur jeunesse. La religieuse pose une main sur ses joues et pense au baiser de bienvenue de Charles. Elle baisse les paupières et marche rapidement vers le lit. Puis, elle se lève, s'agenouille face au crucifix posé au-dessus du téléviseur. « Quel curieux endroit pour installer Jésus en croix ! Peut-être que cela veut dire que les Canadiens français ont maintenant deux religions. »

Marie n'a pas perdu son habitude de romancière nocturne et se lève très tôt. Le désir d'entendre une messe de Charles ne peut se contrôler. Il n'y a pas beaucoup de fidèles et ils ne sont guère jeunes. Le prêtre l'a vite repérée. La religieuse ne peut s'empêcher de se sentir stupéfaite en constatant que la voix si ferme de jadis a fait place à un ton d'habitude, presque de lassitude.

« Le train arrive à deux heures trente. Pourrais-je voir la maison Laurier ?

— Avec joie, ma sœur. Vous avez apprécié la messe ?

— Bien sûr, monsieur Gervais.

— Plus personne ne vient, le matin. Par contre, le dimanche demeure fidèle dans le cœur des paroissiens, même si je sens chez eux qu'il s'agit d'une formalité.

— Que faire pour raviver leur foi ?

— Je ne sais pas.

— Le défi a été relevé en Abitibi et en Gaspésie. Nous en reparlerons dans nos lettres. Pour l'instant, me voilà touriste et vous, mon guide. »

Sœur Marie-Aimée-de-Jésus retourne à Québec le cœur un peu lourd, alors qu'elle espérait tant de ce voyage. Peut-être que l'amitié finit aussi par vieillir et que les échanges devenaient plus importants quand ils étaient enrobés d'interdits et de risques.

CHAPITRE 10

1963-1965

Marie se sent très fière d'avoir été membre de la commission d'enquête sur l'éducation qui remet son rapport final en juin 1963, avec sa multitude de recommandations, de réformes à envisager. La création d'un Ministère de l'Éducation demeure le but des politiciens. Après plus d'un siècle, l'instruction ne sera plus sous la responsabilité du clergé. La chose peut étonner, considérant la présence de deux religieux sur le comité. Ces messieurs ont écouté sœur Marie-Aimée-de-Jésus avec la plus grande attention, surtout parce qu'elle était la seule du groupe experte en pédagogie. Depuis des années, elle a lu une infinité de livres et d'articles sur le sujet, passé tout son temps à réfléchir à ces questions. Au cours de son travail avec ce comité, Marie a tenu compte des avis de tous ceux et celles ayant fait parvenir des commentaires, des suggestions. Il y eut des plaintes et des insultes. Des craintes, surtout, mais aussi des espoirs, dont ce bijou que Marie lit pour les caméras de la télévision : *Messieurs et madame la sœur du gouvernement. J'ai neuf ans et je suis le troisième de ma classe de l'école Saint-Eugène. J'étudie fort pour devenir le premier. Mon papa m'a dit qu'avant, je ne pouvais étudier longtemps parce qu'il ne gagne pas assez cher à son usine pour m'envoyer dans une université. Maintenant, grâce à vous autres, je vais pouvoir aller dans l'université et apprendre un beau métier, quand je serai grand. Je vous remercie de me permettre ça.*

Depuis maintenant trois années, sœur Marie-Aimée-de-Jésus a senti un mélange d'hostilité et d'encouragement à son endroit chez les religieuses de sa communauté. Ainsi, la supérieure du couvent de Québec craint beaucoup pour la survie de son pensionnat, mais la lettre du petit garçon l'a fait réfléchir. Marie s'est surtout concentrée sur les transformations à envisager en matière pédagogique, sur la formation des maîtres et sur le contenu des programmes d'histoire, de géographie, de français et d'anglais. Ces hommes du gouvernement l'ont assurée que son futur manuel d'histoire sera considéré, s'il respecte les nouveaux horizons adoptés. Tout cela ne se fera pas du jour au lendemain. «Nous avons le temps de nous ajuster et de proposer des solutions attrayantes pour les parents désireux d'envoyer leurs petites dans nos pensionnats», assure-t-elle à sa supérieure.

Possédez-vous un téléviseur, monsieur Gervais? Je me pose tant de questions sur sa présence dans les foyers canadiens. En premier lieu, je croyais que notre peuple allait devenir mieux informé, plus ouvert sur ce qui se passe dans le monde et qu'il serait davantage instruit. Maintenant, j'ai des doutes, des craintes. J'ai l'impression que nos gens acceptent tout ce qu'on y montre, sans réfléchir, sans juger ni discerner. J'étais sincère quand j'ai lu la lettre de l'enfant, car j'aimais bien le symbolisme s'y trouvant. Maintenant, ils veulent que je rende visite au petit garçon, avec un caméraman derrière mon épaule. Ces gens de la télévision ont téléphoné trois fois, ne comprenant pas mon refus de faire du spectacle avec la lettre de ce petit, avec moi-même et les changements que nous verrons. J'ai trouvé cela très vulgaire, monsieur Gervais. Quoi qu'il en soit, j'ai répondu au jeune, mais c'est son père qui a répliqué, me disant que si je voulais venir avec la télévision, je serais la bienvenue. Ne trouvez-vous pas tout cela inquiétant?

Cette fois, la lettre de Marie comptait quinze pages. Charles pose de plus en plus de questions. *Vous avez une vie remplie de surprises, de défis, alors que la mienne paraît si terne.* Elle lui répond que les esprits éveillés savent toujours faire face à des situations. La religieuse imagine qu'en amitié, un petit reproche peut être bien reçu. Peu après le départ de cette missive, Marie craint que le prêtre ne se fâche. Pour une deuxième fois, elle lui a posé des questions sur le concile Vatican II. Le sujet brûle pourtant d'actualité! Au couvent, même les sœurs les plus conservatrices expriment de l'optimisme parce que le pape désire des réformes. Elles ne pourront que faire du bien, car certaines religieuses, parmi les plus jeunes, ont décidé de quitter la congrégation. Divorcer avec Dieu! Quelle idée saugrenue! Si l'Église modernise la vie religieuse, les jeunes femmes seront autant tentées qu'autrefois de s'y consacrer.

Vous n'ignorez pas, mon amie, que beaucoup de jeunes sont jadis entrés en religion sous l'insistance de leurs parents. Je ne doute pas que vous ayez croisé dans les couvents de votre communauté des filles de bourgeois prenant le voile à cause des pressions familiales. Vous-même ne m'avez jamais caché que votre intention première était de devenir enseignante dans les meilleures conditions, celles que la vie civile ne pouvait vous offrir. Plusieurs de ces hommes et femmes n'avaient qu'une foi tiède, comme celle que l'on voit souvent chez notre bon peuple. Cette foi d'habitude et de formules! Or, les temps ont beaucoup changé. Les privations de la crise économique et de la Grande Guerre sont loin derrière nous. Nous vivons aujourd'hui des moments propices à l'épanouissement de carrières. Tout le monde travaille et gagne salaire. Quand je dis tout le monde, je pense aussi aux femmes, ayant maintenant beaucoup plus de choix qu'autrefois. Plusieurs femmes mariées travaillent, alors que cela représentait une exception, il y a vingt ans. Il y en aura davantage au cours des prochaines décennies, surtout à cause des réformes scolaires à venir. Le petit garçon de votre lettre, fils d'ouvrier et aimant tant les études, fréquentera certes l'université où il apprendra un métier. Hier, tout lui était fermé, sauf les congrégations religieuses. Et encore! Souvent, une parenté entière travaillait pour que ce garçon puisse devenir un frère, un prêtre. Dans un tel cas, que des jeunes hommes et des femmes de leur âge, religieux, décident de réintégrer la vie laïque n'a rien d'étonnant. C'est, bien sûr, fort malheureux pour notre religion. Cependant, je préfère voir ces gens heureux en société que malheureux dans un couvent ou un séminaire. Vatican II représente certes une réaction contre cette situation. Prions pour que le pape et les cardinaux ne prennent pas trop de temps et que les réformes décidées soient en harmonie avec la société contemporaine.

Marie n'attendait pas cette réponse. Malgré les propos réalistes – elle le reconnaît –, la sœur aurait préféré qu'un homme d'une érudition religieuse hors du commun lui parle de moyens pour renouveler la foi des rebelles. Pourtant, elle ne lui en veut pas. De nouveau, Charles pose plus de questions qu'il ne propose de commentaires sur sa situation. Le prêtre veut connaître la teneur de chaque chapitre du futur manuel scolaire. Alors, sœur Marie-Aimée-de-Jésus se laisse emporter par l'enthousiasme de ce travail. La pédagogue chérit les archives historiques auxquelles elle a accès et se laisse tenter de tout prendre en note pour donner un aspect vivant à son futur livre. Marie aurait tant aimé devenir une véritable historienne, métier qui n'est, dans la province de Québec, qu'un à-côté à d'autres activités. Se rendre étudier à Paris? La communauté ne le lui permettrait pas et, de toute façon, elle-même ne désire pas quitter son pays. Qui sait si les futures universités tant désirées par l'État n'auront pas des facultés d'histoire aussi réputées que celles des États-Unis et d'Europe? Dans un tel cas, la religieuse alors à la retraite se laisserait séduire par un tel défi.

Marie se souvient de ses cours au scolasticat, prodigués à l'Université Laval, peu après avoir pris le voile. La jeune sœur aimait marcher dans les couloirs de la noble institution. Aujourd'hui, quand elle y retourne pour consulter des anciens journaux, tout lui semble différent. Il y a beaucoup de jeunes, mais très peu de filles. Que sera devenu ce lieu, après toutes les réformes? Avec les lumières d'une instruction plus intelligente, tout deviendra possible pour les femmes.

Malgré son travail administratif, les heures penchées sur le manuel scolaire, Marie vient de retourner à l'enseignement, comme elle l'avait demandé. Il y a si longtemps qu'elle n'avait fait face à une classe de fillettes, avec leurs grands yeux, leurs sourires, leur désir d'apprendre. Comment a-t-elle pu passer tant de temps loin de ce bonheur, de son métier, du rêve de son enfance ? Dès le premier jour de la rentrée, Marie subit un choc en constatant que rien n'a changé. Les uniformes sont moins puritains et les coiffures plus coquettes, mais ce silence demeure le même qu'à ses débuts, ainsi que les règlements stricts qui seront appliqués à la lettre pour les prochains mois. La disposition de la classe ? La même, avec le bureau surélevé, la bibliothèque fermée à clé à sa gauche, les illustrations du pape, de l'évêque du diocèse, du Sacré-Cœur, de la sainte Vierge. Marie a l'impression d'être parachutée à l'époque de son adolescence. Les semaines suivantes vont cependant lui prouver que ces fillettes sont beaucoup plus informées et éveillées qu'autrefois.

Elles dansent le twist. Enfin… Vous aurez compris qu'elles ne se contorsionnent pas au pensionnat ! Elles évoquent ce curieux pas lors des récréations, tout comme elles vantent les attributs physiques des vedettes de la chanson américaine. Elles apprécient aussi les mélodrames des feuilletons de la télévision canadienne-française. Pour elles, l'histoire prend la forme d'un avare répugnant du nom de Séraphin, un aventurier au grand cœur nommé Alexis. Qu'à cela ne tienne ! Il s'agit de rectifier et de se servir de ces images comme base. J'ai obtenu de la révérende mère la permission d'écouter plusieurs de ces émissions, tout en prenant des notes. En réalité, je trouve ces filles beaucoup plus curieuses que leurs mères. Elles posent davantage de questions, certaines irréfléchies, mais d'autres très pertinentes.

J'apprends beaucoup grâce à elles. De plus, je ne peux m'empêcher de mettre en application certaines théories qui seront de mise lorsqu'il y aura des facultés d'enseignement dans nos universités. Ah j'oubliais! Mon surnom a traversé intact les époques : Sœur Parenthèse. Il faut dire que j'en ouvre beaucoup… La vie n'est-elle pas une parenthèse, entre le néant précédant notre naissance et la vie éternelle?

* * *

Charles doit se rendre à l'inauguration de la quatrième succursale des grandes quincailleries Maurice Poitras et Fils, afin de bénir le local. Le «Fils» de la raison sociale n'a que neuf ans, mais il vaut mieux se montrer prévoyant… Il semble d'ailleurs que la voie de fiston ait été tracée depuis longtemps par le père. En premier lieu, le prêtre a souri, avant de répondre : «Je ne sais pas.» Monsieur Poitras a sursauté, puis lui a rappelé ses titres d'importance à Victoriaville : échevin du quartier, vice-président de la commission scolaire, trésorier de la Société Saint-Jean-Baptiste, président du club Kiwanis et marguillier. «À l'Exposition agricole annuelle, on décerne aussi des rubans au plus beau bœuf d'élevage.» L'homme Poitras s'était redressé face à cette remarque de son curé et, trois jours plus tard, Charles était convoqué par l'évêque du diocèse.

Heureux les pauvres, car ils verront Dieu. Quant aux riches, je ne sais pas si Lucifer les tolérera longtemps en enfer. Je donnerais tout ce que je possède pour voir surgir un gréviste de Ruisseau-Danseur et un bûcheron de Lac-Parent. Je dois célébrer des mariages et des baptêmes, aussi des enterrements. Cela est très bien. Cependant, quand je dois asperger d'eau bénite un local de quincaillerie, sous la menace de mon supérieur, je me dis que travailler comme pompiste dans une station-service serait plus honorable. J'aurais le privilège d'être plus intègre. Vous auriez dû voir la grimace intérieure que j'ai lancée à monseigneur… Mon ange gardien était écroulé de rire. Au fond, j'aurais dû rendre cette grimace très concrète, car il m'aurait alors envoyé comme aumônier d'un village eskimo et j'aurais eu une grande joie au cœur en chantant sur une banquise avec ces braves pêcheurs au harpon. J'aurais même aidé leurs femmes à apprêter le poisson. L'odeur aurait été plus agréable qu'une quincaillerie bénie. Dites-moi, chère amie, est-ce que je devrai encore me rendre longtemps dans les écoles pour entendre des enfants réciter par cœur le catéchisme, sans rien y comprendre ? Est-ce que je devrai pendant des années leur vendre des images de Chinois et d'Africains, alors que je sais très bien qu'ils s'intéressent beaucoup plus aux cartes de hockey de Jean Béliveau et de Gordie Howe ?

Marie ne sait que répondre face aux désabusements de son ami. Il y a quelques années, elle aurait pensé à la prière en dernier lieu. Elle lui aurait alors proposé la bonne méthode pédagogique : regarder, constater, analyser, évaluer, s'ajuster, proposer de nouvelles avenues. La religieuse constate que Charles s'est toujours bien senti dans sa peau quand acculé au pied d'un mur. Elle a depuis longtemps deviné que sa présence au couvent de Trois-Rivières résultait de son échec auprès des séminaristes, tous des bons fils de l'élite sociale du temps. Le confort ne semble pas fait pour cet homme issu d'un modeste milieu. La plupart des prêtres auraient été ravis d'avoir cette cure confortable à Victoriaville, sans problèmes importants à l'horizon.

Pourquoi ne demandez-vous pas une autre paroisse, tout simplement ? écrit-t-elle dès la première phrase de la lettre suivante. Réponse : *Parce que c'est partout pareil.* La missive qui suit confirme son impasse. Puis, deux mois plus tard, réalisant sans doute qu'il a attristé la religieuse, Charles revient à la charge avec une dose d'optimisme, alors que l'ancienne maîtresse d'école de Lac-Parent, qu'il appréciait tant, a réussi à le joindre. Mariée depuis longtemps, elle a déménagé à Amos et a gardé de bonnes relations avec les villageois. *Le maire désire donner votre nom à une rue.* La rue Curé-Gervais ! Quel étonnement ! Lors de son passage là-bas, il n'y avait que la route. *S'ils se permettent d'avoir des rues, le progrès vient enfin de frapper à leur porte. Bref, je suis invité à les visiter. C'est loin… Je vais demander la permission. Un vicaire me remplacera ici. Tant pis pour le vicaire.*

Sœur Marie-Aimée-de-Jésus se sent heureuse de cette bonne nouvelle. Elle croit que Charles trouvera la paix après avoir revu ses anciens paroissiens abitibiens. Elle lui reparle de son séjour là-bas. Bien sûr, il en a été question très souvent mais, avec le recul, peut-être émettra-t-il d'autres opinions. *Il y a de bonnes âmes et de mauvais chrétiens partout. Si tout le monde se comportait comme il faut, ce serait d'un tel ennui ! Je sais, monsieur rue Curé-Gervais, qu'il y a dans votre paroisse de Victoriaville de braves gens que vous ne vous donnez pas la peine de connaître. J'ai dans ma classe une petite indisciplinée. En réalité, vingt ans plus tôt, elle n'aurait même pas franchi la porte du pensionnat. La situation a changée : non seulement moins de jeunes filles prennent le voile, mais leurs parents refusent de les envoyer chez les sœurs. En 1940, j'avais dans mes classes vingt-cinq à trente fillettes, maintenant, je n'ai que quinze élèves, cela dans une agglomération importante comme Québec. Bref, ce mouton noir demeure en place car la direction a besoin de l'argent de son inscription. Bassement pécuniaire ! Pourtant, je réussis à gagner peu à peu la confiance de cette enfant, alors que ses autres enseignantes ont perdu patience. Chaque être humain a un fond de bonté. Puissent vos anciens paroissiens de Lac-Parent vous permettre de jeter un regard neuf sur ceux que vous desservez aujourd'hui.*

La réponse ne comble pas les attentes de sœur Marie-Aimée-de-Jésus. La rue Curé-Gervais consiste en un court chemin de gravier au bout duquel s'est établi un retraité d'Amos, désireux de ne pas trop se mêler aux affaires du village. Cette idée d'honorer Charles était celle d'un petit groupe de nostalgiques d'un lieu de plus en plus déserté par sa jeunesse. Les athlètes amateurs des Parfaits *se sont transformés en ventrus avec une bouteille de bière sans cesse collée dans la main droite et les yeux soudés devant leurs téléviseurs. Tout ce qu'ils y entendent devient quatre-vingt-dix pour cent de leurs conversations avec leurs semblables.* Le prêtre en place s'est montré accueillant et heureux de recevoir «le légendaire curé baseball» mais, dans un moment sérieux, il s'est dit inquiet de la foi des paroissiens. *C'est la même chose qu'à Victoriaville : la religion catholique est une tradition machinale et il manque à peine quelques années pour qu'elle soit exclue de leurs vies.* En revanche, Charles a aimé retrouver la splendeur du paysage et admet que le voyage valait la peine avant tout pour cet aspect.

Quelle tristesse! Pourtant, au fil des mois et de ses déplacements, Marie a aussi réalisé que la pratique religieuse représente de plus en plus une habitude sans envergure. Quand elle aborde des questions spirituelles avec Charles, c'est souvent dans le but de faire surgir au fond de lui la flamme théologique qui l'animait autrefois et lui apportait tant de bonheur. Les élèves de la religieuse désirent devenir secrétaires, infirmières et même «maîtresse d'école dans une université», mais rares sont celles clamant une vocation religieuse, de crainte d'attirer les moqueries de leurs amies. Tout de même, quel plaisir de leur enseigner! Quelle joie de se pencher chaque jour sur son futur manuel scolaire! En janvier 1964, elle reçoit une nouvelle inattendue de Charles: il a décidé d'écrire ses expériences de prêtre en Abitibi et en Gaspésie. Pourquoi pas? Ne sont-elles pas des signes avant coureurs d'une religion active socialement? Voilà aussi un bel héritage important à laisser aux jeunes prêtres et à la population.

Après deux mois, Charles feint une lassitude d'écriture dans le seul but de lire les lettres de motivation de sœur Marie-Aimée-de-Jésus. En Abitibi, il n'aurait rien réalisé sans elle. En réalité, cet exercice d'écrire lui fait le plus grand bien. Pour imiter Marie, l'homme se lève avant le soleil. Si douce solitude de la nuit ! Il songe à ce qu'elle faisait : une chandelle, un verre d'eau, l'encrier et la plume, des feuilles blanches, un plan soigneusement préparé. Il lui demande pourquoi elle ne se laisserait pas tenter par l'aventure d'un autre roman. *Le manuel scolaire me prend beaucoup de temps et je le juge plus important qu'une fantaisie de romancière.*

Peut-être qu'en l'encourageant, il arriverait à raviver cette flamme. Le prêtre en retirerait alors une grande fierté. Charles n'a jamais oublié le roman d'autrefois. Parfois, il recopie des passages de son propre récit, laissant volontairement des erreurs afin qu'elle les note et les corrige. Il imagine alors son visage s'assombrir quelques secondes, à la manière des révoltes qu'elle lui exprimait parfois au couvent de Trois-Rivières.

Au début de mai, Marie lui annonce une prochaine visite, en juillet. Bonne nouvelle ! Le prêtre se jure de se montrer plus gai, ayant gardé l'impression qu'elle était partie déçue lors de l'occasion précédente. Si la femme désire une messe, il lui en servira une magnifique. Au début du mois, le prêtre a vu son amie à la télévision. Le Ministère de l'Éducation de la province de Québec entrant en fonction, les membres de l'équipe d'enquête, menée par monseigneur Parent, avaient été invités à assister à la conférence de presse. Charles avait regardé longtemps, fronçant les sourcils quand elle disparaissait du champ de la caméra. Elle ne lui avait pas parlé de cet événement dans ses lettres, se contentant d'avouer que certaines enseignantes religieuses sont effrayées par la menace irréelle de disparition des pensionnats. *Je sens cependant que ma carrière d'enseignante tire à sa fin, non pas à cause des changements, mais parce que mon âge va jouer contre moi. Le travail administratif a pris le dessus. Cela m'a fait plaisir de retrouver une classe et ces fillettes, mais les derniers milles paraissent plus difficiles que jadis. J'aimerais redevenir élève. Vous savez comme j'aime l'histoire… Je prie Dieu pour qu'une véritable faculté d'histoire soit établie dans une de nos universités. Oh! Savez-vous ce que j'ai promis à mes élèves pour la fin de l'année scolaire? Elles vont prendre place à mon pupitre, je serai dans la salle et je les écouterai m'instruire sur les Beatles. Vous savez, ces jeunes musiciens britanniques curieusement coiffés? Mes filles en raffolent! Ce sera une fête, le seul moyen de récompenser leurs bons efforts. Pas ces remises de prix aux plus méritantes qui existent encore et que j'ai toujours méprisées!*

Charles peut certes constater l'emprise de la musique sur la jeunesse. Car des adolescents, sa paroisse en déborde, tout comme la ville entière. *Pour eux, l'OTJ, ce n'est pas dans le vent. Ils préfèrent la salle de loisirs de la municipalité où ils peuvent danser au son des orchestres invités. J'avais averti mes supérieurs de tout ça.* De façon générale, ces nouvelles organisations de loisirs ressemblent à une philosophie pédagogique de sœur Marie-Aimée-de-Jésus et qu'elle mettait en application lors des deux immenses spectacles de Sept-Îles : *Pour nous, par nous, et nous acceptons votre encadrement.* Est-ce que les grands chantres du Vatican pensent à eux? *Ces jeunes ne se contenteront certes pas des habitudes de pratique religieuse de leurs parents. Ce sont eux qui vont déserter les églises, si le statu quo demeure. Par contre, je fais preuve d'une vantardise : ils m'aiment bien. C'est l'écho de l'aventure gaspésienne qui persiste. Je pense aussi qu'ils doivent croire que je suis moins hypocrite que leurs parents.* Voilà un sujet que les deux amis pourront aborder avec joie : la jeunesse!

* * *

«Vous me dites, monsieur le curé, que c'est la sœur qui a travaillé pour les réformes scolaires.

— Voilà trois fois que je te le répète, Pierre.

— Vous savez, avec mon père qui est plein aux as, j'aurais fréquenté l'université quand même. Ce n'est pas le cas de mes copains! Et ça, c'est important. Je pourrai lui parler?

— Bien sûr. Elle aime beaucoup ceux de votre âge. Elle a passé sa vie avec des enfants et des jeunes filles. Mon amie a toujours travaillé pour leur bien, sans jamais faire de morale, en les respectant beaucoup. La voilà maintenant instruite de la carrière de tes quatre décoiffés.

— Hein? Les Beatles? Une sœur à gogo?»

L'adolescent part confirmer la nouvelle à ses amis. Sans doute que leurs parents ne montreront pas le même enthousiasme. Plusieurs d'entre eux n'apprécient guère les chambardements dictés par le gouvernement de Jean Lesage. Depuis son arrivée à Victoriaville, Charles a vite compris que la richesse invite au conservatisme le plus ancré, alors que ses pauvres de l'Abitibi et de la Gaspésie se montraient enthousiastes face aux changements. Qu'on rende les hautes études ouvertes à toutes les classes finira par détruire l'élite dont ils font partie. Il va de soi que les jeunes s'opposent à tout ce que leurs parents ont vécu. «Ils sont si croulants», avouent-ils souvent à Charles, qui esquisse un sourire, oubliant de leur rappeler qu'un commandement de Dieu ordonne d'aimer ses parents. «Les croulants, comme tu les appelles, Pierre, ont grandi au cœur des privations de la crise économique et de la guerre. Ce n'est pas tout à fait votre cas.»

Plus le prêtre écrit sur ses Abitibiens, plus il pense à ses Gaspésiens, et plus il croit que l'adage clamant que les pauvres verront Dieu est profond. Les plaintes de ses riches paroissiens lui semblent alors si futiles. L'écriture lui permet de revoir des visages, d'entendre des voix. Parfois, il s'arrête pour mieux ricaner, se souvenant d'une situation, d'une phrase. « Quel dommage de voir ce qu'ils sont devenus… Le confort fait naître l'abandon. » Alors, il reprend la plume rapidement, persuadé de l'importance de témoigner de son expérience enrichissante. Quand il explique tout cela à sœur Marie-Aimée-de-Jésus, confortablement installée sur le perron du presbytère, l'émotion étreint la voix du prêtre. Elle se sent mal à l'aise, croyant qu'il pourrait se mettre à pleurer. La femme ne sait que dire pour le réconforter.

« Il y a des prêtres qui aiment les problèmes et d'autres qui les détestent. Qu'un de ceux-là vienne ici et demandez à votre évêque de vous assigner dans un quartier de délinquance, de chômage et de pauvreté et vous serez alors le plus heureux des hommes.

— Je ne sais plus, ma sœur… Je me sens si vieux.

— Réflexion absurde ! Vous serez vieux à la seconde précédant votre trépas. Nous avons le même âge et je ne crains pas les défis.

— Cette foi institutionnalisée et routinière me répugne. Je ne me sens plus la force de tout renouveler. Que changera Vatican II ? Que je célébrerai la messe en français ? Que je pourrai porter un pantalon et un veston ? Façades, que tout cela. Le fond demeurera le même. »

Cette conversation à cœur ouvert est interrompue par l'arrivée de l'adolescent Pierre et de ses amis, désireux de rencontrer la sœur « à gogo ». Charles, sans doute heureux de se soustraire d'un moment embarrassant, presse le pas pour chercher de la limonade et des croustilles. Les questions fusent et Marie fait flèche de tout bois. L'enthousiasme de ces jeunes lui confirme la pertinence des travaux de la commission d'enquête, mais surtout que les changements envisagés arrivent à un moment propice, avec ce si grand nombre de jeunes dans tous les coins de la province. Elle se souvient de la prudence entourant ses démarches de changements au cours de la décennie 1940.

Charles lui demande de révéler à ce public tout ce qu'elle a alors accompli. « Le par cœur était de mise partout. Voilà la meilleure façon de tout oublier, parce que cette technique fait appel à la mémoire instantanée et non à la compréhension. Beaucoup de religieuses ont employé mes méthodes, mais plusieurs refusaient avec obstination. Tout cela n'a jamais été imposé, mais simplement suggéré. » Pendant qu'elle parle sans cesse, Charles ne peut se résoudre à la quitter du regard.

Voilà deux jeunes filles qui veulent lui faire chanter un succès des Beatles. Marie ricane et se lance dans un discours sur les débuts des quatre garçons dans le vent, sans oublier d'y infiltrer une leçon pédagogique : « Ce n'est pas venu en claquant des doigts. Ils ont travaillé très fort, sans répit, mais toujours avec la certitude que ces heures incessantes de répétitions et de concerts dans des lieux minables allaient faire d'eux des musiciens plus aguerris. Agissez de cette façon à l'école. L'effort devient toujours récompensé. »

Quels beaux instants, tout de même ! Dans le train, sœur Marie-Aimée-de-Jésus pense à ses moments pénibles à Roberval alors que chaque chose entreprise était scrutée à la loupe et qu'elle devait faire face à une sévérité jamais connue alors. Aujourd'hui, les religieuses de l'Adoration-du-Sacré-Cœur n'ont plus besoin d'escorte pour sortir, bien que chaque occasion doive être motivée par une nécessité pour le bien commun ou l'enrichissement individuel.

Dès le retour de septembre, la voilà de nouveau une simple enseignante face à des enfants anxieuses de connaître celle qu'on surnomme Sœur Parenthèse. Marie sait cependant que cette tâche ne sera pas éternelle. Quand les réformes gouvernementales seront en place, il y aura pour elle un énorme travail à accomplir dans toutes les écoles de la communauté. D'ailleurs, elle n'attend pas ce moment et a commencé à écrire des réflexions, à préparer des plans d'intervention.

Pour sa part, Charles garde de précieux souvenirs de chaque seconde de la visite de son amie. Les adolescents de la paroisse lui parlent en bien de Marie, de son regard pétillant, de sa gentillesse, de son sourire. Le prêtre hoche la tête pour les approuver. En fin de compte, suivant les conseils de la religieuse, l'homme se décide à demander une audience à l'évêque du diocèse afin de réclamer une autre cure, une tâche différente où il pourrait affronter des défis. L'envie de se dépasser lui revient à chaque page écrite de ses souvenirs.

La réponse se fait attendre, alors que Charles ne vit que pour elle. Enfin, quatre mois plus tard, elle arrive sous forme d'une entrevue. Son supérieur lui fait savoir qu'il préfère réserver les paroisses à problèmes à des jeunes prêtres, avec plus d'énergie et inspirant plus de confiance à des délinquants ou à des chômeurs. «Les problèmes, monsieur Gervais, il y en a dans chaque tâche. Le diable guette les enfants du bon Dieu partout. Vous savez sans doute qu'il y a une scandaleuse désaffection face aux devoirs de tout bon catholique, dont celui d'assister à la messe, de se confesser, de communier. Un serviteur du Tout-Puissant tel que vous, avec vos larges connaissances, devrait être en mesure de corriger ces situations. » Charles baisse la tête, très déçu, surtout quand l'évêque termine l'entrevue en lui demandant de cesser de «faire des caprices».

Je me sens comme un joueur de baseball lié à son équipe, sujet à toutes les décisions du propriétaire, incapable d'évoluer là où il l'entend. Un médecin a le droit de pratiquer sa science dans la ville qu'il a choisie. Même un ouvrier a la liberté de se faire engager dans une autre usine. Vous et moi, ma bonne amie, sommes à la merci des décideurs qui ne tiennent pas compte de nos aspirations. Porte ta croix, Charles Gervais, et célèbre des messes où tout le monde s'ennuie!

Devant de tels propos et après l'échec de la démarche de son ami, sœur Marie-Aimée-de-Jésus se sent désemparée. Elle alterne les prières et les pleurs, mais n'exprime pas au prêtre son sentiment, ne suggère aucune alternative. Elle sait que ce malaise demeure profond. Marie réalise alors comme sa situation est privilégiée, fruit de pensées et d'efforts afin de toujours instruire la jeunesse. Importante responsabilité, mais fort discrète en comparaison avec tout ce qu'un prêtre doit affronter. Elle pense aussi que malgré les règles assouplies de sa communauté, trop de jeunes religieuses demandent une dispense au Vatican afin de retourner à la vie civile. Et si un tel drame se dessinait pour Charles? La religieuse n'ose pas trop y penser, encore moins lui en glisser un mot dans une lettre. D'ailleurs, elle passe deux mois sans lui écrire.

De nouveau, Charles sent qu'il a fait du chagrin à son amie. «Pauvre petite femme... Si fragile et moi, tant maladroit.» Ce mea-culpa suit de vilaines pensées à son sujet qu'il a transmises à son ami le bedeau, la surnommant la « Prima Donna des nonnes, qui est reçue chez les ministres. Elle a certes accompli beaucoup pour l'éducation, mais moi aussi, je suis cultivé et instruit ! Moi aussi, j'ai beaucoup travaillé pour mes paroissiens ! » Honte ! La honte s'est incrustée dans l'âme de Charles. L'homme a pleuré plus qu'il ne faut. Peut-être que son attitude incitera Marie à le détester. Il a même versé des larmes pendant une messe matinale, revoyant la jeune religieuse du couvent de Trois-Rivières, toujours assise à la même place dans la chapelle. Il s'est alors souvenu de sa voix au confessionnal, de sa propre nervosité avant chaque rencontre, de tous ces écrits si inspirants reçus en Abitibi. Puis, l'aventure de ce coup de téléphone en provenance de Sept-Îles, la photographie qu'elle lui avait fait parvenir.

Noël représente une belle occasion pour se réconcilier. Cette fois, sœur Marie-Aimée-de-Jésus n'hésite pas et prend la plume avec fermeté. Cependant, à la troisième page, elle cesse d'écrire, écarquille les yeux vers son classeur thématique des lettres de son ami et se rend compte qu'elle a écrit des propos semblables le 12 décembre 1952. S'en souvient-il ? Sans doute que non. « Je me demande si ce n'est pas un peu vilain d'avoir colligé ces lettres… Mais c'était si ennuyant, à Roberval ! Au fond, je n'ai pas besoin de ces fichiers, car je connais ses lettres par cœur. »

* * *

Le jour de Noël venu, Charles a surtout envie de tenir un sermon de morale, en constatant que plusieurs de ses paroissiens ont déjà absorbé de l'alcool au cours de la soirée. La messe de minuit devient pour eux une parenthèse avant de retourner se saouler ou jouer aux cartes en pariant. Au cours des semaines précédentes, il a examiné les allées et venues des automobiles remplies de boîtes enrubannées, tout comme il a constaté ce petit jeu malsain d'untel qui tentait coûte que coûte de mettre plus de décorations à sa maison qu'à celles de ses deux voisins. Le moment du sermon de foi venu, le prêtre a un blanc de mémoire très long, qui inquiète les paroissiens. De retour au presbytère, Charles lance son chapeau contre un mur. Il se passe de l'eau sur le visage, perdu dans ses soupirs profonds. «Je suis las. Très las! Bon! C'est bien beau, tout ça, mais au lit, mon vieux! Ça recommence demain.»

À Québec, les quelques pensionnaires ont eu droit à la traditionnelle visite des anges, c'est-à-dire les plus grandes vêtues de blanc, avec leurs ailes en coton, qui ont réveillé les petites pour la messe de minuit. Sœur Marie-Aimée-de-Jésus a toujours été émue par cette cérémonie, mais elle remarque que l'armée des anges a diminué en nombre. La sœur se demande si un jour prochain, cette tradition n'aura plus lieu. Ce serait dommage. Elle sait que les résultats de Vatican II vont changer plusieurs aspects des beautés ancestrales. Sans doute que son ami Charles y trouvera profit et que sa mission de prêtre prendra un nouveau tournant qui lui redonnera le sourire.

Le lendemain, la religieuse parle avec trois petites pensionnaires de sa classe. Elles aiment leur sœur Parenthèse. Les plus grandes se demandent pourquoi cette femme, plus âgée, se montre davantage «dans le vent» que les autres dans son enseignement. En plus de ces deux classes, Marie doit s'occuper de la tâche d'adapter progressivement le milieu scolaire des pensionnats de la congrégation aux réalités qui seront uniformes dans toute la province. Il a été question de l'année 1966-67. Les réunions se bouscu-lent et les discussions prennent parfois une tournure orageuse. Quel parent voudra alors envoyer sa fille dans un pensionnat, alors que les enfants suivront les mêmes cours dans les nombreuses écoles publiques qui seront construites ? Il faut faire en sorte que la vie dans une école de religieuses garde un attrait pour les pères et les mères, et ce n'est certes pas en vivant dans le passé que les sœurs de l'Adoration-du-Sacré-Cœur y arriveront.

Marie projette un autre voyage à Victoriaville pour l'été 1965, mais, en mai, Charles lui annonce qu'on l'a remplacé par un curé plus jeune, à cause de ses nombreux blancs de mémoire. Dans la lettre, il ajoute une indication curieuse à la suite de cette expression : *(rire)*. La religieuse sursaute, scandalisée. Est-il possible que son ami se soit prêté à un jeu aussi odieux de feindre des pertes de mémoire afin de partir de cette ville ? Le voilà affecté à la bibliothèque du séminaire de Joliette. Va-t-il retrouver la mémoire dans cette nouvelle tâche ? Qu'est-ce que c'est, ces histoires mystérieuses ? À la fin de la lettre, il écrit : *J'avais un peu perdu mon Latin et monseigneur perdait encore plus le sien.* Sœur Marie-Aimée-de-Jésus se garde de lui répondre que cette attitude a été hypocrite envers les fidèles de sa paroisse.

Un mois plus tard, Charles écrit encore, même si la religieuse ne lui a pas répondu. *Joliette n'est pas très loin. J'aurai certes l'occasion de me rendre à Québec pendant les vacances scolaires. La boucle est bouclée et me voilà de retour dans un séminaire. Hors les uniformes, les choses ont très peu changé dans ce milieu.* Le prêtre ajoute qu'il se sent heureux dans ses nouvelles fonctions, mais d'une façon telle que Marie ne peut faire autrement que de se sentir hérissée : *Il y a moins de problèmes. Je vis dans la paix du chuchotement caractéristique des bibliothèques. Ils sont parfois amusants, surtout quand deux garçons, très certains de leur anonymat, parlent de leurs dernières rencontres féminines. Je n'ai qu'à assister aux messes, à ne me mêler de rien d'autre. Quand la journée est terminée, je me promène avec mon bréviaire entre les*

mains, même si je triche en ne le lisant pas vraiment, comme beaucoup
de prêtres font. Parfois, je me rends dans la rue commerciale et je me
paie une pointe de tarte dans un petit restaurant d'infortune et
j'espionne les conversations des gens parlant de l'actualité, de la pluie
et du beau temps qui est, comme chacun le sait maintenant, beaucoup
plus une décision de la télévision que du bon Dieu. Il faudrait vraiment
que je fasse un effort pour me trouver des contraintes.

Sœur Marie-Aimée-de-Jésus ignore aussi cette lettre, effrayée par tant de démissions. Elle sent de plus en plus que son amitié pour Charles s'étiole. Pourtant, face à ce constat, son cœur s'alourdit et des larmes mouillent ses yeux, malgré sa bonne volonté de ne pas se montrer faible. « Que de larmes, à cause de cet homme… »

CHAPITRE 11

1966-1968

L'uniforme existe toujours, mais il s'est allégé. Dans une année, le dortoir communal des pensionnaires aura fait place à de modestes chambrettes, que les jeunes filles pourront décorer à leur goût. De plus en plus, les étudiantes ont le droit de sortir, même si elles doivent demander une autorisation. Par exemple, les adolescentes peuvent se rendre dîner dans un restaurant de la ville. Le nombre d'heures consacrées aux sciences et au français ont été augmentées, alors que le cours d'art ménager, si cher à l'élite cléricale, est devenu optionnel. La gymnastique a aussi droit à du temps additionnel et plusieurs religieuses âgées n'auraient jamais cru possible le jour où une équipe de ballon-panier allait défendre les couleurs du pensionnat de Québec. Dans la foulée des changements, plusieurs enseignantes laïques ont fait leur entrée, pour remplacer un personnel religieux vieillissant et qui a eu de plus en plus de mal à se renouveler, au cours des dix dernières années. Tous ces bouleversements ne sont que transitoires, signes avant-coureurs de ce que l'État établira bientôt. Les sœurs de l'Adoration-du-Sacré-Cœur ont voulu prendre un peu d'avance, afin de prouver leurs bonnes intentions et attirer vers leurs pensionnats les élèves dont les parents sont en faveur des nouvelles politiques gouvernementales. D'ailleurs, le mot *Pensionnat* n'existe plus, remplacé par *École secondaire* suivi d'un nom de saint.

Voilà les résultats du travail de Sœur Marie-Aimée-de-Jésus. Elle-même n'enseigne plus, car elle doit partager son temps entre toutes les écoles de la communauté afin de superviser les transformations, d'autant plus que ses supérieures veulent lui accorder plus d'heures pour la rédaction de son manuel d'histoire. Enfin, elle a été engagée par l'Université Laval pour participer à l'élaboration des cours d'une future faculté de formation des maîtres. Et comme si ce n'était pas assez…

« Non seulement vous êtes une sœur, mais vous êtes LA SŒUR, avec des majuscules.

— Oh là, là ! Est-ce que vous entendez par là que je suis supérieure aux autres filles de Dieu des congrégations de la province ? Que non ! Il y a toujours eu parmi nous, et aussi chez les communautés masculines, de grands penseurs, des artistes remarquables, des hommes et des femmes accomplis.

— Pourquoi alors ce pseudonyme de Françoise Gervais ?

— Je n'étais pas d'accord avec l'idée d'utiliser un faux nom. Françoise était mon prénom laïc et Gervais le nom de famille d'un ami.

— Et ça n'a pas réellement fonctionné, ce roman ?

— Environ trois cents copies ont été vendues.

— C'est injuste.

— Je vous remercie, monsieur. J'avais travaillé quatre ou cinq années à la rédaction de ce texte, le tout hors des heures que je devais consacrer à mes devoirs d'enseignante et de religieuse. Je me levais avant le jour pour écrire, chaque nuit. Le texte a bénéficié de recherches précises pour recréer le Trois-Rivières de l'époque décrite. Tous les lieux nommés, de commerçants, de personnages publics, enfin, tout le décor respectait la ville telle qu'elle était à la fin du dix-neuvième siècle et au début du présent siècle.

— Voilà précisément l'aspect qui m'a fasciné.

— Et vous désirez que ce roman oublié devienne un feuilleton à la télévision?

— Le public aime avoir un miroir de son passé et l'émission vedette du genre, que je ne vous nommerai pas, est devenue usée et très prévisible, cela même dans l'écriture du texte, répétant inlassablement les mêmes phrases et expressions. Par contre, dans votre roman, j'ai trouvé une grande richesse, tant dans l'aspect décor, pour reprendre votre expression, que dans la personnalité des acteurs et actrices mis en place.

— C'est tellement inattendu, monsieur! Considérant, de plus, que vous avez trouvé une copie de mon roman dans une vente de grenier tenu le long d'une route secondaire. Je voudrais cependant vous faire remarquer que je n'ai jamais écrit sous forme théâtrale, filmique ou télévisuelle. Vous aurez remarqué que les dialogues sont très brefs, dans ce roman, et que j'ai favorisé des descriptions, des actions, des états d'âme.

— Un auteur professionnel adapterait le roman en le respectant.

— Si j'ai droit de regard sur tous ces scénarios, nous pourrions nous entendre, après avoir obtenu l'autorisation de mes supérieures. »

Il se passe plusieurs mois avant que sœur Marie-Aimée-de-Jésus n'entende parler à nouveau de ce projet. D'ailleurs, elle n'a pas fait grand état de cette fantaisie, trop occupée à ses tâches importantes. La révérende mère de Québec a été très étonnée d'apprendre que sa pédagogue avait écrit un roman, même si elle se souvenait très bien des petits fascicules destinés à la jeunesse au cours de la décennie 1940. La femme a dû lire l'œuvre avant de donner son approbation. Un peu mal à l'aise, tournant autour du pot, elle a hésité longtemps avant de demander à Marie si « cela rapporterait un peu d'argent à la communauté ». La religieuse ne sait que répondre, se contente d'un sourire et d'un silence.

L'homme de la télévision est revenu avec un contrat et les trois premiers textes. Il lui a fait part des comédiens envisagés pour les rôles, attendant l'approbation de la religieuse, qui n'en connaissait aucun. « Je ne regarde pas la télévision. Nous avons un appareil, mais son écoute est réglementée. Vous savez, les sœurs doivent avant tout se consacrer à Dieu et aux missions assignées afin de le servir, que ce soit dans l'éducation des enfants, des soins aux malades et tant d'autres choses. Je mène plusieurs activités simultanément et quand il me reste de rares moments libres, je préfère le silence, la méditation et la lecture. Je n'ai donc pas de culture télévisuelle, et la dernière fois que j'ai vu un film dans un théâtre, ils étaient muets. Par contre, j'ai déjà vu les films du ciné-club de notre pensionnat. Alors, je crois que vous connaissez mieux que moi les qualités de ces comédiens. »

Marie ne signe rien. Elle désire d'abord lire les textes et les soumettre à la révérende mère. Ces objectifs accomplis, les deux ne voient rien de répréhensible dans ces écrits, respectant le roman, tel que promis. Par principe, sœur Marie-Aimée-de-Jésus propose de remplacer quelques mots.

« J'ose de nouveau, sœur Marie-Aimée-de-Jésus : est-ce payant ?

— Sans doute, ma mère. Il faudrait poser la question à cet homme, quand il reviendra. Il m'a dit que lorsque le feuilleton sera diffusé, je trouverai facilement un éditeur pour une réédition du roman. Alors, comme des milliers de gens verront ces personnages au petit écran, une partie de ce public achètera le livre. Je crois que notre communauté en tirera bon profit.

— Et vous ?

— Moi ? Vous me tendez un piège pour savoir si je suis fidèle à mes vœux, révérende mère ? Vous me payez mes déplacements quand je dois travailler à l'extérieur. Que demander de plus ? Mon salaire, c'est la joie des enfants devant des découvertes. Ce sera aussi cette nouvelle génération qui aura la chance de fréquenter l'école plus longtemps grâce à mes suggestions auprès de ces messieurs de la commission d'enquête.

— Nous ne vous oublierons pas, très chère sœur. »

Marie se demande si elle doit parler de tout ça à Charles. Bien que la fréquence de leurs lettres ait diminué, elle ne peut arriver à se passer de ces envois. Voilà deux mois, la pédagogue avait pris six semaines pour lui écrire qu'elle préférait garder ses distances, cherchant les mots justes pour ne pas blesser. La lettre dans l'enveloppe, la main de la religieuse s'était mise à trembler à la seconde près de la faire avaler par une boîte postale. Elle avait rapidement changé d'avis, déchirant l'enveloppe, soupirant, marchant rapidement vers le couvent afin de ne pas se mettre à pleurer en public, comme une enfant.

Le prêtre ne lui parle plus du tout de religion, même quand elle pose des questions. L'homme lui raconte comme il adore la jeunesse des séminaristes, qu'il qualifie de garçons *très éveillés à la modernité*. Il donne même un coup de main lors des exercices de l'équipe de hockey de l'institution. *Ils ont tous hâte que le nouveau système d'éducation, votre œuvre, soit en place afin d'étudier à l'université «comme dans les vrais pays civilisés». Je les cite. Oh! Trois garçons font partie d'un orchestre yé-yé. Devinez leur nom! Les Parfaits! Comme l'ancienne équipe de baseball de Lac-Parent! Mais quel tintamarre… Ce n'est pas de mon âge! Enfin, je reconnais que tout cela est sain. Ils pensent beaucoup à la musique, comme jamais je n'aurais pu l'imaginer. Je vous parle de tout cela car j'avais été désigné comme surveillant lors d'une de leurs soirées dansantes. En réalité, j'ai peu surveillé et j'ai surtout profité de ce moment pour manger des arachides à m'en rendre malade. Croyez-le ou non, mais ces petits diables ont réussi à me faire danser. Voyez: moi aussi, je suis à gogo!*

Pourquoi Marie se passerait-elle de ces écrits, malgré les blessures qu'il lui fera subir, à l'occasion? *Les jeunes filles des écoles de notre communauté sont semblables à vos séminaristes. La mode, la musique, le cinéma. Voilà une génération insouciante, mais comme vous me l'avez écrit, tout cela me paraît sain. Hélas! Personne n'a fait appel à mes services comme surveillante. Si la chose arrive un jour, je me tiendrai loin des arachides.*

Charles s'intéresse avec ferveur à la prochaine tenue de l'Exposition universelle, qui aura lieu à Montréal dans quelques mois. Il n'est pas le seul! Depuis que la grande ville est devenue un chantier de construction, alors que des centaines de camions vont jeter de la terre dans le fleuve pour créer une nouvelle île et pour agrandir une autre, chacun ne pense qu'à cet événement. *Des dizaines de pays du monde entier viendront nous présenter leur culture. N'est-ce pas là un prodigieux accomplissement d'éducation populaire? Peut-être pourrions-nous visiter l'événement ensemble, ma bonne amie? Je ne vous ai pas vue depuis mon départ de Victoriaville et je m'ennuie de votre plaisante conversation. Je vous ai invitée à Joliette et vous avez fait la sourde oreille. Ce n'était pas que pour moi! Plusieurs de nos bons abbés enseignants auraient adoré vous rencontrer. Bien sûr, je comprends que vous ayez plusieurs tâches, mais un congé vous ferait le plus grand bien, surtout pour un événement si important comme celui de l'exposition.*

Il s'ennuie. Quel aveu! Au fond, peut-être que sœur Marie-Aimée-de-Jésus partage le même sentiment. Elle sait qu'une visite de cette exposition est prévue pour les religieuses de la communauté en juillet. Dans un tel cas, ce serait trop abuser de s'y rendre seule. Le prêtre lui rétorque par une description de deux pages des prodiges architecturaux, terminant par une note ironique qu'elle juge déplacée : *Le Vatican n'aura pas de pavillon, mais je remercie le Saint-Siège de me permettre de porter le pantalon. C'est moins chaud qu'une soutane, au cours de l'été. Votre communauté a-t-elle apporté d'autres changements à son uniforme? Je l'espère! Cela vous avantagerait.* Marie sourit face à ce compliment et la réponse devient digne de son amie Véronique-du-Crucifix : *Nous portons maintenant la minijupe, avec un chapelet pendant sur notre hanche droite.*

Marie regarde les jours se transformer en semaines en pensant que Charles s'ennuie d'elle. Elle se met à lui écrire plus souvent, même si les lettres sont devenues plus courtes. Il répond toujours avec le double de pages. L'homme tient tant à connaître les grandes nouvelles la concernant. La faculté de formation des maîtres de l'Université Laval sera en fonction en 1968-69, son manuel d'histoire pour les enfants a été accepté, même s'il n'est pas tout à fait terminé. C'est à ce moment qu'elle lui révèle un autre secret : son roman va être réédité et adapté pour la télévision. *C'est fantastique! Voilà une nouvelle carrière qui s'offre à vous! Vous êtes une vedette!* La religieuse ne sait trop pourquoi, mais elle n'a pas apprécié ces exclamations enfantines. *J'ai besoin d'humilité, monsieur Gervais. Évitez ces épanchements de collégien. Particulièrement, n'utilisez plus jamais le mot «vedette». Quant à votre suggestion d'écrire un autre roman… Qui sait? Il y a un mois, j'étais de passage à Sherbrooke et je me suis arrêtée dans une brocante, et j'ai vu quatre de mes romans pour la jeunesse. L'homme les offrait à un dollar pièce. Considérant leur prix modeste de dix sous de l'époque, j'imagine qu'ils sont aujourd'hui devenus des pièces de collection. Cela m'a fait sentir très vieille. Me voilà rendue au milieu de la cinquantaine… Mon visage se ride, mais qui donc regarde les minois d'une nonne?*

Le moment de la grande visite enfin arrivé, sœur Marie-Aimée-de-Jésus pense beaucoup à Charles, même si elle ne lui a pas promis un tête-à-tête pour la journée entière. Lui-même a déjà parcouru le site sept fois, depuis mai. Il a écrit à Marie des lettres interminables sur les merveilles exposées dans les pavillons nationaux. *Cet événement sera peut-être un point tournant pour le peuple du Canada français. Vous savez comme moi jusqu'à quel point la présente génération de jeunes se montre curieuse et éveillée. Expo 67 les confirme dans la pertinence de ce sentiment. Il s'agit d'un bouquet de fleurs odorantes pour leurs parents. Jamais je n'ai vu tant de fraternité en un seul lieu. La paix et l'harmonie de Dieu voisinent les philosophies les plus sages des autres religions.*

Marie prend place avec vingt autres religieuses dans un autocar, qui en cueillera d'autres au couvent de Trois-Rivières. Elles oublient les règles de discrétion et deviennent bavardes comme des oiselets. «Il paraît que…» «On dit que…» «J'ai entendu dire que…» «On m'a assurée que…» Le reste des phrases est complété par des adjectifs qualificatifs et des interjections. Sœur Marie-Aimée-de-Jésus ne participe pas à ces enfantillages. Elle pense surtout aux retrouvailles avec son ami. La voilà en train de penser qu'elle ne s'est pas toujours montrée aimable, ces derniers temps.

Les îles de Terre des Hommes rayonnent. Les sœurs pointent leurs nez vers les hauteurs, oubliant de regarder devant elles. Chacune a préparé sa visite de pavillons particuliers, mais ce maelström de couleurs, d'odeurs et d'émotions leur fait oublier la rigueur de leur démarche. Elles veulent tout voir à la fois, comme des fillettes en vacances. Elles partent en petits groupes, les unes vers l'Asie, les autres vers l'Europe. Marie ne sait pas où donner de la tête et décide enfin de se joindre à l'interminable file devant l'imposant pavillon de l'Union soviétique. « Ironique, en fin de compte. Une sœur qui veut voir l'œuvre du peuple communiste par excellence. Après tout ce qu'on nous a enfoncé dans le crâne à leur propos… » dit-elle à son jeune voisin. Midi approchant, elle décide de laisser tomber, après quarante minutes d'attente sous le soleil.

La Place des Nations représente symboliquement un lieu intéressant pour un rendez-vous. En approchant, elle aperçoit Charles faisant les cent pas. Il tend les mains, lui sourit. Elle rougit en le regardant de la tête aux pieds, découvrant son ami sans soutane. S'il ne portait pas le col romain, il ressemblerait à un vendeur d'assurances ou de voitures usagées. Il a perdu beaucoup de cheveux et le reste grisonne.

« Vous devriez porter la barbe.

— Vous croyez ?

— Pour un bibliothécaire, cela vous donnerait un air de sage.

— Peut-être pourrais-je devenir père Noël dans un grand magasin.

— Vous seriez excellent, monsieur Gervais.

— Trêve de plaisanteries, ma sœur. Si vous saviez tout le bonheur que je ressens en vous retrouvant.

— Ça me fait plaisir aussi.

— Il y a tant de merveilles ici et pourtant, en cet instant, vous les surpassez toutes.

— Je suis le pavillon sœur Marie-Aimée-de-Jésus, la religieuse qui a ébloui un premier ministre de la province grâce à ses connaissances et à un lointain roman qui sera transformé en émission de télévision. Au fond, je demeure votre bonne amie de toujours.

— Je suis heureux de cet aveu. J'ai tant craint, depuis mon départ de Victoriaville… Allons sur l'île Notre-Dame ! Il faut absolument que vous voyiez la Place d'Afrique ! Exquis et tellement enrichissant ! »

Le guide Charles Gervais déborde d'un enthousiasme bon enfant qui fait sourire Marie. Cela lui rappelle certaines lettres où il décrivait les parties de baseball des Parfaits. Elle n'a pourtant pas besoin de son attitude pour ouvrir grands ses yeux face aux trésors s'offrant à son cœur. Le hasard la fait rencontrer une de ses anciennes élèves du pensionnat de Trois-Rivières. Au timbre de sa voix, elle a pu dire son nom de famille tout de suite. La femme est accompagnée par son fils, son épouse et un bébé dans un landau.

« Cela doit être grisant d'entendre un tel témoignage de reconnaissance pour un enseignement donné il y a si longtemps.

— Je pense surtout que cette ancienne élève est grand-mère.

— C'est la voie normale pour une femme mariée, ma sœur.

— Je me sens si vieille, monsieur Gervais.

— Mais non ! Au fait, vous ne portez pas votre minijupe avec un chapelet sur la hanche ?

— Tant que je ne vous verrai pas avec votre soutane de cuir, vêtement idéal pour l'aumônier d'une bande de motards, je ne porterai pas ma minijupe.

— Vous êtes drôle !

— Je m'ennuie de mon amie Véronique-du-Crucifix, qui parlait tout le temps ainsi, semant les pires inquiétudes chez les religieuses plus âgées. Revenons cependant aux choses sérieuses : à propos de la reconnaissance, je suis certaine qu'un enfant des paroisses où vous avez œuvré a gardé de vous un souvenir très précieux et qu'à la première occasion, vous aurez la joie d'entendre des compliments. Au fait, que devient le manuscrit de vos souvenirs ?

— Poursuivons notre visite, ma sœur. »

Sœur Marie-Aimée-de-Jésus et Charles sont de nouveau interceptés par des religieuses de la communauté, pressées de recommander à leur amie la visite urgente de certains pavillons. Elle-même ne se prive pas de les inonder de ses impressions sur la Place d'Afrique. Tant à voir ! La journée a été trop courte… Dans l'autocar, les conversations vont et viennent comme des vagues entrecoupées de silences ressemblant à des soupirs. Au même moment, Charles roule jusqu'à Joliette en songeant aux bons moments passés en compagnie de Marie. Il se réjouit en pensant qu'elle a apprécié son veston. Il espère que les sœurs de l'Adoration-du-Sacré-Cœur adopteront un jour des robes civiles. «Je suis certain que sœur Marie-Aimée-de-Jésus serait à son avantage en portant une telle robe.» Soudain, il regrette de ne pas lui avoir parlé du feuilleton de la télévision, du roman réédité, des réformes scolaires et de sa propre… «Non! Ce n'était pas le bon temps! Expo 67 devait avoir priorité sur tout!»

* * *

Marie passe les semaines suivantes à voyager entre les couvents et l'université, sans oublier deux rencontres avec le producteur de la télévision, puis l'éditeur, se sentant embarrassé parce qu'elle est une religieuse. «La nouvelle littérature québécoise ne peut être écrite par une sœur», avoue-t-il avec une fermeté insolente. «Ce n'est pas de la nouvelle littérature, mais un livre publié et ignoré voilà plus de vingt ans. Par contre, monsieur, et cela avec toutes les plus grandes politesses, je vous signale que l'argent que vous toucherez grâce à ce roman, parce que tout le monde aura vu son histoire à la télévision, ne devrait pas vous poser un problème d'éthique.» Dans ses nombreux déplacements, sœur Marie-Aimée-de-Jésus n'entend parler que de Terre des Hommes. Elle écoute tout. Ces récits ravivent les souvenirs précieux de sa première visite.

En août, la voilà de retour sur les îles enchanteresses, en compagnie d'un de ses frères et de sa famille. Dans une lettre, elle avoue à Charles un passage singulier de cette visite : *Je suis montée dans la grande roue de La Ronde, avec mes deux neveux. Expérience vertigineuse! Vertigineuse surtout en pensant qu'un tel geste aurait été inadmissible il y a dix années. J'aurais été convoquée par l'évêque, qui aurait recommandé à ma supérieure les pires punitions. J'ai aimé cette aventure. J'étais véritablement une sœur dans le vent.*

Charles compte nerveusement les jours menant au rendez-vous promis par son amie. Il vit des moments difficiles au séminaire. Les autres religieux ne lui parlent plus beaucoup. Il se perd dans le travail, en vue de la rentrée scolaire. Le moment venu, sœur Marie-Aimée-de-Jésus s'impatiente face à la Place des Nations. Le prêtre est en retard. Elle a couché à Montréal, après avoir assisté aux premiers tours de manivelle pour les extérieurs du feuilleton. Tout cela l'a un peu étourdie, surtout les regards des comédiens à son endroit, réagissant comme l'éditeur : « Mais c'est *réellement* une sœur ! » Levée pour la première messe, Marie s'est rendue tôt sur le site, croyant qu'une visite de quelques pavillons en toute liberté lui ferait du bien, même si, au fond, la rencontre avec Charles l'intéressait davantage que les merveilles de Terre des Hommes.

Enfin, Marie le voit approcher. Elle sourit généreusement, si heureuse face à l'idée de passer une journée en sa compagnie. Quand il lui tend la main, elle a le goût de la retenir un peu. « Vous êtes radieuse », déclare-t-il, l'air satisfait. Il veut tout savoir du quotidien de la religieuse, mais Expo 67 les rattrape. Pendant les longues minutes d'attente face à certains pavillons, les souvenirs des visites précédentes alimentent leurs échanges. Quelle journée pétillante ce fut ! Marie se demande pourquoi Charles semble très nerveux, peu avant l'heure du souper. Finalement, il plonge : « Je voudrais vous annoncer que ma demande d'induit de sécularisation est partie depuis un peu plus d'une année. » Sœur Marie-Aimée-de-Jésus le regarde quelques secondes, avant de porter ses yeux ailleurs, dans un geste bref et sec. Le prêtre avale sa salive, s'avance doucement face à elle.

« C'est une plaie, monsieur Gervais. Une plaie ! Vous pardonnerez ma sincérité, mais de la part d'un homme de votre intelligence et d'un prêtre aussi savant, je trouve que vous avez posé un geste très lâche. Depuis que vous avez quitté la Gaspésie, vous subissez sans réagir, alors qu'auparavant, les défis ne vous effrayaient pas, qu'ils soient d'ordre social ou spirituel. Vous auriez pu devenir professeur de théologie dans un séminaire, dans une université, mais vous avez préféré passer ces années à vous plaindre et à vous montrer odieusement moqueur envers tout ce qui vous contrariait. Vos supérieurs vous ont fait confiance pour cette enquête sur les œuvres sociales de l'Église pour la jeunesse et…

— Et je me suis fort bien acquitté de ma mission, mais on a ignoré chaque parcelle de mes recommandations.

— Je suis très déçue, monsieur Gervais. Déçue est un mot très faible pour définir ce que je ressens et pense. Je suis terrassée. Puisse Dieu vous pardonner.

— Ma sœur, je vous assure que je suis en paix avec notre Créateur.

— Comment osez-vous dire une telle chose, alors que vous le trahissez, que vous lui tournez le dos?

— Je suis en paix avec Dieu, mais plus avec l'Église, et cela, depuis mon départ de Gaspésie. Vatican II n'aura été qu'un leurre, une façade pour masquer le profond conservatisme anachronique qui anime nos supérieurs. Tout cela n'a rien à voir avec les transformations sociales qui bouleversent notre pays et tant d'autres. Je prie chaque jour, mais avec mon cœur. Il n'y a rien de plus profondément enraciné en moi que la parole divine, mais je ne veux plus être le pion d'une Église rétrograde et archaïque.

— J'ai la foi et j'accomplis de belles choses pour faire progresser la société. Qu'est-ce qui vous empêche d'agir de la même façon? Vous l'avez déjà fait.

— Je suis un homme, ma sœur! Je ne peux plus me définir comme religieux dans le contexte de notre société. »

Marie se lève, très nerveuse. Elle fait quelques pas afin de lui tourner le dos. Quand il approche et lui touche une épaule du bout des doigts, elle sursaute et se retourne très promptement.

« Que pouvez-vous faire, à votre âge? Balayeur?

— Il n'y aurait pas de déshonneur. Je retourne à Trois-Rivières et je verrai. J'ai confiance, pleinement confiance. D'autres l'ont fait avant moi. Peut-être pourrais-je me marier et…

— Je vous l'interdis!

— Allons donc, chère amie. La colère vous aveugle. J'ai deviné que cette confession vous étonnerait, mais je pensais que vous alliez faire preuve de plus de compréhension. C'est curieux… Au cours de notre vingtaine, j'étais le prêtre collet monté et vous étiez une enseignante déguisée en religieuse et…

— Je ne veux plus rien entendre! »

* * *

Sœur Marie-Aimée-de-Jésus ne donne pas suite aux lettres automnales de Charles. La tristesse le fait trembler et lui enlève le goût de travailler, alors qu'il y a tant à faire. L'édifice de l'amitié construit depuis si longtemps s'écroule, alors que se ferment une à une les écoles normales, que la faculté universitaire en formation des maîtres déborde d'inscriptions, que les ouvriers de la construction salivent de joie en pensant à toutes ces écoles à bâtir. Marie a toujours eu conscience des sorties des religieuses, surtout chez les plus jeunes. Cependant, cette fois, elle se sent plus concernée parce que cette décision arbitraire vient d'un homme intelligent, ce qui n'était pas le cas pour certaines sœurs qui… Enfin, elle se garde bien de porter un jugement.

« La vie a beaucoup à offrir. Plus qu'autrefois, ma fidèle amie. Qu'aurais-je pu faire, au cours de ma jeunesse, pour enseigner la musique dans de bonnes conditions ou afin de me soustraire à un mariage malheureux à cause des années difficiles de la Grande Dépression ? Comparons : que peut faire aujourd'hui une fille de l'âge que j'avais ? Cent fois plus ! Cette énergie de notre société m'atteint, même si j'ai cinquante-six ans. Ce n'est pas si vieux, en fin de compte.

— Je vous aimais mieux quand vous étiez drôle, sœur Véronique-du-Crucifix.

— Appelez-moi dorénavant par mon prénom civil : Blanche-Neige.

— Ah ! Je vous retrouve ! Et qu'allez-vous faire ? Aller jouer au billard avec un marin tatoué dans une taverne crasseuse des bas-fonds ?

— Certaines me trouvaient sotte de parler avec cet humour. Au fond, il était déjà porté vers ce qu'il y avait hors des murs des couvents.

— Je sais. Mais vous pouvez sortir plus librement, maintenant ! Notre communauté n'a jamais été cloîtrée et nos règles se sont beaucoup assouplies depuis une dizaine d'années.

— J'ai prié par obligation. J'ai jeûné à m'en faire mal. J'ai assisté à des messes en somnolant. J'ai trop longtemps vécu au cœur de cette discipline de fer. La vie, sœur Marie-Aimée-de-Jésus, c'est autre chose.

— Vous n'avez plus la foi.

— J'ai la foi d'une laïque. Comme vous, à vingt-cinq ans.

— Ma foi a depuis grandi.

— Je chanterai à l'église et je vais tenter de diriger une chorale ou de jouer de l'orgue, lors des cérémonies. Dieu demeure dans mon cœur. Vous avez vu ma jupe? Seyant, n'est-ce pas?

— Vous plairez aux hommes et trouverez un mari, Blanche-Neige.

— Je vous ai confié depuis longtemps que…

— Ne le répétez pas.

— Car vous croyez encore aux cascades de péchés, Marie? Je veux surtout croire au bonheur et à celui-là aussi. Désirez-vous savoir tout ce que j'ai subi comme discours, remontrances et bouderies affligeantes, depuis ma demande?

— Non, je ne le désire pas.

— Vous êtes mon amie et je vous aimerai toujours, sœur Vedette. Je ne cesserai de vous écrire et lorsque vous serez de passage à Tombouctou, je vous accueillerai de tout mon cœur et je me servirai de vous comme cobaye pour mes essais culinaires.

— Vous vous établissez à Tombouctou?

— Vingt milles à l'ouest de Granby. Charmant patelin. »

Cette visite inattendue de sa meilleure amie, redevenue civile, esseule davantage sœur Marie-Aimée-de-Jésus. Elle se sent si abandonnée que des étourdissements l'ébranlent. La religieuse se lance dans la prière afin que Dieu protège ses deux amis fautifs. Les prières d'usage se mêlent à des confessions plus personnelles au Tout-Puissant. C'est permis, maintenant! Les nouveaux manuels scolaires des cours de religion parlent de Jésus comme d'un ami. Ils sont fort bien rédigés et attrayants. Marie a rencontré les auteurs. Il y a même des messes rythmées, où les guitares remplacent les grandes orgues. Elle croit que Vatican II a apporté en trois années et trois mois plus de changements qu'en trois siècles. Alors, pourquoi quitter, au moment où le catholicisme fait preuve d'ouverture pour s'adapter à la société moderne? «Surtout à leurs âges!»

Sœur Marie-Aimée-de-Jésus aime parler avec les vieilles religieuses, qui regardent confortablement passer les jours, tout en demeurant fidèles à leurs vœux. À Québec, il y a une converse à quelques mois de célébrer son centième anniversaire de naissance. Elle marche à petits pas et sourit avec une rare fermeté. Au réfectoire, elle ne peut s'empêcher de placer comme il faut les ustensiles. Une vie entière à laver, cuisiner et balayer pour les autres. Aucune plainte: que le sens du devoir à accomplir en toute humilité. Les couvents regorgent de ces héroïnes anonymes que personne ne pense célébrer. Il y a deux années, Marie a rencontré un frère des écoles chrétiennes, âgé de quatre-vingt-seize ans, venu entendre sa conférence pédagogique. Il lui avait avoué: «Je ne fais plus la classe depuis vingt années, mais je suis toujours un enseignant. Alors, je suis ici pour me tenir au courant.» Ses supérieurs lui auraient offert une dizaine d'élèves et il aurait jeté sa canne au loin pour courir vers le local de classe. Si le Tout-Puissant lui permet d'atteindre un âge aussi vénérable, Marie est certaine qu'elle agira de pareille façon. Parler aux religieuses âgées la confirme dans sa certitude de la mauvaise décision de Charles et de « Blanche-Neige ».

« Le prêtre pourra sans doute se trouver un emploi, car c'est un homme intelligent, mais sœur Véronique-du-Crucifix ne connaît que la musique… » se dit-elle, au cœur d'un profond soupir. Les commissions scolaires voudront-elles engager une ancienne religieuse approchant de la soixantaine, alors que tant de jeunes vont sortir des universités, très bien formés pour se lancer dans une carrière en enseignement, avec leurs coiffures à la mode et prêts à révéler les secrets de la guitare électrique aux adolescents?

Sœur Marie-Aimée-de-Jésus rencontre cette génération à l'université. La faculté lui a demandé de leur donner des cours de pédagogie, mais elle est trop occupée avec ses tâches dans la communauté, prise avec des bouleversements dans tous les anciens pensionnats et les changements mal acceptés par beaucoup de religieuses. Elle a tout de même répondu positivement à l'invitation d'un professeur pour parler aux jeunes. L'homme l'a présentée comme « une femme qui a passé sa vie à sans cesse travailler pour renouveler la pédagogie. Ses méthodes laissaient présager les années d'or de la Révolution tranquille. » Les étudiants l'ont regardée d'un air abasourdi, pensant sans doute : « Quoi ? Une nonne ? » Ses propos ont laissé tout le monde pantois, surtout qu'avec humour, elle a ouvert quelques parenthèses, dont une sur l'élégance de l'ancien premier ministre Jean Lesage. « En le regardant, mon crucifix fondait sur ma poitrine. »

Il y a encore tant et tant à faire ! Jamais de répit, afin de garder un cœur jeune et un esprit éveillé. Marie accomplit tout avec une forte détermination, un zèle qui, elle ne s'en rend pas compte, finit par agacer certaines. Quand cette tornade quitte un couvent, les sœurs s'exclament : « Oufff… Nous pourrons respirer ! » En revanche, quand la pédagogue se retrouve seule, elle se sent encore abandonnée. « La prière va me réconforter et éclairer mes pensées. » Quand ce n'est pas le cas, elle décide de se lancer dans un autre projet, sauf que cette fois, la plupart demeurent sans lendemain. Écrire un autre roman ? Rédiger sa biographie du point de vue pédagogique ? Brosser un tableau des converses, ces grandes oubliées des livres sur la religion ? Préparer un autre feuilleton ? Un mois plus tard, Marie ne se souvient plus de rien, jusqu'à ce qu'une de ces idées ressuscite. « Ah oui ! J'y avais pensé, il n'y a pas longtemps. »

À la fin de juin 1968, Marie pense à écrire à Charles après une visite à Terre des Hommes, le prolongement d'Expo 67. Elle a alors revu la Place des Nations et l'a entendu, en songe, parlant avec l'enthousiasme d'un enfant. Le lendemain, elle a changé d'idée en se souvenant des terribles aveux de l'homme. « La Terre entière est agitée. Tout le monde parle d'harmonie, alors que de terribles assassinats se produisent aux États-Unis. Ces Américains détruisent le Viêt-Nam en sacrifiant leur jeunesse… Et dire qu'il y a des religieuses qui abandonnent leur sécurité pour se lancer là-dedans. Absurde ! »

Cet été marque un tournant dans sa vie. Marie a demandé qu'on lui confie une classe d'histoire. Elle a besoin de la paix que lui apporte la présence d'enfants. Suggestion acceptée, mais à Sherbrooke. Cet automne-là, le feuilleton fera partie de la programmation de la télévision d'État, en même temps que son roman sera sur le marché. Il y aura risque de tumultes et la religieuse sent qu'elle sera tranquille dans une classe, loin des feux de la rampe que ces deux événements contribueraient peut-être à faire naître. «Je vais écrire un autre roman. Pas de promesse sans lendemain, cette fois. J'ai besoin de retrouver le calme des nuits, avant la première messe. Voilà qui me fait tant plaisir», confie-t-elle à sa supérieure de Québec, la journée de son départ.

Sœur Marie-Aimée-de-Jésus entre en conquérante dans sa nouvelle demeure, déjà visitée plusieurs fois. Sa cellule est quelque peu plus humble qu'à Québec et la révérende mère plus sévère. Sa première recommandation a été réservée à l'aspect disciplinaire du couvent: l'obéissance aveugle aux règles de la communauté, l'humilité en tout temps et la dévotion. «Nous sommes cependant fort contentes de vous avoir parmi nous, ma sœur.» Pourquoi ce mot *cependant*? Peut-être que ce sous-entendu concerne les religieuses n'appréciant pas les chambardements dans le monde de l'enseignement, dont Marie a été un des rouages. Ce n'est que deux heures plus tard que la sœur se souvient avoir recommandé la fermeture de l'École normale de Sherbrooke, «économiquement catastrophique». Dans la foulée de cette décision, plusieurs avaient dû prendre leur retraite un peu plus tôt que prévu. Voilà qu'arrive cette spécialiste, ses cinquante-sept ans, et à qui on confie une classe d'adolescentes.

«Pas chanceuse! Une maudite pisseuse en histoire! Elle est vieille, en plus!» Marie toussote, cogne l'épaule de son élève, qui fond jusqu'au ras du sol en deux secondes, son visage passant d'un doux rosé à un rouge infernal. Pour le quart de cette remarque, il y a quelques années, cette élève aurait été renvoyée de l'école sans avoir le temps de se défendre, mais maintenant, toutes les inscriptions possèdent une importante valeur. «J'en ai vu d'autres. Les temps changent, les filles aussi. Sœur Parenthèse a plus d'un tour dans son sac. Quand celle-là saura que ce téléroman dont elle va raffoler a été écrit à partir de mon roman, elle va vite oublier que je suis une pisseuse. Maudite, de surcroît. »

Marie se sent étonnée de voir le personnel de son niveau d'enseignement : la plupart sont des laïques, dont un homme. « Les temps changent *vraiment*. » Quant au chapelain, comme c'était le cas à Québec, il n'habite pas le couvent. Il s'agit d'un jeune prêtre d'une paroisse ouvrière de la ville et qui s'occupe aussi d'un village. Trois tâches ! « Il le faut bien, si tous nos prêtres défroquent… » En l'écoutant, Marie se demande si cet homme a déjà servi la messe en latin. Ce prêtre l'intrigue, surtout en ce matin où il est en retard pour la messe et où toutes les religieuses l'entendent distinctement arriver en motocyclette.

« Parlons plutôt d'un scooter, ma sœur. C'est léger, utile et économique.

— L'évêque vous a permis l'utilisation d'un tel engin ?

— L'évêque ? Pourquoi serait-il au courant de ça ?

— Heu… Vous me clouez au silence, mon père.

— Appelez-moi Georges. Je suis très content de vous rencontrer, Marie-Aimée-de-Jésus ! C'est *cool* ce que vous avez fait pour l'avancement de l'éducation au Québec.

— C'est… *cool* ?

— Ouais.

— Pourquoi êtes-vous un prêtre, à votre âge ?

— Parce que j'ai la vocation. C'est un apostolat sensationnel, un style de vie formidable. Vous aussi avez beaucoup de choses passionnantes à me raconter. Venez chez moi, un de ces soirs.

— Oui… Ce sera formidable et sensationnel…

— Bravo !

— Est-ce que vous jouez au baseball ?

— Non. Au hockey. Gardien de la foi chaque jour de la semaine et gardien de buts le samedi soir, avec l'équipe des ouvriers de ma paroisse. Pour le baseball, Montréal aura une équipe dans les majeures l'an prochain. Ce sera électrisant ! »

Le tête-à-tête se déroule dans une pièce d'un vieil immeuble situé à trois rues de l'église, car « les presbytères font trop bourgeois à mon goût, coûtent cher d'entretien et nous coupent des gens ordinaires. » Le crucifix ressemble à l'architecture d'un pavillon d'Expo 67, voisinant une affiche de Bob Dylan. D'ailleurs, Georges s'empresse de faire entendre ce chanteur à sœur Marie-Aimée-de-Jésus. De retour au couvent, elle trouve sa cellule alors très, très austère. « Et si je demandais à la révérende mère la permission de coller une affiche des Beatles au mur ? Après tout, ils ont composé de fort belles chansons. » Ce soir-là, elle a envie d'écrire à Charles pour lui présenter ce curieux chapelain. Marie dépose le papier sur son bureau de travail, mais hésite à tracer les lettres du premier mot. Il ne viendra jamais et seul les quatre murs ont été témoins des larmes de la femme.

CHAPITRE 12

1969-1971

Je l'ai fait, sœur Marie-Aimée-de-Jésus! Je le jure! À force de le répéter pendant si longtemps, il fallait me montrer conséquente et je me suis rendue dans un bar à l'allure douteuse, près du port de Montréal, où des hommes jouaient au billard en consommant des grosses bouteilles de bière, des cigarettes vissées à leurs becs. Malheureusement, je n'ai pas remarqué s'ils étaient tatoués. Marie rit en lisant cette nouvelle lettre de son amie sœur Véronique-du-Crucifix, devenue civile. Montréal s'est révélé pour elle plus agréable que Tombouctou. Après quelques mois d'errance, la femme a trouvé un emploi dans un bureau de renseignements touristiques. De plus, elle donne des cours de chant à des enfants. *Je ne peux me passer des petits. Le pourriez-vous? C'est cependant étrange d'enseigner à des garçons…* La religieuse préfère ne pas répondre à cette question, car ses trucs infaillibles se sont butés à l'indifférence de sa classe d'adolescentes, pour qui leur enseignante était avant tout une vieille sœur. Pendant tous ces mois, Marie a rencontré des difficultés avec le programme d'histoire qu'elle a pourtant aidé à élaborer. À la fin de l'année scolaire, elle a demandé à sa supérieure de lui confier un poste administratif. L'ambiance de travail, très morne, lui rappelle ses jours malheureux à Roberval.

J'assiste à la messe une fois par semaine, comme toute personne normale, d'écrire l'amie. *J'aime les messes nouvelle vague, mais parfois, je l'avoue, je m'ennuie du latin. C'était mystérieux… Nous sommes moins de fidèles dans l'église, mais il y a une bonne communication entre nous. En sortant de la célébration, je suis souvent invitée par des gens pour boire un thé. Quant à mon espoir dont vous ne voulez pas entendre parler, cela viendra. À propos, je me suis rendue au petit stade du parc Jarry pour voir l'équipe de baseball de Montréal. Savez-vous qui j'y au croisé? Votre ami Charles Gervais, notre ancien chapelain de l'époque du couvent de Trois-Rivières. Il était accompagné d'une femme aux cheveux grisonnants, sans doute plus vieille que lui. Je ne lui ai pas parlé, car à ce moment-là, Rusty a frappé un coup de circuit. Voilà pour cette lettre! J'attends votre réponse avec impatience, ma bonne amie, et vous rappelle que pour vos séjours à Montréal, je vous accueillerai chez moi avec la joie la plus sincère. Nous pourrons boire du bourbon sec tout en fumant des Gitanes sans filtres. Je vous ferai goûter à mon art culinaire. Mon steak est vraiment très amusant, surtout quand il sourit.* Sœur Marie-Aimée-de-Jésus ne donne pas suite immédiatement aux nombreuses lettres de cette bonne camarade. Craint-elle de voir la réussite de ce divorce, de cette trahison à ses vœux? Cette dernière lettre la terrorise… Charles en compagnie d'une femme!

«Je crois que si je devais vous désigner un gros péché officiel, Marie, ce serait celui d'orgueil.

— Moi, orgueilleuse? Allons donc, Georges!

— Je ne vous connais pas depuis longtemps, mais je suis certain que vous avez péché par orgueil au moins une douzaine de fois.

— Alors, à la prochaine confession, j'avouerai ma faute et vous me donnerez l'absolution.

— Dix minutes après les prières, vous recommencerez. Venez à la maison et nous en parlerons à cœur ouvert.

— Je ne tiens pas à des rencontres hors des murs du couvent.

— Je suis votre chapelain n'importe où. Vous êtes servante de Dieu, je suis votre guide spirituel, le prêtre qui vous offre les messes et les confessions. J'accomplis mon devoir pour que toutes les âmes vivent en paix, que mes frères et sœurs de la planète trouvent la sérénité. Ce qui se passe dans le confessionnal est une règle de l'Église, mais, au fond, ça n'a pas beaucoup de portée. Une discussion d'adulte à adulte donne souvent de meilleurs résultats.

— Décidément, j'ai beaucoup de mal à comprendre les prêtres à gogo…

— Je ne suis pas un prêtre à gogo, mais un curé psyché-délique *groovy*. Alors, cessez de vous montrer orgueilleuse et venez chez moi.

— Moi, orgueilleuse ? »

Toutes les religieuses du couvent apprécient ce jeune prêtre si différent. « Tellement gentil », d'avouer les aînées, « Si ouvert », de préciser les jeunes. Toujours de bonne humeur, souriant sans cesse, faisant preuve d'humour et de délicatesse. Les qualificatifs n'en finissent plus de pleuvoir. Sœur Marie-Aimée-de-Jésus se montre souvent agacée par la franchise de l'homme. « Vous étiez une sœur progressiste de l'époque duplessiste et la Révolution tranquille a fait de vous une conservatrice. Historique-ment, c'est le contraire qui aurait dû se produire. » Après chaque rencontre, Marie pleure toujours. Pour sa part, Georges trouve chez elle un beau défi afin de compléter ses connaissances en psychologie. Persuadé qu'elle cache de très grands secrets ! Il a poussé l'audace jusqu'à mener une enquête auprès de la mère supérieure du couvent de Québec, qui n'a pas mis des gants blancs pour avouer que son ancienne collègue « a vu sa tête gonfler dix fois depuis que des politiciens ont fait appel à elle pour déformer… Pardon : pour *réformer* le monde de l'éducation. Elle s'est parfois comportée avec une arrogance détestable auprès des autres. »

Sœur Marie-Aimée-de-Jésus regrette d'avoir demandé une classe, raison de sa venue à Sherbrooke. L'université lui manque. « J'aurais pu avoir un bon poste et continuer à former les maîtres, comme je l'ai maintes fois dans les Écoles normales. À Québec, j'avais accès à des archives, à des bibliothèques très riches. Ici, je me sens seule. J'ai été victime de mesquinerie. Je n'avais pas épargné les institutions scolaires de ce couvent lors de mes enquêtes précédentes. Je répondais simplement aux impératifs de ma supérieure. En douce, on m'accuse d'être la responsable de la baisse des inscriptions, parce que j'ai participé aux réformes proposées par la Commission Parent. Cent fois, je leur ai répété que nous vivons une époque de transition et que les écoles privées pour jeunes filles dirigées par des religieuses finiront par attirer les parents bourgeois, car les polyvalentes ne tarderont pas à montrer des défaillances. Voilà ce que je pense, Georges. »

À la suite de ce cri du cœur, la religieuse attendait un peu de compassion, mais il lui répond qu'un peu d'humilité lui ferait le plus grand bien. Marie retourne au couvent à toute vitesse et broie du noir pendant trois semaines, tentant coûte que coûte de ne pas croiser Georges dans un couloir. Même le roman qu'elle écrit ne l'amuse plus.

* * *

« C'était un péché mignon de jeunesse, une façon de m'évader des règles sévères. J'entretiens cette illusion à cause du succès du feuilleton télévisé et de celui du livre réédité. J'en ai assez qu'on me dise : "C'est bien, pour une sœur." » Cet aveu étonne le producteur de la télévision, venu lui suggérer d'écrire un roman en se basant sur les textes de la suite du premier feuilleton.

« Ce qui m'offusque un peu, ma sœur, et je vous le dis avec politesse et prudence, est que tout cela rapporte une assez jolie somme dont vous ne voyez pas un sou.

— Je vis en communauté, monsieur. Cet argent arrive à point, car toutes nos écoles ont connu des baisses d'inscriptions, que les édifices commencent à devenir vieux et ont besoin de réparations. Je n'ai jamais manqué de rien. J'avoue que j'ai vécu une situation privilégiée, à cause de mes travaux de pédagogue. Je suis sortie plus souvent que les autres et on me payait le gîte, le transport et les repas. Je n'ai jamais eu d'argent de ma vie.

— Enfin… Tout cela ne me regarde pas et je ne voudrais pas m'étendre sur ce sujet. Comme promis, voici les textes pour la seconde série. Donnons-nous deux mois avant notre prochaine rencontre.

— D'accord.

— Je crois que vous êtes une grande artiste, ma sœur, une créatrice. Tous les gens qui aiment le téléroman et le roman vous le diraient avec amour et reconnaissance. Ça vous motiverait sans doute à écrire.

— J'ai conscience que les gens apprécient cette histoire. Je ne peux pas sortir sans qu'on m'aborde pour me féliciter. Je ne veux décevoir personne. Je vous avoue que je suis exténuée, depuis quelque temps, et que je ne me sens pas très bien. Cela se replacera, avec les bienfaits que la prière apportera à mon âme. »

Sœur Marie-Aimée-de-Jésus relit son propre roman, se remémorant ainsi des moments précis, des étapes de sa création, alors qu'apparaissent des souvenirs des lettres anciennes de Charles. Elle se rappelle même d'un certain passage rédigé pendant un violent orage électrique, prête à laisser la plume pour se réfugier sous son lit. Il fallait tout de même écrire, car elle ne pouvait pas se passer de ces moments avec la nuit et le silence de la ville.

* * *

«J'écris une suite. On me l'a demandé. En premier lieu, cette idée ne m'enthousiasmait pas, mais en fin de compte, je retrouve ainsi un peu de ma jeunesse.

— C'est merveilleux, Marie! Plusieurs femmes de ma paroisse ne jurent que par votre téléroman.

— Je sais que beaucoup de gens ne font rien d'autre de leurs soirées que de regarder la télévision et laissez-moi vous assurer, Georges, que cette surenchère m'inquiète. Ce n'est pas ainsi qu'on forme un peuple éveillé. Les gens finiront par ne plus pouvoir penser et juger par eux-mêmes, répétant sans cesse ce qu'ils auront entendu à la télé et…

— Trêve de petit snobisme et…

— Snobisme?

— Vous êtes jolie quand la colère se manifeste. J'allais vous remercier d'être revenue et de cesser de me bouder. Au fond, cette bouderie m'indique que vous avez réalisé que le péché d'orgueil est…

— Écoutez, Georges, je ne suis pas ici pour me faire insulter.

— Vraiment jolie ! »

Ce jeune homme exaspère Marie autant qu'il la fascine. Une religieuse, en conversant avec une autre, disait que Georges connaissait de façon profonde et éclairée les Saintes Écritures et l'histoire du catholicisme. Sœur Marie-Aimée-de-Jésus avait alors relevé le sourcil, imaginant les conversations historiques enrichissantes. Cet homme, érudit des Écritures ? Lui qui est prêt à chanter les louanges du Seigneur en s'accompagnant à la guitare ? Elle devait en avoir le cœur net !

Depuis quelques semaines, les deux ont croisé le fer à trois autres occasions, où Georges flairait toujours les pièges de la pensée tendus par la religieuse. Elle ne sait pas que le prêtre a reçu de Montréal une lettre de l'ex-sœur Véronique-du-Crucifix, se plaignant que Marie rompe des décennies d'amitié parce qu'elle-même est redevenue civile et parce qu'elle lui parle à cœur ouvert de ses désirs. *Que lui arrive-t-il, mon père ? C'était une femme très ouverte et la voilà censurant tout ce qui l'entoure. Je l'aime beaucoup, ma sœur Vedette. Je me chagrine de son silence. Voilà sept lettres auxquelles elle ne répond pas. Est-elle malade ? Sachez que je prie pour elle.* Il n'en fallait pas plus pour que Georges poursuive sa carrière de détective, afin de cerner le mystère de Marie. Ainsi apprend-il que la jeune femme était entrée dans la communauté dans le seul but de devenir enseignante dans de bonnes conditions et *qu'elle avait une foi semblable à celle d'une épouse d'ouvrier, mère de neuf enfants. Comme une comédienne, elle a souvent joué le jeu de la foi, alors que tout ce qui l'intéressait profondément était la pédagogie. Elle me le disait noir sur blanc, alors que nous étions des couventines.*

À sa cinquième visite après la réconciliation, Marie a l'impression de subir un interrogatoire ou, tout au plus, une enquête spirituelle. C'est alors que les souvenirs des lettres de Charles, tant et tant de fois relues, lui viennent en aide. Elle y trouve même quelques propos qui déjouent le jeune curé. La chatte vient de capturer sa souris, mais celle-ci rebondit pour trouver un autre trou de sortie. « Ce que vous dites ne vient pas de vous, proteste Georges. Pour une femme toujours à la recherche d'un renouveau pédagogique, la méthode du par cœur vous sied maladroitement. » La religieuse, insultée, se lève promptement. Une heure plus tard, elle se dit que ce jeune blanc-bec se montre très futé en lisant dans son âme.

« J'ai des péchés qui me hantent, car je n'ai jamais osé les confesser à un prêtre, même si mon Créateur a entendu plusieurs fois ces fautes.

— Depuis longtemps ?

— Très longtemps.

— C'est-à-dire ?

— Une trentaine d'années.

— Holà ! Ce n'est pas avec une telle attitude que vous aurez la conscience en paix, Marie. Pourquoi ne pas avoir confessé ces taches plus tôt ?

— Elles m'apparaissaient horribles à dire, selon les conventions et règles religieuses alors en cours, cela en considérant aussi mes vœux.

— Peut-être que ce qui était monstrueux alors est devenu anodin aujourd'hui.

— Je n'ai pas utilisé le mot *monstrueux,* mais *horrible.*

— Vous désirez me parler de ces péchés à cœur ouvert ou préférez-vous une confession ?

— Je vais vous en parler.

— Je vous écoute.

— C'est très énervant… »

Georges est étonné de constater jusqu'à quel point l'idée de cette confession rend Marie nerveuse. La femme tremble véritablement et se met à pleurer. Il se lève, lui prend les mains afin de l'apaiser. Ce qu'il entend pendant une heure ne l'effraie pas du tout. L'homme s'attendait à ce genre d'aveux. Il pense que cette sœur dite moderne a vécu longtemps dans la crainte typique de l'atmosphère religieuse du catholicisme intransigeant des premières années du vingtième siècle.

« Je vous remercie, Georges. Je me sens mieux.

— Il faudra en discuter de nouveau, Marie. Je veux vous aider.

— Je me sens si honteuse…

— Vous vous sentirez soulagée après quelques jours. Ensuite, vous pourrez faire face à cette situation sereinement et avec intelligence. »

Six mois plus tard, sœur Marie-Aimée-de-Jésus, la religieuse la plus en vue du Québec, vit isolée dans sa cellule, passant plusieurs heures par jour à écrire son roman. Des jeunes apprennent l'histoire avec son manuel en mains. Ils profitent des réformes du monde de l'enseignement en ignorant qu'elle existe. Marie voit le mur de son univers s'écrouler, non brique par brique, mais avec fracas. Les nouvelles écoles poussent dans les champs, aussi beaux qu'un poème rédigé par un robot dans le béton. Le personnel des universités est déjà en place, alors que les ouvriers construisent l'édifice autour d'eux. Une génération entière, crachant sur leur passé de séminaristes et de couventines, se languit du nouveau départ qui leur ouvrira des portes, jusqu'alors fermées à la classe moyenne et aux plus humbles. Marie ne pense plus à tout cela. Le jour, elle passe le temps en classant des livres sur les étagères de la bibliothèque. Elle n'a pas honte, sachant que Charles a fait la même chose.

Sœur Marie-Aimée-de-Jésus est devenue une ombre, attendant le moment de sa renaissance. Elle remplit ses devoirs religieux, comme un automate, comme tant d'hommes et de femmes qui se sont prêtés au jeu faisant partie d'une tradition qui ne les amusait plus, mais qui devait être respectée afin d'éviter la condamnation sociale. Le soir, avant de se mettre au lit, Marie dépose sa main sur son cœur, tout en regardant son crucifix. Elle parle alors au Dieu d'amour et de tolérance.

Parfois, une religieuse approche pour lui parler brièvement. Plusieurs ont tenté, avec tact et politesse, de la faire changer d'avis. Elle a écouté et remercié. À l'occasion, elle s'emporte en évoquant Samuel de Champlain, les peuples iroquois, Marie-de-L'Incarnation ou ces bûcherons de jadis qui avaient laissé leurs mots en héritage à leur descendance, dans ces deux livres publiés à la fin des années 1950. Rien ne peut alors arrêter son flot de paroles avant qu'elle ne cesse abruptement après, pour demander : «Mais qu'est-ce que je raconte ?»

Souvent, elle se rend chez Georges pour se confesser, à la table de cuisine, près d'une pinte de jus d'orange et d'un cendrier débordant de mégots. Marie a regardé son feuilleton dans le salon d'une famille ouvrière, rempli de femmes de plus de quarante ans, abasourdies d'avoir la créatrice de leur émission favorite à leurs côtés. Georges lui fait écouter Bob Dylan dix fois, alors que l'ex-sœur Véronique-du-Crucifix ne jure que par Jean-Pierre Ferland. Marie n'a pas cherché à rejoindre Charles, malgré l'insistance de Georges. Elle sait pourtant qu'il s'est trouvé un emploi à Trois-Rivières, travaillant pour le service des loisirs, responsable de l'équipement des parcs. Elle devine sa pensée : « Je fus l'aumônier de la première OTJ de la ville et me voilà à l'emploi de ce qui l'a remplacée. »

Au début de 1971, elle voit le livre de son ami en librairie : *Lac-Parent et Ruisseau-Danseur : quand le clergé ne suivait pas les sentiers battus.* Elle ressent un profond bonheur face à cette lecture, qui lui rappelle les bons souvenirs de leurs échanges épistolaires. D'ailleurs, le prêtre n'hésite pas à la nommer plusieurs fois, comme influence de ses actions auprès de ses paroissiens récalcitrants. *Mes initiatives gaspésiennes étaient différentes, puisque motivées par ma propre révolte face au mépris que démontrait le premier ministre Maurice Duplessis à l'endroit des ouvriers, maintes fois répété lors de différents conflits de travail, comme à Asbestos et à Louiseville. La réaction de mes supérieurs face à mes initiatives a été aussi arrogante que celle des grandes compagnies capitalistes à l'endroit du peuple de petits salariés. C'était le départ d'un bris dans mon âme de chrétien me menant à exprimer ma foi comme civil.* Charles ne l'avait jamais dit à Marie, mais elle l'avait deviné depuis longtemps. Si elle connaît par cœur l'épisode abitibien, celui de la Gaspésie a toujours gardé sa part de mystère.

* * *

Trois mois plus tard, l'autorisation arrivait à Marie. « Je ne suis pas inquiète pour vous. Notre bon chapelain m'a assurée, sur son honneur, que Dieu habitera toujours votre cœur. Notre communauté perd une grande dame, mais la société gagne une immense femme. Voilà un dénouement heureux pour tout le monde. Je vous souhaite bonne chance », de lui confier la mère supérieure du couvent de Sherbrooke.

Marie était entrée avec l'enthousiasme de sa jeunesse et de son profond désir d'enseigner dans les meilleures conditions. Elle sort avec les pires craintes, d'autant plus qu'elle se sent nue, avec cette vieille robe fanée prise dans la caisse de dons destinés aux pauvres. Les chaussures sont tout autant désuètes. Elles font mal aux pieds, lui donnant peur de trébucher. À quelques pas de la clôture ceinturant le couvent, Georges fait les cent pas.

« Pas tellement carte de mode, à vrai dire…

— Je me sens ridicule, Georges.

— Ce sentiment vous passera rapidement. Vous avez combien, dans ce sac à main modèle 1951 ?

— Vingt-cinq dollars.

— Et vous en avez rapporté quelques milliers avec votre livre et l'émission de télé.

— Je ne me suis jamais plainte de cet aspect, Georges.

— Que contient cette valise ?

— Les lettres de monsieur Gervais et quelques livres.

— Venez chez moi, nous allons améliorer cette situation.

— L'autocar n'attendra pas.

— Il y a des départs à toutes les trois heures, Françoise. »

Marie sursaute. Elle n'a pas entendu son prénom de naissance depuis si longtemps… Même ses frères l'appelaient Marie-Aimée-de-Jésus. Elle a l'impression que la ville entière épie chacun de ses mouvements. Ce retard l'embarrasse, mais le jeune prêtre a promis de téléphoner au frère de

Françoise à Trois-Rivières pour l'avertir du délai. La femme se serait passée du détour par Montréal où, de nouveau, elle sent qu'on l'observe sans cesse. À la salle de toilettes, des femmes se regardent dans le grand miroir, passant un coup de brosse dans leurs cheveux. Françoise tire ses courtes mèches blanches et grimace d'horreur en voyant si manifestement les rides dans son cou et autour de ses yeux.

Dans le véhicule, une revue achetée à la gare de départ n'arrive pas à capter son attention. Elle a le réflexe de chercher à mettre la main sur le chapelet de son uniforme de religieuse. Discrètement, elle joint les mains pour demander à Dieu de lui donner le courage d'affronter ce nouveau destin qu'elle a choisi librement, mais sous l'influence de Georges, de Véronique et en pensant trop à Charles.

Enfin à Trois-Rivières, la femme demeure immobile longtemps sur le trottoir de la rue des Forges, étourdie, ne reconnaissant plus rien. Un chauffard la fait sursauter avec son appareil de radio poussé à haut volume. Il n'en fallait pas plus pour qu'elle se mette en marche d'un pas décidé. Soudain, elle bifurque, curieuse de savoir si le grand magasin où elle allait acheter ses anges en compagnie de la sœur de la procure existe encore. Toujours en place ! Ce constat la rassure. Elle marche en regardant droit devant, se souvenant des rues à emprunter pour rejoindre la maison de son frère, seul survivant de sa famille.

« Le parc Champlain… Il a un peu changé. Quels sont ces nouveaux édifices ? » Elle avance prudemment, tend le nez, comme si elle se méfiait de ces constructions de béton. « La bibliothèque municipale. Quelle joie ! » Françoise sent encore ses jambes ramollir, sans raison. Elle décide de s'asseoir à l'ombre. Elle voit alors un groupe d'adolescents à l'allure hirsute, le cœur à la fête. Décidément, la jeunesse a tant changé… « Physiquement, il va de soi. Au fond, je suis persuadée qu'ils ont beaucoup de points communs avec ceux des autres générations. Tout le monde a toujours eu soif d'amour, d'amitié, de partage, de joie. Il y a eu tant de modes ! Bien que celle-ci me paraisse un peu désordonnée… » Une jeune fille arrive en trombe au cœur du groupe, annonçant avec fracas sa présence. Elle porte un blue-jeans sale et une cigarette soudée au bout des lèvres. Françoise ne peut s'empêcher de la regarder plus que les autres. « Hé, Chose ! Veux-tu ma photo ? » L'ancienne religieuse rougit, mais l'invitation devient trop alléchante.

« À vrai dire, peut-être que j'aimerais avoir votre photographie.

— C'est ben fâchant ! J'ai oublié mon Polaroid à maison !

— Belle journée, n'est-ce pas ? Vous arrivez de la bibliothèque ?

— Ouais ! Pis après ?

— Puis-je voir votre livre ?

— Certain ! Dis donc, toé, tu parles comme une nonne… »

Françoise laisse échapper un bref rire. Elle regarde comme il faut cet ouvrage sur la crise de la conscription, une œuvre d'André Laurendeau. Elle aurait plutôt cru voir un roman policier ou d'horreur.

« T'as dû vivre ça, à l'âge que t'as !

— On m'a caché beaucoup de choses, à ce moment-là, mais je suis au courant, en effet. Vous aimez l'histoire ?

— Oué, des fois. C'est trippant.

— Savez-vous où se situe la racine de cette crise de la conscription ?

— C'est à cause de Robert Charlebois, stie !

— C'était à Québec, au printemps 1918. Ce que vos probables grands-parents ont vécu à ce moment-là a fait naître une grande méfiance de notre peuple dès l'entrée du Canada en guerre en septembre 1939. Je vais vous raconter. »

Rien ne peut arrêter Françoise ! Alors que personne ne l'écoute, elle se met à marcher à petits pas, à lever les bras au ciel, à poser des gestes amples en donnant à sa voix de multiples intonations. Pas plus de trois minutes plus tard, la bande de jeunes s'accroche à ses lèvres. Deux minutes après, elle les tient tous au creux de sa main. « À ce stade de mon récit, je me dois d'ouvrir une parenthèse. Parenthèse qui ne fait pas partie des manuels d'histoire, mais dont les propos, j'en suis certaine, vous aideront à mieux situer ce qui s'est réellement passé. Car l'histoire officielle cache toujours quelques faits… » Trente minutes sans pouvoir s'arrêter ! À la fin, les jeunes se lèvent d'un bloc et applaudissent. Après leur avoir fait le signe de paix et d'amour, Françoise s'éloigne, rapidement rattrapée par l'adolescente.

« Je m'excuse de ne pas avoir été très polie, madame.

— Vous, impolie ?

— Oué! Vous êtes au boutt', madame! Vous trippez ça solide! Je vais emprunter d'autres livres sur la guerre pour en savoir plus.

— Au plaisir. Quel est votre prénom, mademoiselle?

— Jacinthe.

— Jacinthe… Le plus beau et le plus précieux de tous les prénoms. »

Françoise se sent gonflée de confiance après cette rencontre. D'un pas franc, elle marche jusqu'à la maison de son frère. La femme aborde son épouse comme si elle l'avait quittée la veille. Françoise ne l'a pas vue depuis quinze années. « Rodolphe va être en beau maudit parce que… heu… Je veux dire qu'il sera fâché parce qu'il est parti vous chercher il y a presque une heure et que, si je comprends bien, vous ne l'avez pas attendu au terminus. » L'autre ne l'écoute pas, dépose sa valise et se débarrasse de son sac à main, qu'elle ne sait pas comment tenir et qui l'énerve depuis son départ de Sherbrooke.

« J'ai toujours voulu vous dire…

— Félicitations pour votre beau programme! Je sais, chère belle-sœur.

— C'est que je le regarde avec tellement d'amour chaque semaine.

— J'ai accompli beaucoup dans ma vie, mais on ne me reconnaît qu'à cause d'images télévisées.

— Je… Je ne sais pas quoi dire.

— Alors, ne disons rien et buvons.

— Boire?

— Du café, il va de soi. »

Françoise entend la portière de l'auto de son frère claquer et capte bien tous les blasphèmes qu'il marmonne en montant l'escalier. Quand l'homme voit sa sœur, il arrête aussitôt, rougit à n'en plus finir. Le grand frère sourit, comme s'il retrouvait la petite fille des jeux de son enfance. « Tu vas être contente. On t'a préparé un beau coin confortable. » Elle acquiesce d'un coup de tête vif, avant de se lever afin de se lancer entre ses bras en pleurant. « Ils sont tous morts ! Tu es tout ce qu'il me reste ! Tu te souviens, quand tu me lançais une balle de baseball ? Tu n'as pas idée comme cela a pu être important dans ma vie ! Comme tu ressembles à notre père, en vieillissant… »

Françoise parle toute la soirée. À neuf heures, le sommeil la gagne. « J'ai passé ma vie à me coucher à cette heure-là. Je ne serai jamais nocturne. » Elle se lève selon cette habitude. En poussant la porte, elle entend le ronronnement lointain des usines, comme aux jours du couvent de Trois-Rivières. Sur le bout des orteils, la femme se rend jusqu'au réfrigérateur pour y prendre quelque nourriture, geste qu'elle n'a pas posé depuis le début de son adolescence. « Oh… J'ai déjà triché pour le jeûne avant la messe ! Si je l'avouais aux révérendes mères ! » Françoise ne se sent pas coupable. Elle retourne sur le perron afin de voir le jour se lever. Elle sursaute en apercevant un gamin à bicyclette, un sac de journaux sur son épaule. Quand le temps de la messe arrive, Françoise pense à toutes celles laissées derrière elle. Aujourd'hui sera un grand jour dans sa vie ! Du moins l'a-t-elle rêvé. Voilà cependant que les inquiétudes reviennent hanter son cœur.

L'adresse a été facile à trouver dans l'annuaire télépho-nique. Françoise s'y rend dès neuf heures, sachant que Charles doit travailler, à ce moment-là. Elle passe devant la maison trois fois, alertant une femme, qui sort pour lui demander si elle cherche quelque chose. «Monsieur Gervais? C'est bien ici?» L'ancienne religieuse craint tant que cette femme réponde que Charles est son mari. «C'est là», confirme-t-elle en désignant le logement voisin. Françoise note la présence d'un chat couché sur le rebord de la fenêtre. «Il revient à cinq heures. Je peux laisser un message?»

Le moment approchant, Françoise manque de s'évanouir tant la nervosité et la peur habitent toutes les parties de son corps. Chacune des marches lui semble un calvaire. Elle avale sa salive et pose le geste tant redouté: sonner à la porte. Elle sursaute quand la voisine sort pour lui dire qu'elle peut entrer, que Charles n'est pas parti loin. À peine une minute après cette remarque, Françoise entend une personne monter. En l'apercevant, Charles laisse tomber son sac d'épicerie.

«Je… Je ne comprends pas…

— Vous devriez, monsieur Gervais. Vous n'avez qu'à me regarder.

— Oui, je vous regarde…

— Pardonnez-moi mes fautes, monsieur Gervais. J'ai été mille fois infidèle à notre amitié, à tout ce qui nous a unis si longtemps. J'ai compris tout ce qui se passait et je vous ai imité.

— Cet aveu en dit beaucoup et peu à la fois. Il y a tant de mystère… Je suis heureux de vous voir, sœur Marie-Aimée-de-Jésus. Très heureux.

— Je m'appelle Françoise, monsieur Gervais. Françoise Desrosiers.

— Entrez ! Vous n'avez pas peur des chats ?

— Je ne sais pas. Les animaux domestiques n'étaient pas très à la mode, dans les couvents. »

Françoise sait que tout malaise vient de se dissiper rapidement. Elle se sent maintenant confiante. La femme regarde la sobre décoration du salon, ne remarque pas le chat qui se frotte contre ses jambes.

« Je ne vous dérange pas ?

— J'allais au baseball ce soir, mais je…

— Dans le beau stade ? J'aimerais vous y accompagner ! J'ai déjà vu ce stade une fois. En 1947, je crois. Nous avions un kiosque de propagande pour notre pensionnat au pavillon commercial lors de la grande Exposition et j'étais entrée au stade. J'essayais de deviner votre place favorite quand vous vous y rendiez en compagnie de ce bon monsieur Vaillancourt.

— Le stade a été réparé afin d'accueillir avec honneur notre nouvelle équipe, les Aigles, filiale des grands Reds de Cincinnati. Je vous invite ! Mais d'abord, un bon souper ! »

Françoise sourit en voyant tant de gens dans le lobby du stade. Ils parlent avec enthousiasme. Beaucoup d'entre eux portent une jolie casquette rouge. Des enfants agitent des fanions aux couleurs des Aigles. Quand elle emprunte le passage menant vers les estrades, Françoise s'exclame « Oh ! » en découvrant la perfection de la verdure du terrain, aussi éclatant que le blanc et le rouge de l'uniforme de l'équipe locale. «Comme c'est beau! Si beau!» déclare-t-elle avec l'enthousiasme d'une enfant.

Ce soir-là, Charles apprend bien peu de choses de la décision de son amie. Pas un mot non plus sur ses projets. Sans cesse, elle posait des questions sur les joueurs, sur les gens rencontrés et prenait un grand plaisir à craquer une allumette quand il décidait de porter une pipe à sa bouche. «Je n'ai jamais rien vu de plus joli! Nous avons gagné, de plus! Bravo, les Aigles! Vous savez, monsieur Gervais, je peux lancer la balle avec autant de force que ces jeunes hommes. Je leur montrerai et ils vont m'engager comme mascotte!»

Le couple marche à pas lents jusqu'à la maison de Rodolphe, tels des adolescents un peu mal à l'aise à la suite d'un premier rendez-vous. À la porte, Charles ne peut se résoudre à la quitter des yeux. Françoise espère que son frère ne surgira pas pour briser le charme du moment si conforme à son grand rêve.

«Je… je suis très content, Françoise.

— Moi aussi, Charles.

— Je… Je…

— Ayez quinze ans, Charles.

— Je vous aime, Françoise. Je vous ai aimée dès le premier instant où je vous ai vue derrière cette clôture. Pardonnez-moi de dire une telle chose…

— Le sentiment fut réciproque dès cet instant auquel j'ai pensé chaque jour pendant de si nombreuses années. À chaque confession, à chaque messe, lors de toutes nos rencontres, en recevant vos lettres, je vous ai aimé. J'ai passé ma vie à ouvrir des parenthèses historiques pour mes élèves et je souffrais en pensant que ma propre vie était aussi entre parenthèses en attendant de pouvoir vous parler comme je le fais en ce précieux moment, le plus important de ma vie.

— Je… Oh! C'est trop beau!»

Charles se lance maladroitement contre elle. Françoise avale un sanglot, ne sachant pas où placer ses mains. Quand il lâche prise presque aussitôt, il voit la femme les yeux clos, les lèvres avancées de façon un peu ridicule, comme si elle aussi venait de fêter ses quinze ans.

«J'espère que je ne vous ai pas offensée.

— Non. Ce fut très gentil.

— Puis-je demander l'autorisation à votre frère de vous fréquenter? C'est mon plus profond désir.

— Mais Charles, nous avons soixante ans!

— Votre frère est le remplaçant du père de votre famille. Je crois que c'est honnête de le lui demander.

— Vous êtes charmant, Charles.

— Jean Gabin est toujours vivant. Nous pourrions aller le voir au cinéma.

— C'est une bonne idée, mon ami. Je veux aussi applaudir toutes les parties des Aigles! C'était si magnifique!

— Vous êtes sérieuse?

— Bien sûr!

— Nous irons à la messe ensemble… Vous désirez toujours assister à la sainte messe?

— Plus que jamais, Charles. Dieu a écouté mes prières et je veux lui monter ma reconnaissance éternelle en l'honorant de ma foi. Une fois par semaine me suffira. Le Divin, j'en suis certaine, comprendra. »

* * *

Les petits plaisirs de la vie se succèdent : la grande Exposition agricole de Trois-Rivières, deux visites à Terre des Hommes, pique-nique dans la nature de la région et pèlerinage au Sanctuaire marial du Cap-de-la-Madeleine. Lors de cette dernière occasion, la foi de Françoise et de Charles s'est mêlée à celle de tant de gens venus de tous les horizons. Elle a alors rencontré des anciennes consœurs des couvents de Sherbrooke et de Québec. Belles et saines retrouvailles qui lui ont réchauffé le cœur.

En tout temps, l'homme traite son amoureuse avec la plus grande politesse et une délicatesse flatteuse. Françoise, afin de lui plaire, s'est prêtée au jeu du maquillage, sous la direction amusée de ses nièces. Sa garde-robe s'est progressivement garnie de quelques pièces de bon goût. En septembre, elle s'inscrivait comme étudiante en histoire à la toute jeune Université du Québec à Trois-Rivières, décidée à devenir la plus vieille détentrice d'un diplôme doctoral. Entretemps, il y aura d'autres romans et de nouvelles séries pour la télévision.

* * *

« C'était si beau ! Un peu froid en dernier lieu… Nous avons maintenant un lieu de rendez-vous agréable. Il faudra acheter des billets de saison en 1972. Ce sera plus économique. Croyez-vous que plusieurs de nos Aigles vont un jour évoluer pour les Reds de Cincinnati ?

— Sûrement Tom Spencer.

— Et Eastwick?

— Il n'était pas toujours constant.

— Je l'ai apprécié.

— Parce que vous lui avez fait du charme afin qu'il autographie votre programme.

— Vous voilà jaloux!

— Je badine! Nous achèterons des billets de saison, je vous le promets.

— De plus, il faudra se rendre applaudir les Expos une fois par mois. »

Un peu avant Noël, dans l'église de la paroisse Saint-Sacrement de Trois-Rivières, Charles Gervais et Françoise Desrosiers s'apprêtent à unir leurs vies. La future mariée cache mal sa nervosité, tout comme l'homme. Ils regardent avec émotion Jésus sur la croix. Ce dernier semble leur dire : « Mon père vous comprend. Vous m'avez bien servi pendant si longtemps et vous allez continuer à le faire. Tout mon amour vous accompagne en cet instant, mes chers enfants. » Les rencontres préalables avec le prêtre ont étonné celui-ci sur plus d'un point. Il sait que ce n'est pas un mariage ordinaire, plus qu'une « affaire courante » comme celles des jeunes qui se marient à l'église pour plaire à leurs parents.

« Madame Gervais, je serai avec vous avec tout mon cœur jusqu'à ce que notre Créateur nous rappelle près de sa Lumière.

— Je serai fidèle, dévouée et aimante, comme je l'ai promis au Tout-Puissant.

— Chère épouse !

— Petit mari d'amour ! Maintenant, je n'ai plus le pseudonyme de Françoise Gervais. C'est mon vrai nom !

— Vous savez, Françoise, je…

— Et si on se tutoyait ?

— Je ne sais pas si j'oserais.

— Si tu n'oses rien, le voyage de noces sera terne.

— Oh ! Oh !

— Je veux un coup de circuit !

— La balle est de ton côté, Françoise. »